Zu diesem Buch

In der europäischen Bewegung des literarischen Naturalismus, dessen Hauptwerke etwa zwischen 1880 und 1900 entstehen, repräsentiert Vicente Blasco Ibañez den wichtigsten Beitrag der spanischen Literatur. Die sozialkritischen Romane «Maiblume» (1895), «Die Scholle» (1898) und «Sumpffieber» (1902), charakteristische Beispiele für die erste, sogenannte «regionalistische» Phase, zeigen den Einfluß Zolas, der, basierend auf der positivistischen Lehre von den «unmittelbar wahrgenommenen Tatsachen» Auguste Comtes, der Milieutheorie Hippolyte Taines und den genetischen Forschungen Prosper Lucas' und Claude Bernards, das Kunstwerk als «ein Stück Natur, gesehen durch ein Temperament» definiert.

Die naturalistische Methode, den Menschen auf den Einfluß von Erbfaktoren und Umweltbedingungen zu reduzieren und naturwissenschaftliche Verfahren auf die Analyse gesellschaftlicher Erscheinungen zu übertragen, wird von Blasco Ibañez nicht übernommen; er fühlt sich weiterhin – gegen den Geist der neuen Kunstrichtung – der realistischen spanischen Erzähltradition verpflichtet. In zwei anderen Aspekten jedoch erweist er sich als konsequenter Naturalist: in der Betonung der sozialen Problematik und in der Vision einer sozial erneuerten Welt, die bei ihm auch anarchistische Züge trägt.

«Blutige Arena» (1908), ein Höhepunkt seines literarischen Schaffens, ist ein Roman aus dem Milieu der Stierkämpfer, der sich nicht nur durch große psychologische Gestaltungskraft, eindrucksvolle Sittenschilderungen und Spannung auszeichnet, sondern zugleich vielfältige politische und geistige Strömungen der Zeit beschwört.

Juan Gallardo, Sohn eines Flickschusters, hat nur den einen Wunsch: ein berühmter, von der Menge gefeierter Torero zu werden. Immer wieder läuft er mit Freunden von zu Hause weg, um die Kämpfe zu sehen. Es dauert lange, bis er das ersehnte Ziel erreicht und ihm in der Arena von Madrid der Titel eines Matadors verliehen wird. Im Rausch des Ruhms verfällt er der wohlhabenden und kapriziösen Doña Sol, die in ihm nur die «Bestie Gottes» sieht, eine Kampfmaschine, die den Stier tötet. Als er die erste Niederlage hinnehmen muß, beginnt das Publikum das zu vermissen, was ihn vor anderen auszeichnete: seine Verwegenheit. Carmen, Gallardos Frau, entschließt sich zu spät, ihn zur Umkehr zu bewegen: Juans Schicksal erfüllt sich am Ort seines kometenhaften Aufstiegs, während die Corrida weitergeht.

«Blasco Ibañez schreibt leidenschaftlich und in seiner Einfachheit höchst eindringlich. ‹Blutige Arena› ist *der* Stierkämpferroman, wie ‹Carmen› *die* Stierkämpferoper ist.»

Münchener Post

Rowohlt Jahrhundert

Herausgegeben von Bernd Jentzsch
Band 41

Vicente Blasco Ibañez

Blutige Arena

Roman

Aus dem Spanischen
übersetzt von
Otto Albrecht van Bebber

Rowohlt

Titel der spanischen Originalausgabe:
Sangre y Arena

Veröffentlicht im Rowohlt Taschenbuch Verlag GmbH,
Reinbek bei Hamburg, Mai 1988

Umschlaggestaltung Peter Wippermann
(Foto des Autors: Keystone)
Satz Garamond (Linotron 202)
Gesamtherstellung Clausen & Bosse, Leck
Printed in Germany
1280-ISBN 3 499 40041 3

Wieder ergriff er seine Waffe und näherte sich dem Stier, entschlossen, zu töten oder zu sterben – aber sofort, ohne Aufschub. Der Toro oder er! Rot schwamm es vor seinen Augen, und wie aus weiter Ferne hörte er das Geschrei der Menge.

Wie immer am Tag eines Stiergefechts ass Juan Gallardo zeitig zu Mittag. Ein Stück Braten, weiter nichts. Die Flasche Wein vor ihm blieb unberührt, denn es galt, den Kopf klar zu behalten. Aber zwei Tassen starken schwarzen Kaffee gönnte er sich, dazu eine riesige Zigarre. Die Ellbogen auf den Tisch, das Kinn auf die Hände gestützt, schaute er gedankenlos nach den Gästen, die allmählich im Speisesaal Platz nahmen.

Seit ihm vor einigen Jahren in der Arena von Madrid feierlich der Matadorentitel zuerkannt worden war, pflegte er stets dasselbe Hotel in der Calle de Alcalá aufzusuchen, dessen Besitzer ihn wie zur Familie gehörig behandelte, während Kellner, Portiers, Küchenjungen und vor allem die ältlichen Zimmermädchen ihn vergötterten. Hier hatte er auch, von einem Stier bös zugerichtet, lange Wochen gelegen, in einer Luft, schwer von Jodoform und Tabakrauch. Doch diese Erinnerung focht ihn nicht weiter an. Als Südländer ohnehin dem Aberglauben ergeben und in diesem Hang noch bestärkt durch die ständigen Gefahren, fand er, daß dieses Hotel ihm Glück brächte. Risse und Schrammen konnte er abbekommen, aber nicht das Leben einbüßen – wie so mancher andere Stierfechter.

Das rege Treiben im Speisesaal gefiel ihm. Ausländer, auch Leute aus der Provinz, gingen mit gleichgültigem Gesicht an seinem Tisch vorbei, um sich neugierig nach ihm umzudrehen, sobald sie von den Kellnern hörten, daß jener gutaussehende, glattrasierte Herr mit den schwarzen Augen Juan Gallardo, der berühmte Torero, sei. Dieses sichtliche Interesse an seiner Person half ihm über das peinliche Warten bis zum Beginn der Corrida hinweg. Wie lang die Zeit wurde! Diese Stunden der Ungewißheit und vagen Befürchtungen, die ihn an sich selbst zweifeln ließen, waren die bittersten in seinem Beruf. Ausgehen mochte er nicht, verlangte doch der anstrengende Kampf einen wohlausgeruhten Körper; gut essen und trinken war ihm verwehrt, denn er mußte mit unbeschwertem Magen auf der Plaza de Toros erscheinen.

So blieb Gallardo an seinem Tisch sitzen, paffte duftende Tabakwölkchen von sich und lugte mit gespielter Gleichgültigkeit nach einigen Damen, die den gefeierten Stierfechter nicht aus den Augen ließen.

Sein Stolz als Idol der Menge glaubte bewundernde Worte zu erraten, zärtliche Blicke wahrzunehmen. War er nicht hübsch und elegant? Schnell gab er seine nachlässige Haltung auf und stäubte die Asche von seinem Ärmel, wobei der enorme Brillant an seiner Linken in buntem Feuer aufglühte.

Mit selbstgefälliger Miene musterte er seinen feinen Anzug, die dünne, quer über die Brust gespannte goldene Uhrkette, die milchweiße Perle in der Krawatte, die so gut von seinem braunen Gesicht abstach, und die wildledernen Schuhe, über denen seidene Socken, durchbrochen wie Damenstrümpfe, zum Vorschein kamen. Seine Kleidung sowie das schwarze, glänzende Haar, das er in die Schläfen gekämmt trug, strömten einen schwülen Duft von Parfum aus. Er war zufrieden mit sich. Und gnädig sah er hinüber zu den anwesenden Damen.

Doch plötzlich gewannen die bangen Gedanken wieder die Oberhand. Der Glanz seiner Augen erlosch; hastig zog er an seiner Zigarre und blickte abwesend den Rauchwolken nach. Wäre es doch erst Feierabend! Voll Sehnsucht dachte er an den befreienden Augenblick, wenn er von der Plaza zurückkehren würde, schweißbedeckt und erschöpft, aber froh der überstandenen Gefahr und mit der Aussicht auf einige Tage Ruhe. Wie sollte es ihm dann schmecken! Auch einen kleinen Rausch würde er sich antrinken und in einem Kabarett eine gewisse junge Sängerin aufsuchen, die er bei seinem letzten Aufenthalt leider nicht näher hatte kennenlernen können. Dieses unruhige Hasten von einem Ende der Halbinsel zum andern ließ ihm doch zu nichts Zeit.

Eine Schar Verehrer drängte jetzt in den Speisesaal, alles Aficionados, Stammgäste der Arena, für die Gallardo «unser» Matador war. Gönnerhaft, familiär redeten sie ihn mit Du an, während er, sich der sozialen Kluft bewußt, die zwischen ihm, dem von unten heraufgekommenen Torero, und diesen Señores, Großkaufleuten und hohen Beamten, bestand, ihrem Vornamen stets das Don voransetzte. Um dem jungen Meister ihre Überlegenheit an Erfahrung kundzutun, redeten sie voller Begeisterung von der alten Madrider Plaza, wo man nur «wirkliche» Toros und Toreros gekannt hatte, und kamen dann mit vor Erregung zitternder Stimme auf den Negro zu sprechen. Dieser Negro war der große Frascuelo, Spaniens Ruhm.

«Ah, wenn du ihn gesehen hättest! Aber zu jener Zeit lagst du noch an der Mutterbrust.»

Neue Besucher erschienen: Reporter, Spezialisten auf dem Gebiet des Stierkampfs, die gewichtig Lob und Tadel verteilten, auch dürftig gekleidete Männer mit hungrigen Gesichtern, deren Begehren auf eine freie Eintrittskarte gerichtet war.

Doch der gemeinsame Enthusiasmus riß alle Schranken nieder, und jeder diskutierte mit jedem, hitzig und rechthaberisch.

Alle, die hereintraten, umarmten den Espada unter einem Schwall von Fragen und Ausrufen.

«Juanito, wie geht es Carmen?»

«Danke, gut.»

«Und deinem Mütterchen, der Señora Angustias?»

«Ausgezeichnet, danke. Sie ist zur Erholung auf meinem Gut.»

«Und deiner Schwester und den kleinen Neffen?»

«Danke schön, alles wohl!»

«Und was macht dein Trottel von Schwager?»

«Schwatzt, wie immer, von morgens bis abends.»

«Na, und Hoffnung auf Familienzuwachs?»

«Ach was, nicht so viel!»

Damit schnippte er ein unsichtbares Stäubchen von seinem Fingernagel, lud zum Trinken ein und erkundigte sich nach dem Eindruck, den die für die heutige Corrida bestimmten Stiere machten, denn die meisten seiner Besucher kamen von der Plaza, wo sie zugesehen hatten, wie die wilden Tiere einzeln eingesperrt wurden.

Mit diesem Stiergefecht begann die Saison in Madrid, und Gallardos Anhänger, durch seine jüngsten Triumphe auf anderen Plazas Spaniens ermutigt, setzten große Hoffnungen auf ihn. Kein anderer Torero hatte so viele Engagements. Von der Oster-Corrida in Sevilla an – alljährlich die erste von größerer Bedeutung – eilte Gallardo von Plaza zu Plaza, um Stiere zu töten. Erreichte dann im August/September die Saison ihren Höhepunkt, so mußte er die Nächte im Zug, die Nachmittage in der Arena verbringen, ohne an Ausruhen denken zu können, während sein Bevollmächtigter in Sevilla ganz wirr im Kopf wurde von all den brieflichen und telegrafischen Kontraktsangeboten, die er vergeblich in eine passende Reihenfolge zu bringen suchte.

Am vorhergehenden Tag hatte Gallardo in Ciudad Real gekämpft und gerade – noch im Torerokostüm – den Zug zu erreichen vermocht, der morgens in Madrid eintraf. Eine fast schlaflos verbrachte Nacht, obgleich die Mitreisenden eng zusammenrückten, um dem Mann, der am nächsten Tag sein Leben riskierte, etwas mehr Platz zu lassen.

Doch ungeachtet solcher Strapazen stürzte er sich im entscheidenden Moment stets mit einer Tollkühnheit auf den Stier, daß die Menge vor Begeisterung raste.

Allmählich verabschiedeten sich die Besucher, und Gallardo stand im Begriff, sein Zimmer aufzusuchen, als ein Mann, an jeder Hand ein Kind, die Glastür des Speisesaals aufstieß. Beim Anblick des Toreros erschien ein seliges Lächeln auf seinem Gesicht. Gallardo erkannte ihn.

«Wie geht es Euch, Gevatter?»

Der Mann fand keine Zeit zu einer Antwort. Sich an seine Jungen wendend, sagte er feierlich: «Das ist er, nach dem ihr immer fragt. Genau wie auf den Abbildungen!»

Und die beiden Knirpse schauten ehrfürchtig zu dem Helden empor, den sie täglich auf den Plakaten, die die Wände ihres Häuschens schmückten, betrachteten.

«Juanillo, küß deinem Paten die Hand!»

Zerstreut streichelte Gallardo den Kopf des Kleinen, eines seiner vielen Patenkinder in Spanien! Von Taufe zu Taufe – das war auch eine Folge seiner Berühmtheit. Dieses hier erinnerte ihn an den Anfang seiner Laufbahn, und er empfand eine gewisse Dankbarkeit für den Vater, der schon damals fest an seine Zukunft geglaubt hatte.

«Und die Geschäfte?» erkundigte sich der Espada. «Geht es besser?»

Doch der Gefragte verzog das Gesicht. Seine kleinen Geschäfte als Zwischenhändler brachten ihm gerade das tägliche Brot ein. Mitleidig blickte der Torero auf die schäbige Kleidung – den Sonntagsstaat eines Armen.

«Wollt Ihr die Corrida sehen, Gevatter? Dann geht auf mein Zimmer, damit Euch Garabato ein Freibillett gibt.

Und dies ist für euch zum Naschen.» Er drückte den Buben einige Duros in die Hände und schob die glückliche Gesellschaft zur Tür.

Ein Uhr erst! Wollten die paar Stunden denn gar kein Ende nehmen?

Als er den Speisesaal verließ, sprang eine in eine alte Manta gehüllte Frau an der Portierloge vorbei und stellte sich ihm trotz der Proteste der Angestellten in den Weg.

«Juaniyo! Juan! Erkennst du mich nicht? Ich bin es, die Caracola, die Mutter des armen Lechuguero.»

Gallardo lächelte der kleinen, runzeligen Alten mit den unstet flackernden Augen freundlich zu. Gleichzeitig hob er, ihre Wünsche erratend, die Hand zur Westentasche.

«Ach, Junge, man kommt doch aus dem Elend nicht heraus! Sobald ich hörte, daß du heute auftreten würdest, sagte ich mir: geh hin und sprich mit Juaniyo, der die Mutter seines armen Kameraden sicher nicht vergessen hat. Aber schmuck siehst du aus, Zigeuner! Natürlich laufen alle Frauen dir nach, du Teufelsjunge! Mir geht es schlecht, sehr schlecht. Nicht mal ein Hemd habe ich an. Und seit heute morgen nichts im Magen als ein kleines Schnäpschen. Die Pepona – du weißt doch, die Dicke aus unserer Gegend – behält mich aus Mitleid in ihrem Haus. Ein sehr dezentes Haus: 5 Duros die Taxe. Ich frisiere die Mädchen und mache Besorgungen für die Herren. Ach herrje, wenn mein armer Junge noch lebte. Erinnerst du dich noch an den Nachmittag, als Pepito umkam?»

Vergebens suchte der Torero diesem Redestrom zu entschlüpfen. Verdammte Hexe! Ihn in diesem Moment an ihren Sohn zu erinnern, dem vor seinen Augen ein Stier auf der Plaza von Lebrija das Herz durchstoßen hatte! Wenn das nicht ein schlechtes Omen war! Unwirsch gab er ihr einen Duro, wodurch das Wehklagen sofort in laute Freude umschlug.

«Die Königin von Spanien solltest du haben, du süßer Schneck! Frau Carmen mag nur gut die Augen offenhalten, sonst stiehlt dich noch eine Prinzessin... Sag, Juaniyo, gibst du mir nicht ein Billettchen? Für mein Leben gern möchte ich sehen, wie du deine Toros tötest!»

Durch die überschwengliche Begeisterung der Alten ermutigt, drängte sich jetzt ein bunter Haufen – Bettler, Bummler, Zeitungsverkäufer – mit sanfter Gewalt am Portier vorbei. Ihr lautes Geschrei erfüllte die Halle.

«Olé Gallardo! Hoch die Toreros!»

Die kecksten der Zeitungsjungen griffen nach seiner Hand, drückten sie heftig und riefen den zaghafteren kleinen Kollegen ermunternd zu:

«Immer ran! Er nimmt es nicht übel.»

Lachend verteidigte sich der Espada gegen diese Woge, die ihn hin und her zog und schob. Er leerte alle Taschen und verteilte die Silbermünzen blindlings in die offenen Hände. «Mehr habe ich nicht! Nun laßt mich in Frieden, ihr Strolche!»

Mit Hilfe der Angestellten erreichte er die Treppe und flog leichtfüßig, zwei Stufen auf einmal nehmend, hinauf. Aber die fröhliche Stimmung verschwand, sobald er sich in seinem Zimmer allein sah. Stiere von Miura! Dazu das Publikum von Madrid! Die Gefahr, die ihn, stand er ihr erst gegenüber, zu berauschen schien und seine Verwegenheit noch erhöhte, legte sich jetzt wie ein Alpdruck auf seine Brust. Er fühlte sich kraftlos, schlapp, als machten sich plötzlich die Strapazen der durchreisten Nacht bemerkbar, und hatte den Wunsch, sich aufs Bett zu legen. Doch die Unruhe überwog noch das Gefühl der Mattigkeit.

Nervös ging er im Zimmer auf und ab und steckte an dem glimmenden Stummel eine frische Havanna an.

Pah! Die Toros von Miura waren schließlich auch nur Stiere wie die anderen!

Unwillkürlich jedoch dachte er im selben Moment an seine toten Kameraden, fast alle Opfer von Tieren jener berühmten Zucht. Nicht ohne Grund verlangten die Toreros 1000 Pesetas mehr, wenn sie diesen wilden Bestien entgegentreten mußten.

Bisweilen hielt der Matador in seinem Hinundherwandern inne, starrte stumpfsinnig auf irgendein Stück seines Gepäcks und ließ sich endlich in einen tiefen Armsessel fallen.

Um sich abzulenken, holte er aus seiner Brieftasche ein kleines Kuvert hervor, dessen steile, elegante Handschrift er lange betrachtete. Entzückt atmete er den dem Papier entströmenden zarten Duft ein. Wie hochgeborene Menschen auch in den geringsten Kleinigkeiten unnachahmlich sind! Als hafte an seinem Körper der Geruch des Elends der ersten Jahre, parfümierte sich Gallardo derart stark, daß seine Feinde über diesen sonderbaren Athleten spotteten – ja, sich sogar dazu verstiegen, an seiner Männlichkeit zu zweifeln. Eine ganze Pafumerie begleitete ihn auf seinen Reisen, und wie eine Frau mit allerlei Essenzen eingerieben, betrat er die Arena. Kokotten, die er einst bei Stierkämpfen in Südfrankreich kennengelernt hatte, verdankte er das Rezept für seine merkwürdigen Parfummischungen. Aber der feine, geheimnisvolle, undefinierbare Hauch dieses Briefs!

«So riecht eine Señora», murmelte er.

Wieder und wieder las er das Schreiben. Es enthielt nichts Besonderes: ein halbes Dutzend Zeilen aus Sevilla, die ihm alles Gute für Madrid wünschten und schon im voraus zu neuen Triumphen gratulierten. Der Brief hätte verlorengehen können, ohne die Schreiberin irgendwie zu kompromittieren. «Mein Freund Gallardo» als Überschrift und unterzeichnet «Ihre Freundin Sol».

«Caramba, was für eine merkwürdige Frau!» entfuhr es

dem Torero halb verdrießlich. «Redet mich mit Sie an! Mich! Mit Sie!»

Inzwischen brachte der Diener Garabato*, leise hin und her huschend, Kleider und Schachteln herein, ohne seinen Herrn zu beachten. Schweigsam und sehr geschickt begleitete er den Matador seit Jahren auf allen Reisen. Zu gleicher Zeit hatten beide in Sevilla die Torerolaufbahn begonnen, doch während Gallardo Ruhm und Reichtum sammelte, gab es für den anderen nur böse Stiche und Stöße. Klein und tiefbrünett, war sein Gesicht von einer riesigen, schlecht zusammengeheilten Narbe zerrissen, die sich wie ein großer Fleischerhaken von der dunklen Haut abhob und ihm seinen Spitznamen eingebracht hatte. Auch der ganze Körper trug die Male schwerer Verwundungen. Wie durch ein Wunder kam Garabato mit dem Leben davon; doch das Grausamste war, daß man über sein Unglück lachte, mehr noch, ein Vergnügen daran fand, ihn von den Stieren drangsaliert zu sehen. Endlich siegten die immer wiederkehrenden Unfälle über seine Hartnäckigkeit, und er begnügte sich damit, als Diener seines glücklicheren Kameraden dessen ganzes Vertrauen zu besitzen.

Er war der glühendste Bewunderer Gallardos, obwohl er die Vertraulichkeit des engen Umgangs mißbrauchte und sich Vermahnungen, sogar Kritiken erlaubte. Er – in der Haut des Matadors – hätte es in gewissen Momenten besser gemacht. Und damit die Erinnerung an seine Vergangenheit nicht ganz entschwände, behielt er den geheiligten kleinen Zopf, das Abzeichen des Stierfechters, das ihn von allen anderen Sterblichen unterschied, weiter bei.

War Gallardo aus irgendeinem Grund ärgerlich auf seinen Diener, so entlud sein Zorn sich stets auf diese Kopfzierde.

«Und du Schamloser wagst es, die Coleta zu tragen? Ich

* Garabato: Haken.

werde dir deinen Rattenschwanz abschneiden, du frecher Wicht!»

Garabato nahm derartige Drohungen gelassen hin, rächte sich aber, wenn der Torero bei der Rückkehr von einer glorreichen Corrida glückstrahlend rief:

«Wie habe ich dir gefallen? War ich nicht gut?»

Dann hüllte er sich in überlegenes Schweigen und hatte auf alle Fragen nur ein Achselzucken.

Von der einstigen Kameradschaft her bewahrte er das Privileg, seinen Herrn zu duzen. Aber das Du klang ernst, voll treuherzigen Respekts, und seine Vertraulichkeit glich eher der eines mittelalterlichen Schildknappen.

Torero vom Kopf bis zum Nacken – so weit reichte das Zöpfchen –, war der Rest ein Gemisch von Schneider und Kammerdiener. Die Rockaufschläge seines korrekten englischen Anzugs zierte eine Sammlung von Steck- und Sicherheitsnadeln, den einen Ärmel eine Auswahl größerer und kleinerer eingefädelter Nähnadeln.

Als er alles, was zur Gala des Matadors gehörte, sorgsam ausgebreitet hatte, pflanzte er sich in der Mitte des Zimmers auf und sagte, ohne Gallardo anzusehen, wie zu sich selbst:

«Zwei Uhr.»

Der Torero ließ seinen Brief sinken.

«Ist alles bereit?»

Garabato wies nach dem Bett hin, doch ehe er noch antworten konnte, färbte sich das Gesicht des Diestros dunkelrot, und seine Augen weiteten sich wie unter dem Eindruck eines plötzlichen Schreckens.

«Verflucht! Das da soll ich anziehen? Bist du verrückt? Corrida in Madrid, Toros von Miura – und du wählst dieses rote Kostüm, in dem Manuel, der Espartero, das Leben verlor? Nicht ein Feind würde mir das zumuten! Willst du meinen Tod, du niederträchtiges Scheusal?»

Je mehr ihm die Größe dieser Fahrlässigkeit zum Bewußtsein kam, desto grimmiger tobte sein Zorn. Hieß es nicht, das Unheil mutwillig herausfordern? Seine Augen funkelten feindlich, und es schien, als sollte der bestürzte Garabato seine mächtigen Fäuste zu spüren bekommen. Da machte ein leises Klopfen an der Tür der Szene ein Ende.

«Herein!»

Ein junger Mann in hellem Anzug, den breitkrempigen Córdobahut in der linken, mit Ringen überladenen Hand, kam auf den Torero zu, und sofort glättete sich des Espadas eben noch wutentstelltes Gesicht zu einem liebenswürdigen Lächeln, als sei dieser Besuch für ihn die angenehmste Überraschung. Ein begeisterter Aficionado aus Bilbao, dessen konnte er sich entsinnen. Aber der Name?... Wie viele solcher Enthusiasten lernte er nicht kennen! Immerhin fiel ihm noch rechtzeitig ein, daß sie sich aus alter Freundschaft duzten.

«Nimm Platz! Freut mich! Seit wann bist du hier?»

Der andere setzte sich mit dem frommen Schauer eines Andächtigen, der das Heiligtum seines Idols betritt, fest entschlossen, dieses Hochgefühl bis zum letzten Augenblick auszukosten. Nach jedem dritten Wort nannte er den Matador «Juan», damit nur ja Möbel, Wände und irgendein auf dem Korridor Vorübergehender seine Intimität mit dem Torero vernahmen, um dessentwillen er eigens von Bilbao nach Madrid gekommen war.

«Heute vormittag habe ich mir die Kampfstiere angesehen, unter denen mir besonders ein dunkelbrauner aufgefallen ist, der allerlei zu schaffen machen wird.»

«Entschuldige mich einen Moment», unterbrach Gallardo ihn hastig, «ich bin gleich zurück.»

«Und welchen Anzug soll ich herauslegen?» fragte Garabato unterwürfig.

«Den grünen, den blauen, den braunen, welchen du willst.»

Und der Diestro verschwand hinter einem gewissen schmalen Türchen am Ende des Gangs, während sein Diener sich erlaubte, boshaft zu lächeln. Er kannte dieses schnelle Verschwinden kurz vor dem Anziehen nur zu gut und empfand Genugtuung darüber, daß auch die ganz Großen, die Tapfersten, dieses aus der Erregung geborene Bedürfnis verspürten, genau wie er selbst, als er noch in den kleinen Städten Andalusiens die Arena betrat.

Bei seiner Rückkehr fand Gallardo einen zweiten Besuch vor, Dr. Ruiz, einen der populärsten Ärzte, der seit 30 Jahren jeden verwundeten Torero behandelte. Die ein wenig plattgedrückte Nase und der sein breites Gesicht wie eine Halskrause einrahmende Bart von schmutzigem Gelbweiß gaben dem untersetzten, dickbäuchigen Mann eine entfernte Ähnlichkeit mit Sokrates. Stand er, so schien der schlaffe, massige Bauch bei jedem Wort hin und her zu wakkeln; im Sitzen schob er sich bis zu der mageren Brust hinauf. Wie etwas Fremdes, nicht zu ihm Gehöriges, hingen die Kleidungsstücke an diesem unharmonischen Körper.

«Er ist ein Heiliger», sagte Gallardo von ihm, «ein Gelehrter mit goldenem Herzen, wird aber nie eine Peseta besitzen. Was er hat, verteilt er.»

Zwei große Passionen füllten das Leben des Dr. Ruiz: Revolution und Toros. Eine vage, fürchterliche Revolution, die kommen mußte und in Europa nichts bestehen ließ... Mit weiteren Erklärungen gab sich sein anarchistischer Republikanismus indes nicht ab, sondern war nur klar und deutlich im Verneinen, in der Vernichtung. Die Toreros hingen an ihm wie an einem Vater, und ein Telegramm von dem entferntesten Punkt Spaniens genügte, daß der gute Doktor sich sofort auf die Bahn setzte, um einen seiner «Jungens» zusammenzuflicken, ohne je an dem Honorar, das der Patient selbst bestimmte, zu mäkeln.

Als er Gallardo jetzt nach langer Zeit wiedersah, umarmte er ihn, wobei sein schlapper Bauch sich gegen dessen stählernen Körper preßte.

«Olé die starken Burschen! Gut siehst du aus!»

«Wie steht es mit der Republik, Doktor?» neckte Gallardo.

«Der Nacional erklärt, daß sie vor der Tür steht.»

«Was geht das dich an, du Schelm? Laß den Nacional in Ruhe. Der sollte lieber bessere Banderillas setzen. Und du? Du hast dich um nichts zu kümmern, als weiterhin Toros zu töten, wie der liebe Gott selbst es nicht besser machen könnte. Das wird ein feiner Nachmittag. Ich hörte, daß die Stiere...»

Auch hier unterbrach ihn der Aficionado aus Bilbao, um wieder von dem Dunkelbraunen zu reden, der die höchsten Erwartungen rechtfertigen würde. So geschah es, daß die beiden Herren, die nur einen stummen Gruß gewechselt hatten, miteinander ins Gespräch kamen und Gallardo sich genötigt sah, sie vorzustellen. Aber wie, zum Teufel, hieß sein Freund? Der Matador kratzte sich den Kopf, runzelte, angestrengt nachdenkend, die Brauen. Umsonst! Es blieb nur ein Ausweg.

«Hör mal, wie heißt du doch? Nimm es mir nicht übel... du weißt ja, man kommt mit so viel Menschen zusammen...»

Sein Freund verbarg seine Enttäuschung hinter einem Lächeln. Dann nannte er seinen Namen.

«Richtig! Jetzt weiß ich wieder Bescheid.» Und mit einer Handbewegung stellte der Espada vor: «Señor Pablo Sanchez, einer der reichsten Bergwerksbesitzer aus Bilbao – der berühmte Dr. Ruiz. Bitte, behalten Sie Platz, und plaudern Sie weiter», fuhr er fort, «ich werde mich dabei ankleiden. Unter Männern geniert das wohl nicht.»

Rasch zog er den Straßenanzug aus, setzte sich auf einen Stuhl unter den Pfeilerbogen, der den Salon vom Schlafzimmer trennte, und überließ sich Garabatos gewandten Händen. Obgleich er schon am Morgen rasiert war, seifte ihn der Diener nochmals ein und fuhr mit dem Rasiermesser sorgfältig über das brünette Gesicht. Dann wurde das Haar mit allerhand Essenzen gewaschen, mit Öl und Brillantine eingerieben, zu kunstvollen, über Stirn und Schläfen fallenden Locken frisiert und schließlich der geheiligte Zopf in Angriff genommen.

Nicht ohne eine gewisse Ehrfurcht flocht Garabato den langen Schopf, um das Ende dann vorläufig mit zwei Haarnadeln auf dem Kopf festzustecken. Jetzt kamen die Füße an die Reihe. Er zog seinem Herrn Schuhe und Strümpfe aus, so daß der Matador nur noch mit seiner Unterwäsche bekleidet dasaß.

Die kräftige Muskulatur Gallardos trat unter der dünnen Seide deutlich hervor. Eine Höhlung im rechten Schenkel verriet, daß das Horn eines Stiers dort furchtbar gewütet hatte; die beiden Arme waren mit großen weißen Flecken gesprenkelt, Spuren zahlreicher Stöße; über die Brust liefen zwei rote Zickzacklinien, und violettes Fleisch an einem der Fußknöchel wies eine runde Vertiefung auf, als hätte sie einer Münze als Form gedient.

Unter dem Arm einen Pack Watte und weiße Binden, kniete Garabato zu seinen Füßen nieder.

«Du siehst aus wie ein römischer Gladiator, Juan», unterbrach Dr. Ruiz seine Unterhaltung mit Don Pablo.

«Aber ich werde alt», gab der Espada etwas melancholisch zur Antwort. «Als ich noch mit Stieren und dem Hunger kämpfte, hatte ich eiserne Füße und keine Bandagen notwendig.»

Behutsam zwängte der Diener kleine Wattebäuschen zwischen die Zehen, legte eine Watteschicht unter die Sohlen, eine andere oben auf den Fuß, und umwickelte alles mit straffen Binden, deren Enden sorgfältig vernäht wurden.

Gallardo stampfte einige Male mit den Füßen auf, fühlte sie stark und beweglich und ließ sich die langen Strümpfe überstreifen. Dick und schmiegsam wie Gamaschen, reichten sie bis zum halben Oberschenkel – der einzige Schutz unter dem seidenen Kampfkostüm.

«Vorsicht, Garabato, daß es keine Falten gibt! Du weißt, wie ich sie hasse!»

Und der Matador drehte sich vor dem Spiegel hin und her, um sich zu überzeugen, daß sie glatt anlagen.

Über diese weißen Strümpfe kamen andere von roter Seide und dann die leichten Halbschuhe mit heller Sohle, die Gallardo unter einem halben Dutzend neuer Paare auswählte.

Jetzt erst begann das eigentliche Anziehen. Der Torero schlüpfte in die braunseidene, an den Nähten mit schweren Goldstickereien besetzte Kampfhose, die unter dem Knie eine in Goldquasten endigende Kordel, die «Schraube», abschnürte. Seine Beinmuskeln spannend, ermahnte er den Diener, die Kordeln recht stramm anzuziehen – eine Sache von großer Wichtigkeit, denn ein Matador soll möglichst feste Schrauben tragen.

Über das weiche, feingefältete Batisthemd fiel die Krawatte, die Garabato zu einem kunstvollen Knoten schlang. Wie eine rote Linie teilte sie die Brust und verlor sich in der Hose. Aber die komplizierteste Angelegenheit des ganzen Anzugs stand noch aus: das Anlegen der seidenen Binde von mehr als vier Meter Länge.

Während der Diener das eine Ende in der Hand hielt, ging der Espada in eine Ecke des Zimmers und legte das andere an seine Taille.

«Aufgepaßt, Garabato! Zeig das bißchen Geschicklichkeit, das du hast!»

Sich ständig um sich selbst drehend, kam er auf den Diener zu, so daß die straffgespannte Binde sich in regelmäßigen Windungen um seine Taille schmiegte, wobei Garabato sich bemühte, sie durch schnelle Handbewegungen bald doppelt, bald in ganzer Breite aufwickeln zu lassen. Doch der in bezug auf sein Äußeres sehr peinliche und schwer zu befriedigende Matador machte einige Male halt, pirouettierte zurück, um sie von neuem nach seinem Geschmack zu ordnen, bis die ganze Binde ohne ein Fältchen, ohne die geringste Ausbuchtung, wie angegossen am Körper saß. So viele Nadeln hatte der Diener verwandt, so viele Enden aneinandergenäht, daß der ganze Anzug aus einem Stück zu bestehen schien. Und bevor Gallardo nicht abends zu Garabatos Schere zurückkehrte, konnte er keines der Kleidungsstücke ablegen, falls nicht ein Toro diese Arbeit übernehmen würde.

Wieder setzte er sich. Garabato zog die Haarnadeln aus dem Zopf und flocht ihn zusammen mit einem falschen, der als Erinnerung an den früheren Haarbeutel der allerersten Stierkämpfer eine schwarze Bandschleife trug.

Als wollte der Matador den Moment, fix und fertig dazustehen, auf jede mögliche Art hinausschieben, ließ er sich seine angerauchte Zigarre reichen. Alle Uhren schienen ihm jetzt vorzulaufen.

«Noch viel Zeit! Ich mag nicht so früh auf der Plaza erscheinen. Scheußlich, dies Gequassel dort anzuhören, wenn man warten muß.»

Doch ein Hotelpage meldete, daß seine Cuadrilla vorgefahren sei.

Nun blieb ihm kein Vorwand mehr zu weiterem Zögern. Er schlüpfte in die mit goldenen Quasten besetzte Weste, dann in die kurze Jacke, ein prachtvolles Stück, schwer wie ein Harnisch, die Augen blendend von all dem Gold. Die braune Seide war nur an den Innenflächen der Ärmel und an den Schulterblättern sichtbar, überall sonst verschwand sie unter dicker Goldstickerei, deren Blumenarabesken aus farbigen Steinen zusammengesetzte Blüten trugen. Breite goldene, mit Troddeln behangene Raupen lagen auf den Achseln, und auch der Rand der Jacke war mit goldenen Fransen besetzt, die jeder Schritt leise erzittern ließ. Aus den breiten Brusttaschen guckten zwei Taschentücher hervor vom gleichen Rot wie Krawatte und Binde.

«Die Montera!»

Behutsam nahm Garabato aus einer ovalen Schachtel die charakteristische schwarze Kampfmütze mit runden Bauschen über den Ohren und gab acht, daß unter ihr der Zopf des Matadors auch schnurgerade auf den Rücken herabhing.

«Den Mantel!»

Auf einem Sessel spreizte sich die Capa de Gala, ein fürstlicher Umhang aus brauner Seide und, wie das ganze Kostüm, mit Gold bestickt. Gallardo legte ihn über die linke Schulter. Dann ein letzter Blick in den Spiegel:

«Nicht übel... Zur Plaza!»

Sein Besuch verabschiedete sich eiligst, um noch eines Wagens habhaft zu werden, während Garabato ein rotes Tuchbündel aufnahm, aus dem die Griffe und Spitzen einiger Degen hervorlugten.

Schon auf der Treppe hörte der Espada das Summen der Menschenmenge, die, eine kompakte Masse, die Straße besetzt hielt. In der Halle stand der Besitzer mit seiner Familie, hinter ihm die Angestellten des Hotels, um dem Matador Glück zu wünschen.

Er war wie umgewandelt, war ein ganz anderer, seit er den gleißenden Mantel über die Schultern geworfen hatte. Ein sorgloses, selbstbewußtes Lächeln lag auf seinem Gesicht. Jetzt brannte er vor Verlangen, sich dem Publikum zu zeigen.

«Lassen Sie mich durch! Gracias, Caballeros! Gracias!»

Langsam bahnte er sich einen Weg durch die Mauer von

Menschen, die die Gelegenheit benutzen wollten, die Hand des berühmten Matadors zu schütteln oder wenigstens sein Kostüm zu berühren.

Dicht am Trottoir scharrten vier prunkvoll aufgezäumte Maultiere, die Galabespannung des Wagens, in dem die drei zu Gallardos Cuadrilla gehörenden Banderilleros saßen. Auch sie in blitzender Tracht, wenngleich ihre Stickereien nur aus Silber waren.

«Olé el Gallardo! Viva España!» brauste die Menge auf.

Lächelnd dankte der Maestro nach allen Seiten. Die Volksbegeisterung erschütterte ihn, und gleichzeitig erfüllte es ihn mit nicht geringem Stolz, den Namen des Vaterlandes so eng verbunden mit dem seinigen zu hören. Hüte und Taschentücher wurden geschwenkt, und in flottem Trab fuhr der Wagen unter dem lustigen Gebimmel der Maultierglöckchen davon. Hinter ihm her tollte ein Rudel Buben und Mädchen, um die Wette rennend, als erwartete sie ein außerordentlicher Lohn am Ende ihrer wilden Jagd.

Seit einer Stunde durchflutete die breite Alcalá-Straße ein Strom von Wagen zwischen zwei Ufern enggedrängter Fußgänger. Alle nur erdenklichen Arten von Fahrzeugen, von der alten, wackligen Postkutsche – ein rollender Anachronismus – bis zum modernsten Automobil. An den Straßenbahnwagen und Omnibussen hingen, irgendwo angeklammert, vorquellende Menschen dicht wie Trauben. In offenen, zwei- und vierspännigen Equipagen saßen Damen mit weißer Mantilla und brennendroten Blumen. Hupen brüllten; Kutscher schrien; Zeitungsverkäufer riefen gellend den Stammbaum der heutigen Stiere und die Biographien der Toreros aus – ein lärmendes Chaos, bisweilen, wenn irgendwo ein guter Witz fiel, von hellem Gelächter übertönt. Neben den dunklen Uniformen der berittenen Munizipalgarde tauchten Männer in gelben, zwischen Eisenschienen steckenden Hosen auf: die Picadores, verwegene Reiter im hohen maurischen Sattel.

Bis zum Platz der Kybele, wo sich das Tor von Alcalá wie ein weißer Triumphbogen vom blauen Himmel abhob, dasselbe bewegte Bild. Die Baumreihen auf beiden Seiten wiegten ihr erstes Grün in dem warmen Frühlingswind und eine strahlende Sonne holte tausend Reflexe aus dem bunten Gewimmel.

An Gallardos Seite saß der Nacional, sein zuverlässigster Banderillero in gefährlichen Momenten der Corrida. Er war zehn Jahre älter als der Espada, ein Riese mit zusammengewachsenen Brauen und ernstem Wesen und in den Torerokreisen wegen seines redlichen Charakters und seiner politischen Ideale bekannt.

«Juan», sagte er, «beklage dich nicht über Madrid. Das Publikum ist förmlich in dich vernarrt.»

Aber Gallardo, der unablässig für die Ovationen der Menge dankte, murmelte finster:

«Ich habe das Gefühl, daß mir heute nachmittag etwas zustoßen wird.»

Bei der Kybele mußte der Wagen anhalten. Vom Prado her kam ein großes Trauergefolge und kreuzte den Wagenstrom. Wie seine Banderilleros zog der Matador schleunigst die Montera und sah bestürzt auf das Kruzifix sowie die psalmodierenden Geistlichen, von denen einige mit Widerwillen, einige aber auch mit Neid diese Menschen musterten, die Gott vergaßen, um zum Vergnügen zu eilen.

«Zum Donnerwetter, runter mit deiner Mütze, Verbrecher!» herrschte er den Nacional, der sich als einziger nicht gerührt hatte, voller Wut an, von der konfusen Idee erfaßt, daß dessen Auflehnung ihm selbst Unheil bringen würde.

«Gut, ich nehme sie ab», erwiderte der Hüne, maulend wie ein gescholtenes Kind, «aber nur zu Ehren des Toten!»

Es dauerte eine ganze Weile, ehe der lange Zug vorüber war.

«Schlechtes Omen!» grollte Gallardo. «Wie kommt man nur auf die Idee, mit einem Begräbnis über den Weg zur Plaza zu ziehen? Verflucht! Ich sagte ja, daß mir heute noch was passiert.»

«Aberglaube, phantastischer Aberglaube!» meinte der Nacional. «Gott und Natur» – das war sein Lieblingsausdruck – «haben damit nichts zu tun.»

Endlich ging es weiter, diesmal im Galopp, bis zu den Stallungen, an die sich eine Menge einstöckiger Häuschen – Lauben vor der Tür und Blumenstöcke im Fenster – reihten: eine ganze kleine Siedlung mit Werkstätten, Remisen, Stallungen und Wohnungen für die Stallknechte, Handwerker und Angestellten der Plaza. Kaum hatte Gallardo den Fuß auf den Boden gesetzt, so umklammerten zwei Arme seinen Hals.

«Liebling! Einziger! Hoch die tapferen Toreros!» schrie der ehrenwerte Bürger, der von einem zu guten Frühstück kam, lehnte seinen schweren Kopf an die Schulter des Matadors und blieb regungslos so stehen, als müßte sich sein Enthusiasmus an diesem Plätzchen ausruhen. Es kostete Gallardo Mühe, sich zu befreien, doch die etwas rauhe Abwehr kühlte die Begeisterung des Mannes nicht ab.

«Schiffe haben sie... Geld haben sie... anderswo... aber keine Toros und keine mutigen Burschen wie den hier. Olé, mein Junge!»

Gallardo durchschritt den weißgekalkten, öden Saal, in dem sich die Toreros versammelten, und betrat einen schmalen Raum, an dessen Ende Lichter funkelten. Es war die Kapelle. Über dem blumengeschmückten Altar, auf dem vier Kerzen brannten, hing die Schutzheilige der Stierkämpfer, die «Madonna mit der Taube».

Die Kapelle war voll von Menschen. Manche standen auf

Stühlen und Bänken; fast alle aber hatten dem Altar den Rücken gekehrt und blickten voller Spannung zur Tür, um jedesmal, wenn dort ein Torerokostüm aufschimmerte, den Namen des Trägers zu nennen. Die Banderilleros und Picadores erregten, obwohl sie ebensogut wie die Matadore ihr Leben aufs Spiel setzten, kein besonderes Interesse. Doch plötzlich erhob sich ein immer stärkeres Geflüster. Ein Name ging von Mund zu Mund:

«Fuentes! Das ist Fuentes!»

Und der elegante, schlanke Espada mit den Zigeuneraugen schritt zum Altar, warf mit theatralischer Gebärde den Mantel über die Schulter und beugte graziös ein Knie. Ein kurzes Gebet, dann schlug er das Kreuz und kehrte rückwärts schreitend zur Tür zurück, den Blick unentwegt auf die Jungfrau gerichtet, wie ein Tenor, der zwischen den Kulissen verschwindet.

Gallardo war einfacher. Die Mütze in der Hand, den Mantel zusammengefaltet, kniete er andächtig zum Gebet nieder, ohne an die Hunderte von Augen um sich herum zu denken. Seine naive Christenseele, die an alle möglichen, übernatürlichen Einflüsse glaubte, flehte inbrünstig um Schutz. Zum erstenmal am heutigen Tag flogen seine Gedanken zu Frau und Mutter. Die arme Carmen, die in Sevilla angstvoll auf das Telegramm wartete! Señora Angustias, zufrieden mit ihrem Hühnerhof auf der Rinconada, ohne Ahnung, wann und wo ihr Sohn kämpfte! Und er mit diesem düsteren Vorgefühl! «Heiligste Jungfrau, beschirme mich! Ich will brav sein, die andere vergessen...»

Durch dieses Gefühl der Reue gestärkt, verließ er die Kapelle. Draußen wollte ein schwarzgekleideter Herr ihn zuvorkommend begrüßen, doch der Matador stürmte von dannen.

«Noch ein übles Omen!» murmelte er empört. «Und da soll heute nichts passieren?»

Der Schwarzgekleidete war der Kaplan der Plaza, der alles für die letzte Ölung Notwendige brachte. Er kam von der entfernten Prosperidadpfarrei, die seit vielen Jahren mit einem anderen Kirchspiel einen lebhaften Kompetenzstreit führte, wem die religiöse Versorgung der Plaza oblag. An Tagen einer Corrida nahm er eine vom Pächter der Arena bezahlte Droschke, vertauschte die Soutane mit einem schwarzen Rock, dessen lange Schöße das heilige Öl verbargen, und bestimmte, da ihm zwei gute Vorderplätze zustanden, der Reihe nach einen seiner Freunde zum Sakristan.

Mit der Miene des Besitzers öffnete er die Tür der Kapelle und gewahrte entrüstet das Benehmen dieser Gläubigen. Alles schwatzte laut durcheinander, mehrere der Anwesenden rauchten sogar.

«Aber Caballeros, ist dies ein Café? Seien Sie so freundlich, hinauszugehen. Übrigens fängt auch die Corrida gleich an.»

Diese letzten Worte verfehlten nicht ihre Wirkung. Im Nu war die Kapelle leer. Auch der Herr Kaplan hatte es eilig, das Öl in eine bemalte Holzkiste zu verschließen und an seinen Platz zu kommen.

Unter einem Pfeilerbogen, dessen Tor auf die Plaza führte, formierten sich die Cuadrillas zum Aufmarsch: voran die Matadore; in großem Abstand die Banderilleros, gefolgt von der rasselnden, nach Leder riechenden Schwadron der Picadores, deren Pferden man ein Auge zugebunden hatte. Hinter diesen wilden Lanzenreitern kamen, mit der spanischen Flagge am Kummet, die aufgeputzten, schellenbehängten Maultierdreigespanne, die später die getöteten Tiere im Galopp aus der Arena schleiften. Diener in Blau und Gold schlossen den Zug.

Zwischen der oberen Kante des Tors und dem sich darüber spannenden Steinbogen bot sich ein Ausblick auf den blauen Himmel und ein Stückchen der mit Menschen vollgepferchten höchsten Galerie, wo Fächer und Taschentücher gleich bunten Schmetterlingen auf- und abschwirrten.

Ein Riesenhauch, das Atmen einer ungeheuren Lunge kam durch dieses ovale Loch herein, vermischt mit einem harmonischen Summen, das eine ferne Musik erraten ließ.

Gallardo trat mit den beiden anderen Espadas in eine Reihe. Ein ernstes Neigen des Kopfs als Begrüßung, weiter nichts. Keiner sprach, keiner lächelte. Ihre Gesichter waren bleich vor innerer Erregung, und dieses Gefühl nahm derart zu, daß sich ihre Haut mit einem feinen Schweiß bedeckte.

Pferdegetrappel! Reiter in kurzen schwarzen Mänteln mit hochstehendem Kragen und federgeschmückten Hüten – die Alguaciles in der Tracht des 17. Jahrhunderts, die die Arena von Neugierigen gesäubert hatten und sich jetzt an die Spitze des Zugs stellten.

Weit öffneten sich die Torflügel; der runde Platz, umsäumt von vierzehntausend Zuschauern, wurde sichtbar. Aus dem Schatten des Hofs traten die Toreros in das strahlende Licht, aus dem Schweigen in den Tumult der Menge, die von ihren Sitzen aufstand, um besser sehen zu können. Brausender Applaus, rauschende Musik, und in feierlichem Schritt marschierten die Cuadrillas, denen die Sonne alle Regenbogenfarben entlockte, zur Loge des Präsidenten der Corrida.

Hinter ihnen blieben Ungewißheit und Ahnungen. Seit ihr Fuß den Boden der Arena betrat, wagten sie ihr Leben für etwas Höheres als Geld. Ruhm winkte ihnen; er verscheuchte die Gefahr und erfüllte ihr Herz mit verwegenem Mut.

Gallardo schritt stolz wie ein Conquistador und blickte mit einer triumphierenden Miene um sich, als existierten die beiden anderen Espadas nicht. Alles war sein, Plaza und Publikum. Die Ovationen galten nur ihm; die Tausende schöner Frauenaugen unter den weißen Spitzenmantillen suchten nur ihn. Und er fühlte sich Manns genug, sämtliche Stiere der Weiden Andalusiens zu töten.

Anmutig neigten sich die Toreros vor dem Präsidenten, dann löste sich der glänzende Zug auf. Während ein Alguacil den vom Präsidenten herabgeworfenen Schlüssel zum Ausfalltor der Stiere in seinem Hut auffing, reichte Gallardo die Capa de Gala seinen Freunden, die sie wie ein Panier über die Holzbrüstung breiteten.

Nicht allein seine Anhänger, sondern die ganze Plaza erwartete Außerordentliches von ihm. Die Kenner sagten, man könnte bei ihm auf «Hule» rechnen, womit das Wachstuch auf den Betten des Verbandszimmers gemeint war. Und tatsächlich herrschte im Publikum der Glaube, daß es Gallardo bestimmt sei, auf der Plaza zu sterben. Doch das vergrößerte nur noch das brutale Interesse der Menge, verstärkte den Applaus, der ihn grüßte.

Gallardo selbst spottete über die bejahrten Aficionados, die gewichtigen Theoretiker, die einen Unfall für unmöglich erklärten, solange der Torero sich streng an die Regeln der Kunst hält! Regeln! Er kannte sie weder noch spürte er Verlangen, sie kennenzulernen. Mut und Verwegenheit genügten, um zu siegen. Und ohne andere Führung als seine Tollkühnheit, ohne andere Hilfe als die Gewandtheit und Kraft seines Körpers machte er diese rapide Karriere. Nicht wie die anderen Matadore hatte er als Peon begonnen und dann lange Jahre als Banderillero verbracht. Die Hörner der Toros? Schlimmer stach der Hunger! Worauf es ihm ankam, war, schnell hochzusteigen. So debütierte er als Espada und errang in wenigen Jahren eine ungeheure Popularität.

Man bewunderte ihn ebenso wie man seinen Tod auf den Hörnern für unvermeidlich hielt. Das Publikum zeigte einen infamen Enthusiasmus für seine Art, das Verderben herauszufordern. Und mit der Bestialität derer, die vom sicheren Ort einer Gefahr beiwohnen, hetzte es seinen Helden an. Doch vernünftige Leute zuckten über seine unglaubliche Bravour die Achseln:

«Abwarten, wie lange es dauert!»

Trompetensignale ertönten: der erste Toro. Gallardo, den schmucklosen Kampfmantel über dem Arm, lehnte in abweisender Haltung an den hölzernen Schranken. Der Stier war für einen anderen Espada. Halb verächtlich sah er zu, wie die Toreros das Tier mit der Capa reizten, wurde aber noch bleicher, als sich Fuentes nach einem brillanten Todesstich für die Ovationen der Menge bedankte.

Kaum hatte der zweite Stier die Arena betreten, so schien Gallardo mit fabelhafter Beweglichkeit die ganze Plaza zu füllen. Seine Capa flog ständig um das Maul der Bestie herum. Ein Picador seiner Cuadrilla wurde aus dem Sattel geworfen und kam, völlig hilflos, vor die furchtbaren Hörner zu liegen. Doch gerade als sie ihn aufspießen wollten, klammerte sich der Maestro an den Schwanz des Toros und zog mit herkulischer Kraft, bis das Tier sich umdrehte. Der Reiter war gerettet.

Bei dem Signal für die Banderilleros näherte sich der Nacional, die kurzen, stachelbesetzten Stäbe in der Hand, als erster dem Stier. Er wußte nichts von graziösen Bewegungen, verwegenem Anlauf. Nein, für ihn handelte es sich einfach darum, das tägliche Brot zu verdienen, denn in Sevilla gab es vier Kinder, die ohne ihn verhungern mußten. So stach er dem Toro seine Banderillos in den Nacken, gerade gut genug, um nicht ausgepfiffen zu werden.

Neue Signale: die Aufforderung an den Matador, zu töten. Aus Garabatos Händen nahm Gallardo den Stock mit dem scharlachroten Tuch nebst Degen und ging in kurzem Schritt zur Loge des Präsidenten, um ihm seinen Toro zu widmen. Die Menge konnte seine Worte nicht hören, aber der Anblick der hohen, schlanken Gestalt mit dem arrogant zurückgeworfenen Oberkörper hatte dieselbe Wirkung wie eine beredte Ansprache. Tiefes Schweigen senkte sich auf die Zuschauer.

Langsam schritt der Espada dem Stier entgegen, in der Rechten den Degen, den er im Takt zu seinen Schritten bewegte. Ein kurzer Blick seitwärts zeigte ihm, daß zwei Banderilleros folgten, um im Moment höchster Gefahr den Stier mit ihren Capas von dem Matador abzulenken.

«Alles bleibt zurück!» erschallte seine Stimme. Ein Schauer der Erregung durchrieselte die Menge. Welch ein Mann!

Kurz vor dem Stier entfaltete er ruhig das brennendrote Tuch, machte dann noch einige Schritte, bis er mit der ausgestreckten Muleta das Maul des Toros beinahe berührte.

Kein Laut in der ungeheuren Plaza. Alles hielt den Atem an, doch die Augen blitzten vor Begeisterung.

Ungeduldig stampfte der Espada, um die Bestie zu reizen, auf den Boden, und das schwarze Ungestüm brach brüllend auf ihn los. Die Muleta flatterte über den langen, spitzen Hörnern, die die Troddeln und Fransen am Kostüm des Matadors streiften, während dieser, ohne sich vom Fleck zu rühren, nur den Oberkörper zur Seite warf. «Olé!» belohnte ihn die Menge.

Der Toro machte kehrt, um seinen Angriff auf den Mann mit dem aufreizenden Tuch zu erneuern. Wieder das knappe Durchschlüpfen unter der Muleta. Die Bestie raste, weil es ihr nicht gelang, ihren Feind zu treffen, ließ sich aber immer wieder durch das vor ihren Augen geschwenkte Tuch beirren und stieß in die Luft. Ihr Speichel bespritzte Gesicht und rechte Hand des Matadors, der auf das wütende Tier wie auf einen guten Freund schaute, der bereit ist, sich für den Ruhm des anderen töten zu lassen.

Müde dieser nutzlosen Jagd, blieb der Stier jetzt stehen und blickte voll finsterer Überlegung auf den Menschen mit dem roten Lappen, so nah und doch nie zu fassen.

Da überkam Gallardo die jähe Eingebung, der er seine größten Triumphe verdankte. Jetzt! Durch eine schnelle, kreisförmige Bewegung der linken Hand wickelte er die Muleta auf und hob die rechte bis zur Höhe seiner Augen, die Degenspitze auf den Nacken des Tiers gerichtet.

«Noch nicht! Laß sein!» warnten tausend ängstliche Stimmen.

Der Toro präsentierte sich schlecht. So, wie er stand, mußte er den Matador zu fassen bekommen. Aber kannte dieser Vorsicht für sein Leben?

Wie ein Blitz stürzte er auf den Stier, der im selben Moment auf ihn losfegte. Ein wilder, ein brutaler Zusammenstoß! Einen Augenblick lang bildeten beide eine einzige Masse, die sich ein paar Meter fortbewegte, ohne daß man unterscheiden konnte, wer Sieger war: der Mann, der sich mit dem rechten Arm und dem halben Oberkörper zwischen den Hörnern befand, oder der Stier, dessen gesenkter Kopf diese goldene Puppe suchte.

Endlich löste sich die Gruppe auf. Die Muleta fiel wie ein Lumpen zu Boden und der Espada taumelte durch die Gewalt des Anpralls noch einige Schritte weiter, ehe er sein Gleichgewicht wiederfand.

Der Toro stürmte weiter. Kaum hob sich der rote Griff des bis zum Knauf im Körper steckenden Degens auf seinem breiten Nacken ab. Ganz plötzlich machte er halt. Die Vorderbeine knickten ein, der Kopf senkte sich, daß das röchelnde Maul den Boden berührte. Schwerfällig legte sich das Tier, von Schauern der Agonie geschüttelt, in den Sand.

Es schien, als bräche die Plaza zusammen. Vierzehntausend Menschen sprangen auf, schrien, klatschten, gestikulierten. Man hatte Gallardo verloren gegeben, als er in den Hörnern des Stiers lag.

Die Hüte flogen in die Arena und der donnernde Beifall begleitete ihn auf seinem Gang zur Präsidentenloge. Als er hier die Arme hob, um den Präsidenten zu grüßen, brach ein neuer Orkan los. Man verlangte für ihn die höchste Ehrung. Und da der Wille des Publikums auf der Plaza Gesetz ist, überreichte ein Diener dem Diestro ein dunkles Dreieck – eine Ohrspitze seines Toros.

Schon war der dritte Stier erschienen, und noch immer dauerten die Ovationen für Gallardo an. Die übrigen Toreros taten alles, um die Aufmerksamkeit zu fesseln, doch der Applaus der Menge blieb schwach. Heftige Diskussionen entbrannten. Die Anhänger der anderen Matadore begannen Gallardo zu kritisieren:

«Verwegen ist er freilich, schon mehr ein Selbstmörder; aber von der wahren Kunst des Stiergefechts hat er keine Ahnung!»

Ihr herbes Urteil forderte seine enthusiastische Gefolgschaft heraus – Stöcke wirbelten in der Luft; Fäuste reckten sich drohend. Und obwohl es den von Bank zu Bank höhersteigenden Polizisten allmählich gelang, die Ruhe einigermaßen wieder herzustellen, blieb das Publikum erregt und zeigte, mit wenigen Ausnahmen, gegen die folgenden Toreros eine ungerechte Feindseligkeit, die sich durch verächtliches Schweigen kundtat. Ohne Interesse an den Vorgängen in der Arena, vertrieb es sich die Langeweile mit Essen und Trinken. Der goldene Wein Andalusiens leuchtete in den Gläsern; und wie rote Bälle flogen die Apfelsinen von der Hand der Verkäufer bis in die obersten Reihen.

Plötzlich jedoch eine allgemeine Bewegung: Fuentes war im Begriff, seinem Stier selbst die Banderillas aufzusetzen, und verwundert sah der noch soeben von einem Gewimmel Capas, Pferden und grausamen Lanzen bedrängte Toro einen einzelnen Mann auf sich zukommen.

Fuentes schien die Bestie zu hypnotisieren. Er schlug ihr mit der Spitze der Banderillas auf das Maul und lief mit kleinen Schritten rückwärts, das willenlose Tier hinter sich herlockend bis zum anderen Ende der Plaza. Hier machte er dem Spiel ein Ende, reckte sich auf den Zehenspitzen hoch und ging mit imponierender Ruhe auf den Toro los, um die beiden Banderillas rechts und links in den Nacken des überraschten Tiers zu stoßen.

Zweimal wiederholte er dieses Meisterstück, das die Menge hinriß. «Das ist wahre Kunst! Das ist ein wirklicher Torero!»

Währenddem stand Gallardo an der Barriere, wischte sich mit einem Handtuch den Schweiß vom Gesicht und trank ein Glas Wasser, den Rücken zur Arena gewandt, um die Taten seiner Kameraden nicht mitansehen zu müssen. Außerhalb der Plaza schätzte er sie hoch, aber hier sah er in ihnen Feinde, die seine Triumphe schmälern konnten.

Als der fünfte, wieder für ihn bestimmte, Stier losgelassen wurde, stürzte sich Gallardo ungesäumt in die Arena, entschlossen, das Publikum noch einmal hinzureißen.

Mit der Capa lockte er das Tier um den ganzen Platz, berührte die Nüstern mit einem Fuß, legte seine Mütze zwischen die Hörner oder kniete in kurzer Entfernung nieder.

Die alten Sachverstandigen murrten. Mätzchen, die man früher nicht geduldet hätte! Aber ihr Einspruch wurde von dem Applaus der Menge erstickt.

Beim Signal «Banderilleros» nahm Gallardo dem Nacional die spitzen Stäbe ab und wandte sich zum Stier. Stürmischer Protest wurde laut. Banderillas aufsetzen war nichts für ihn, der von Anfang an den Degen gehandhabt hatte.

«Nicht doch!» schrien die Zuschauer.

Auch Doktor Ruiz fuchtelte hinter der Barriere besorgt in der Luft herum:

«Laß das sein, mein Junge; du verstehst nur den großen Coup, den Todesstich!»

Desungeachtet ging der Matador schnurstracks auf den Toro los, um ihm, etwas hastig, die Banderillas in den Hals zu bohren. Beide Stäbe steckten locker und obendrein am unrechten Platz. Zwar gelang es dem Espada, noch zwei weitere Paare anzubringen, aber so ungeschickt, daß jeder andere an seiner Stelle ausgezischt worden wäre, während ihm das nachsichtige, den Mut seines Lieblings anerkennende Publikum Beifall spendete. Von den sechs Banderillas blieben nur vier haften, und selbst diese schien der Toro, dem der Matador jetzt mit Muleta und Degen entgegentrat, nicht zu spüren.

«Alles zurück!» rief er wieder.

Als er merkte, daß dennoch jemand in seiner Nähe blieb, wandte er den Kopf. Fuentes war ihm, ein Unglück ahnend, gefolgt.

«Laß mich allein, Antonio», wies ihn Gallardo halb unwillig, halb respektvoll ab.

Sobald er das rote Tuch entfaltete, raste der Stier los. Der Matador ließ ihn unter der Muleta durch, aber wider Erwarten warf sich das Tier sofort herum und riß durch einen heftigen Kopfstoß dem Espada Muleta und Degen aus der Hand. Waffenlos mußte er, von der Bestie verfolgt, zur Schranke fliehen. Sein Retter wurde Fuentes, dessen Capa den Toro ablenkte.

Wütend hob Gallardo Degen und Muleta auf und ordnete sorgfältig das rote Tuch. Wieder ging er auf den Stier zu, doch nicht kaltblütig wie sonst, sondern mit wilder Verbissenheit und dem Verlangen, diese Bestie, die ihn vor den Augen von Tausenden seiner Bewunderer zur Flucht gezwungen hatte, so bald wie möglich zu töten.

Kaum stand er ihr gegenüber, so hob er auch schon den Degen und stürzte vor.

«Aay!» Ein Schreckensruf erfüllte die ganze Plaza. Die Augen der Männer wurden starr, während die Frauen das Gesicht verhüllten.

Beim Zustoßen war der Degen auf einen Knochen geprallt, und da der Matador nicht schnell genug loskommen konnte, erfaßte ihn ein Horn in der Mitte des Körpers. Wie eine Puppe schüttelte der Stier den athletischen Mann, bis er ihn mit einer Kopfbewegung einige Meter weit fortschleuderte. Die Arme weit geöffnet, fiel der Diestro zu Boden.

«Er ist tot! Der Bauch ist ihm durchstoßen!» hörte man entsetzte Stimmen.

Aber Gallardo erhob sich lächelnd inmitten all der capaschwenkenden Männer, die sich zwischen ihn und den Toro gestellt hatten, befühlte seinen Körper und hob beide Arme, um zu zeigen, daß ihm nichts passiert war. Der starken, seidenen Binde, die in Fetzen herunterhing, dankte er das Leben.

Wieder ergriff er seine Waffe und näherte sich dem Stier, entschlossen, zu töten oder zu sterben – aber sofort, ohne Aufschub. Der Toro oder er! Rot schwamm es vor seinen Augen, und wie aus weiter Ferne hörte er das Geschrei der Menge.

Von einem Banderillero unterstützt, holte er den Stier zweimal vor. Dann schnellte er sich, einer losgelassenen Sprungfeder gleich, auf das Tier. Wie ein kurzer Blitz leuchtete die Klinge auf und vergrub sich in den Nacken. Mit durchbohrtem Herzen brach der Toro fast unmittelbar nach dem Stich zusammen.

Das Publikum raste vor Begeisterung. Wen konnte noch der Rest der Corrida interessieren? Als jedoch der letzte Stier gefallen war, brach eine Woge von Menschen in die Arena, um Gallardo auf die Schultern zu heben und triumphierend an den Schranken entlang durch die ganze Plaza zu tragen. In seine Capa de Gala gehüllt, thronte er wie eine goldene Gottheit über diesem Meer unruhiger Hüte und Mützen, umbraust von stürmischen Ovationen.

In der Halle des Hotels standen die Freunde und Enthusiasten Kopf an Kopf. Aber ehe der Matador sich feiern ließ, nahm er seinen Diener beiseite.

«Sende sofort das Telegramm nach Hause: ‹Gut verlaufen!›»

Garabato machte Einwendungen. Mußte er nicht beim Umkleiden behilflich sein? Das Telegramm konnte auch ein Hotelpage besorgen.

«Nein, du gehst selbst», befahl Gallardo. «Ich kann warten, bis du zurückkommst. Du hast auch noch ein anderes Telegramm zu schicken an Doña Sol. Ebenso: ‹Gut verlaufen.› Weiter nichts!»

Als der Gatte von Frau Angustias, der Señor Juan Gallardo, ein ehrsamer Flickschuster im Stadtviertel de le Feria, starb, beweinte sie ihn in gebührender Weise, spürte aber im Grunde ihres Herzens eine Erleichterung wie am Ende eines langen, beschwerlichen Marschs. – In den zwanzig Jahren ihrer Ehe hatte er ihr von den 3 Pesetas, die er am Tag durchschnittlich verdiente, eine für die Bestreitung des Haushalts abgegeben, die beiden anderen jedoch für private Zwecke und Repräsentationskosten verwandt. Mußte er sich nicht revanchieren, wenn die Freunde ihn einluden? Und der Wein Andalusiens kostet, gerade weil er Gottes Glorie ist, viel Geld. Auch ging er regelmäßig zu jedem Stiergefecht, denn wozu ist ein Mann, der weder trinkt noch Corridas besucht, eigentlich auf der Welt?

So war Señora Angustias, Mutter zweier Kinder – Encarnación und Juanillo –, genötigt, vielerlei Geschicklichkeiten zu entfalten, um die Familie durchzubringen. Als Aufwärterin half sie in den besseren Häusern des Viertels, nähte für die Nachbarinnen, vertrieb Kleider und Schmuck aus der Pfandleihe einer Freundin und drehte in den Mußestunden noch Zigaretten wie in ihrer Jugend, als der Señor Juan, damals ein zärtlicher Bräutigam, sie am Tor der Fabrica de Tabacos abholte.

Über Untreue oder schlechte Behandlung konnte sie nicht klagen. Kehrte der Flickschuster sonnabends spät in der Nacht mit einem mächtigen Rausch heim, so hielten gleichzeitig Frohsinn und Zärtlichkeit ihren Einzug. Es kostete Señora Angustias derbe Püffe, ihn über die Schwelle des Hauses zu befördern, denn er bestand darauf, vor der Tür Liebeslieder zu singen, die er mit Händeklatschen begleitete. Schloß sich endlich die Pforte hinter ihm, so wurde er sentimental, küßte die schlafenden Kinder und versicherte – dicke Tränen auf den Backen – seiner wohlbeleibten Gattin, daß sie die erste Frau der Welt sei. Neue Strophen folgten, bis die gute Señora Angustias ihn wie ein hilfloses Kind lachend zu Bett brachte.

Das war sein einziges Laster. Weiber und Karten? Keine Spur! Und die ungleiche Verteilung des Einkommens machte er durch generöse Einladungen wieder gut. Voll Stolz erinnerte sich die Señora Angustias an die großen Festtage, wenn sie auf sein Geheiß das prächtige Tuch – einen echten «Manton de Manila» – umschlug und die Spitzenmantilla der Hochzeit aufs Haar legte, um nach einem Spaziergang durch den Deliciaspark in ein Café geführt zu werden, wobei er mit seinem weißen Córdobahut und dem Spazierstock mit silberner Krücke wie ein wohlhabender Krämer neben ihr herschritt.

Der Señor Juan wurde schwindsüchtig, und zwei Jahre lang mußte seine Frau allein alles Notwendige beschaffen. Schließlich starb er, überzeugt, daß ein Leben ohne Manzanilla und Toros nichts wert wäre, und sein letzter Blick voll Dank und Zärtlichkeit schien ihr noch einmal zu wiederholen: «Du bist die erste Frau der Welt.»

Sein Tod erleichterte ihre Lage ein wenig. Energisch und schnell von Entschluß, bestimmte sie sofort die Zukunft ihrer Kinder. Encarnación, jetzt siebzehn Jahre alt, konnte sie dank ihren Beziehungen zu einer alten, mittlerweile Aufseherin gewordenen Freundin in der Fabrica de Tabacos unterbringen, und der zwölfjährige Juanillo kam als Lehrjunge zu einem der besten Schuhmacher in Sevilla.

Nun begann das Martyrium der armen Frau.

O dieser Bengel! Sohn solch braver Eltern! Statt zur Werkstatt seines Meisters zu gehen, traf er sich fast jeden zweiten Tag mit anderen Jungen in der Herkulesallee, um mit ihnen das Schlachthaus aufzusuchen, wo sie, ihre Jacken als Kampfmantel benutzend, mit den Ochsen Corrida de Toros spielten. Und die Señora Angustias, die mit Nadel und Faden manche Nacht bei der Kerze saß, damit Juanillo sich adrett in der Werkstatt präsentieren sollte, fand ihn – vom Hunger heimgetrieben, aber sich nicht über die Schwelle getrauend – an der Haustür mit zerrissener Hose und schmutziger Jacke, Beulen und Schrammen im ganzen Gesicht.

Zu diesen Denkzetteln des «verräterischen» Ochsen gesellten sich dann die Ohrfeigen und Hiebe der Mutter. Doch der Held des Schlachthauses nahm alles gleichmütig in Kauf. «Hau zu, aber gib mir zu essen!» Und mit einem durch die starke körperliche Bewegung noch erhöhten Appetit kaute er das harte Brot, die zerbröckelten Bohnen und den halb verdorbenen Stockfisch, alles minderwertige Ware, die die sparsame Mutter für wenig Geld in den Läden erstanden hatte.

Unter seinen kleinen, zerlumpten Freunden war er als das «Schusterchen» bekannt, und es bereitete ihm eine große Genugtuung, wie fast alle bedeutenden Männer der Arena einen Beinamen zu tragen. Mit irgend etwas mußte doch der Anfang gemacht werden! Um seinen Hals schlang sich ein seiner Schwester stibitztes rotes Taschentuch und über die Ohren fielen zwei dicke Haarbüschel, die er mit Spucke glättete. Die Kittel aus Drill wünschte er nur bis zur Taille und seine Hosen, von der Señora Angustias aus alten Beinkleidern des Vaters zurechtgeschneidert, unten breit und an den Hüften eng anliegend zu haben.

Eine Capa! Einen Kampfmantel besitzen und nicht mehr

gezwungen sein, Glücklichere anzuflehen, ihm das ersehnte Tuch für einige Minuten zu leihen! Das war sein Traum.

In der Bodenkammer lag ein alter Bettsack, dessen Wollfüllung Señora Angustias in Tagen der Not verkauft hatte. Die Abwesenheit der Mutter, die das Haus eines Kanonikus schrubbte, benutzend, schloß sich das Schusterchen in der Mansarde ein, um, erfinderisch wie der auf eine wüste Insel verschlagene Schiffbrüchige, aus dem fadenscheinigen Bezug eine Capa zuzuschneiden. Hierauf wurde in dem größten Suppentopf eine Handvoll Anilinfarbe aufgekocht und die alte Leinwand hineingetaucht. Juanillo bewunderte sein Werk. Ha, welchen Neid würde dieser Kampfmantel von schönstem Scharlachrot überall erregen! Jetzt mußte er nur noch trocknen. Und so hängte er ihn auf die Leine zwischen die Weißwäsche der Nachbarinnen. Aber der Wind wehte die tröpfelnde Capa über die danebenhängenden Wäschestücke, und nach kurzer Zeit hörte Juanillo wirres Zetergeschrei, Verwünschungen, häßliche Worte gegen ihn und seine Mutter, die es ihm ratsam erscheinen ließen, den gloriosen Mantel eiligst abzunehmen und sein Heil in der Flucht zu suchen, Hände und Gesicht rot, als hätte er einen Mord begangen.

Señora Angustias, diese dicke, schnurrbärtige Frau, der kein Mann imponieren konnte, wurde bei ihrem Sohn mutlos und verzagt. Die Besenstiele zerbrachen wirkungslos auf seinem Rücken. An die Stöße und Fußtritte der Ochsen, die Prügel der Schlächter und Viehtreiber gewöhnt, faßte er die Schläge der Mutter als etwas sehr Nützliches, eine Fortsetzung seines Lebens dort draußen, auf und empfing sie ohne Widerspruch wie einen Zoll, den er für die Kosten seines Unterhalts entrichten mußte.

Kaum war sein Hunger gestillt, so stürzte er fort zur Campaña, dem traditionellen Treffpunkt aller, die mit Stiergefechten irgendwie zu tun hatten.

«Schusterchen, morgen ist Corrida!» berichteten seine Freunde, und Schauer der Erwartung durchrieselten ihn. Was aber waren diese Corridas?

Die Dörfer der Provinz veranstalteten am Fest ihrer Schutzheiligen sogenannte Stiergefechte, bei denen die Toros nicht getötet, sondern nur mit der Capa gereizt wurden. Noch in der Nacht zogen die kleinen Toreros mit leerem Magen los, um bei ihrer Rückkehr zu berichten, daß sie in der «Arena» von Bullullos, Mairena oder anderen unbekannten Weilern aufgetreten wären.

Mußten sie mehrere Tage marschieren, so nächtigten sie im Freien, falls nicht ein gutmütiger Bauer ihnen in seinem Heuschober Unterschlupf gewährte. Und wehe den Weintrauben, Melonen und Feigen, die sie zur Reifezeit unterwegs trafen! Ihre einzige Sorge war, daß noch ein Grüppchen – eine andere «Cuadrilla» – dasselbe Dorf aufsuchen und einen scharfen Wettkampf entfesseln könnte.

Am Ziel angelangt, präsentierte sich die staubbedeckte, hungrige Gesellschaft dem Alkalden. Der Keckste, der als Direktor fungierte, hielt eine feierliche Ansprache, in der er das Können seiner Leute hervorhob und erklärte, man würde sich glücklich schätzen, wenn die Großmut der Municipalität sie im Stall der Dorfschenke beherbergen, vielleicht auch zu einem Topf Suppe einladen würde. Auf dem mit Karren und Brettern eingehegten Dorfplatz standen alte Stiere, wahre Fleischberge voller Schorfe und Narben, mit ungeheuren, splitterigen Hörnern. Seit vielen Jahren kamen sie bei allen Festen der Provinz zum Vorschein, diese Veteranen, die «Latein konnten» und in alle Finessen des Stierkampfs eingeweiht waren.

Dem rohen Bauernpublikum bereiteten die «Toreros» aus Sevilla ungemeines Vergnügen, besonders wenn sie von einem Stier überrannt wurden. Flüchtete einer der Jungen voller Angst, und versuchte er, sich an den Palisaden hochzuziehen, so regnete es Schläge auf die an das Holz geklammerten Hände, bis er sich wieder herunterfallen ließ. «Marsch, du Lausbube! Zeig dem Stier das Gesicht...»

Bei Einbruch der Dunkelheit faßten zwei Mann der Cuadrilla die beste Capa an den Enden und machten die Runde, um die Kupfermünzen der Bauern einzusammeln.

Einmal blieb die Señora Angustias mehr als eine Woche ohne Nachricht von ihrem Sohn. Endlich, nach Tagen des Hangens und Bangens, erfuhr sie, daß er in einem Dorf Tocina verwundet worden war. Allmächtiger! Wo lag nur dieser Ort? Wie kam sie hin? Doch als sie reisefertig stand, tauchte Juanillo auf, bleich und schwach, aber voll Stolz auf sein großes Erlebnis. Und in seinem Triumph machte er ernstlich Miene, die Hose herunterzuziehen, um den Nachbarn die Wunde am Gesäß zu zeigen, in die man – nach seinen Worten – den ganzen Zeigefinger hineinstecken konnte, ohne ihr Ende zu fühlen. Nicht wenig bildete er sich auf den Jodoformgeruch ein, den er bei jedem Schritt verbreitete, und wußte viel zu erzählen von der fürsorglichen Behandlung in jenem Dorf, dem kein anderes in Spanien gleichkam. Außer den reichsten Bauern hatte ihn sogar der Alkalde besucht, der auch die Rückreise bezahlte.

Großzügig überreichte Juanillo die drei Duros, die er heimbrachte, seiner Mutter. So viel Ruhm mit vierzehn Jahren! Doch noch mehr schwellte sich seine Brust, als ihn in der Campana einige wirkliche Toreros leutselig fragten, wie es seiner Wunde ginge.

Seit diesem Ereignis sah ihn die Werkstatt seines Meisters überhaupt nicht mehr. Torero, nichts als Torero wollte er werden! Die Señora Angustias resignierte. Kam Juanillo abends rechtzeitig.nach Hause, so stellte ihm Mutter oder Schwester wortlos seinen Teller auf den Tisch. Aber diese schweigende Nichtachtung, die ihn niederschmettern sollte, störte nicht einmal seinen Appetit. Verspätete er sich, so verwahrten sie ihm nicht eine Kruste, und er konnte mit leerem Magen wieder abziehen.

Abend für Abend bummelte er, von einer Schar halbwüchsiger, zweifelhafter Burschen umgeben, auf der Alameda de Hércules. Nachbarinnen trafen ihn zuweilen im Gespräch mit Señoritas, über die ehrbare Frauen die Nase rümpften, oder würdigen Caballeros, denen Lästerzungen sehr häßliche Beinamen gaben. Eine Zeitlang lief er mit Zeitungen, verkaufte auch in der Karwoche den am San Francisco-Platz sitzenden Damen Tüten mit braunem Zuckerkand; meist aber lungerte er vor den Hotels herum, um eines Engländers habhaft zu werden – für Juanillo waren alle Reisenden Engländer –, dem er sich als Führer anbot.

«Mylord! Ich Torero!» pflegte er sich den Fremden vorzustellen, als ob dies eine undiskutierbare Empfehlung sein müßte.

Und um die Richtigkeit seiner Aussage nachzuweisen, ließ er das unter der Mütze versteckte Zöpfchen, nicht länger als eine Spanne, am Nacken herunterbaumeln.

Sein Intimus war Chiripa*, ein gleichaltriger, schmächtiger Junge mit durchtriebenen Augen, der weder Vater noch Mutter gekannt hatte, von klein auf in Sevilla herumstrolchte und Juanillo kraft seiner Erfahrung beherrschte. Seine linke Backe trug die Narbe eines Hornstoßes, was dem Schusterchen Veranlassung gab, neidische Vergleiche zwischen dieser Narbe und seiner eigenen unsichtbaren Verwundung anzustellen.

Wenn eine Ausländerin, voll Interesse für spanische Eigentümlichkeiten, ihre Zöpfchen bewunderte, sich die Geschichte ihrer Verwundungen erzählen ließ und zum Dank einige Pesetas hervorholte, sagte Chiripa mit schwermütiger Stimme:

* Chiripa: Glückspilz.

«Geben Sie mir das Geld. Der hier hat eine Mutter, während ich ganz allein in der Welt stehe. Wer noch eine Mutter hat, weiß nicht, was er besitzt!»

Und das Schusterchen murmelte traurig, von Gewissensbissen gequält:

«Das ist wahr, sehr wahr.»

Diese Rührung hinderte ihn jedoch nicht, seine regellose Existenz fortzusetzen und von Sevilla aus weite Reisen zu unternehmen.

Chiripa fand sich meisterhaft in diesem fahrenden Leben zurecht. An Corridatagen zeigte er den unerschütterlichen Willen, mit seinem Kameraden die Plaza de Toros zu betreten. Und seine Strategie siegte: sie kletterten über die Mauern und glitten wie Wiesel zwischen den Aufsehern durch. Ein Stiergefecht ohne sie, die zur Profession gehörten! Gab es keine Corridas in den Dörfern, so wanderten sie nach den Weiden von Tablada, um sich an den Jungstieren zu üben. Aber ihr Ehrgeiz blieb unbefriedigt.

Chiripa hatte die Welt gesehen, und das Schusterchen lauschte mit Entzücken seinen Beschreibungen von Madrid, dieser feenhaften Stadt mit ihrer Plaza de Toros, die schon mehr einer Kathedrale für Stiergefechte glich.

Eines Tages machte ihnen ein Señorito weis, daß für sie in Bilbao, wo es keinen Überfluß an Toreros gäbe wie in Sevilla, viel Geld zu verdienen sei. Bereits der nächste Morgen sah die beiden Jungen auf der Reise nach Bilbao, ohne einen Centimo in den Taschen und keinem weiteren Gepäck als ihren Capas – alt und verschossen, aber richtigen, bei einem Trödler für einige Reales erstandenen Capas.

Behutsam schlichen sie in ein leeres Abteil und versteckten sich unter den Sitzen, bis Hunger und andere Notwendigkeiten sie zwangen, ihre Gegenwart den Reisenden kundzutun, die über die seltsamen Kerlchen lachten und ihnen mitleidig zu essen gaben. Des öfteren wurden sie auf einer Station von einem Beamten entdeckt, an den Ohren hervorgeholt und furchtbar verprügelt, während der Zug wie eine verlorene Hoffnung entschwand. Und da man sie im Auge behielt, blieb ihnen nichts anderes übrig, als zu Fuß zur nächsten Station zu marschieren, um hier ihr Glück von neuem zu versuchen.

So landeten sie nach ereignisreicher Fahrt in Madrid, wo sie an der Puerta del Sol die Gruppen engagementloser Toreros bewunderten, höhere Wesen, die sie, allerdings ohne Erfolg, um eine Unterstützung zur Fortsetzung ihrer Reise angingen. Nur ein gleichfalls aus Sevilla gebürtiger Knecht von der Plaza de Toros erbarmte sich ihrer und ließ sie in den Stallungen schlafen.

Bilbao rückte immer weiter ab, so daß sie sich entschlossen, nach Sevilla zurückzukehren. Aber vom Reisefieber gepackt, begnügten sie sich fortan nicht mehr mit Exkursionen nach den Dörfern Andalusiens, sondern dehnten ihre Fahrten bis nach La Mancha und Extremadura aus. Knurrte der Magen, so krochen sie auf dem Bauch in die Gärten der Bauern, rafften Zwiebeln, grüne Erbsen und Mohrrüben zusammen oder warteten stundenlang, bis sich ein einsames Huhn näherte, das einige Kilometer weiter auf einem Reisigfeuer leicht geröstet wurde.

Gelegentlich, wenn sie in der Nähe einer Station unter freiem Himmel schliefen, um einen Frühzug zu erwarten, stöberte sie auch einmal ein Gendarm auf. Doch sobald dieser Hüter der Ordnung das rote Bündel unter ihrem Kopf und die kleinen Zöpfe sah, beruhigte er sich. In seine Sympathie mischte sich sogar etwas wie Respekt vor der dunklen Zukunft. Wer weiß, ob nicht einer dieser zerlumpten Jungen eines Tages wie ein Fürst leben und in der Arena seine Stiere dem König widmen würde!

In einem Dörfchen von Extremadura blieb das Schusterchen allein. Als Glanznummer wollten die «extra von Sevilla gekommenen Toreros» einen alten, unbändigen Stier Banderillas aufsetzen. Juanillo stieß das erste Paar ein. Stürmisches Händeklatschen sowie volle Weingläser, die man ihm über die Umzäunung reichte, belohnten seine Kühnheit. Doch ein Angstschrei ließ ihn herumfahren. Wo war der Glückspilz? Auf dem Boden der Arena lagen seine beiden Banderillas, die Mütze und ein Schuh, während der Toro ein aufgespießtes Bündelchen in die Luft warf, um es mit dem anderen Horn wieder aufzufangen. Schließlich wurde es ihm langweilig, und er schleuderte sein Spielzeug, das wie ein geplatzter Weinschlauch rote Strahlen ausspritzte, in den Staub.

Erst als die Kühe mit dem glockenbehangenen Leittier erschienen, gelang es, den Unhold zu entfernen.

Vergebens waren die in Essigwasser getränkten Tücher, die man in Ermangelung von etwas Besserem auf Chiripas Wunden legte. Das Blut hörte nicht auf zu fließen.

«Adios, Schusterchen!» röchelte der Glückspilz. «Adios, Juaniyo...»

Es war der letzte Seufzer.

Sein Kamerad machte sich entsetzt auf den Rückweg nach Sevilla, den blutigen Leichnam ständig vor Augen. Er hatte Angst. Eine zahme Kuh würde ihn zum Davonlaufen gebracht haben. Die klugen Ratschläge seiner Mutter wurden lebendig. Ja, es war schon besser, als Schusterchen ein ruhiges Leben zu führen!

Doch diese guten Vorsätze dauerten nur so lange, als er sich allein sah. Sevilla mit seiner Toreroatmosphäre ließ ihn bald das gräßliche Bild vergessen. Die zerbröckelten Bohnen, das harte Brot zu Hause paßten ihm nicht mehr. Neidisch schaute er auf die Luxuswagen und edlen Pferde, blieb nachdenklich an den Toren der reichen Häuser stehen, hinter deren Gitter Patios von orientalischer Üppigkeit, fliesenbelegte Arkaden, Marmorböden und geschwätzige

Springbrunnen auftauchten, die Tag und Nacht einen Perlenregen auf immergrüne Schlingpflanzen sprühten. Sein Los war gezogen: Stiere töten oder sterben! Reich sein, und wenn es sein Leben kosten sollte! Aber nicht etwa die Zeit mit dem Durchlaufen der einzelnen Rangstufen vergeuden! Er sah, wie die Banderilleros für 30 Duros pro Corrida ihr Leben genauso gut wie die Maestros riskierten. Nur wenigen gelang es, soviel zu ersparen, um mit den Jahren einen bescheidenen Handel anzufangen; die meisten mußten, alt geworden, bei ihren Kameraden betteln gehen oder starben im Spital. Nein, nichts von Banderillas, nichts von jahrelanger Sklaverei in einer Cuadrilla unter einem despotischen Espada! Für ihn gab es nur eines: von Anbeginn an die Arena als Matador, den Degen in der Hand, betreten.

Er war jetzt achtzehn Jahre alt, und mehrere junge Damen, die allerdings ein lockeres Leben führten, machten sich die Ehre streitig, ihn zu betreuen. Außerdem hatte er einen Gönner in einem pensionierten Stadtrat gefunden, der eine Schwäche für jugendliche Toreros zeigte, wofür er freilich von der Señora Angustias mit härtesten Ausdrücken aus ihrer Zeit in der Fabrica de Tabacos belegt wurde.

Nun trug das Schusterchen gutgeschnittene Anzüge aus englischer Wolle, auch einen anständigen Hut. Seine Verehrerinnen sorgten für blütenweiße Kragen und Hemden und sonntags blinkte auf seiner Weste eine von seinem Gönner entlehnte goldene Uhrkette, die allerdings schon bei anderen «jungen Anfängern» figuriert hatte.

Und der Tag kam, an dem er seinem ersten Stier mit dem Degen in der Hand gegenüberstand.

«Wagst du, ihn zu töten?» reizten ihn seine Freunde, als bei einer ihrer gewohnten Fahrten in die Provinz ein lebhafter Jungstier auf dem Platz erschien.

Er wagte es und war überrascht von der Leichtigkeit, mit der er den Torito fällte.

Der Besitzer der Rinconada, eines schönen Gutes bei Sevilla, hatte sich eine kleine Privatarena angelegt, und natürlich machte auch Juanillos Cuadrilla ihre Aufwartung, denn der ländliche Hidalgo hielt freien Tisch.

«Wer seine Sache am besten versteht, bekommt ein Billett zweiter Klasse nach Sevilla», begrüßte er die jungen Leute, an denen der Staub von zwei Tagemärschen klebte. Dicke Havannas rauchend, sah er dann von seiner Veranda aus zu, wie die Kleinen aus Sevilla ihre Capa gebrauchten.

«Schlecht gemacht, du Hanswurst! Steh auf, Memme, und laß dir Wein geben, damit der Schreck dir aus den Gliedern geht!» dröhnte seine Stimme, wenn der Stier einen der Burschen zu Boden riß.

Das Schusterchen aber tötete einen Toro in so vollendeter Manier, daß ihn der alte Hidalgo an seinen eigenen Tisch setzte – die anderen aßen mit den Knechten in der Küche und tunkten ihre Hornlöffel in den gemeinsamen Topf.

Als Juanillo die Rückreise zweiter Klasse antrat, während die übrigen zu Fuß abmarschierten, hatte er das Gefühl, daß jetzt ein neues Leben begönne. Sein Blick flog über die großen Olivenpflanzungen und Weizenfelder, über Mühlen und saftige Wiesen, auf denen Tausende von Ziegen, Schafen, Stieren und Kühen weideten. Welch ein Reichtum! Wenn er eines Tages solch ein Gut sein eigen nennen könnte!

«Der Junge scheint Fähigkeiten zu besitzen», meinten die Aficionados, «man müßte ihn mal auf dem Terrain sehen.»

Das Terrain war die Arena von Sevilla. Auch diese Gelegenheit ließ nicht auf sich warten. Als zu wohltätigen Zwecken eine Corrida mit Jungstieren arrangiert wurde, gelang es einigen einflußreichen Leuten, ihn – allerdings ohne Honorar – in die Liste der Matadore einzureihen, worauf sein freudestrahlender Gönner ihm sofort ein abgelegtes Torerokostüm kaufte.

«Juan Gallardo» stand auf den Plakaten, denn er hatte

sich geweigert, als das Schusterchen aufzutreten. Dieser Beiname, der später im Verkehr mit hohen Persönlichkeiten vielleicht störend wirkte, sollte begraben werden.

In hellen Haufen strömte es zur Plaza. Ein neuer Matador! Sein eigenes Stadtviertel war vollzählig erschienen, und viele Hunderte mußten außerhalb der Arena das Resultat abwarten.

Der Sohn der Señora Angustias triumphierte. Sehr gut die Capa handhabend, tötete er seine beiden Stiere korrekt, wurde einmal überrannt, ohne Schaden zu nehmen, und hielt das Publikum durch seine maßlose Verwegenheit in ständiger Aufregung.

Seine Freundinnen, trunken vor Begeisterung, warfen ihm ihre Mantas in die Arena. Mild lächelnd verfolgte der alte Stadtrat die Taten seines Schützlings. Auf der Schattenseite aber spreizte sich Juanillos Schwager, ein Sattler mit pedantischen Grundsätzen, der die hübsche Encarnación unter der ausdrücklichen Bedingung geheiratet hatte, daß sie jede Beziehung zu dem Nichtsnutz von Bruder abbräche.

«Ich will mir das Schauspiel nicht entgehen lassen, wie sie diesen Strolch mit Apfelsinen von der Plaza jagen», äußerte er zu seiner Frau, als er sich auf den Weg zur Arena machte. Doch jetzt schrie er so lange immer wieder: «Juanillo! Juanillo!», bis der Matador ihn endlich bemerkte und mit dem Degen grüßte.

«Mein Schwager!» blies sich der Sattler auf. «Ich habe stets gesagt, daß es der Kleine weit bringen würde. Er verdankt uns allerlei, meiner Frau und mir...»

Mit seiner Hilfe konnte nach Schluß der Corrida der Matador heil die Droschke erreichen, die ihn nach Hause führte.

«Hier hast du unseren Juan, Encarnación!» Dabei stieß er ihn in die Arme seiner Frau. «Der leibhaftige Cid Campeador!»

Und Encarnación brauchte nicht weiter zu fragen, da ihr

Mann diesen erhabenen, historischen Namen nur bei ganz außergewöhnlichen Ereignissen anwandte.

«Glücklich die Mutter, die diesen tapferen Burschen geboren hat!» meinten die Nachbarinnen und warfen bewundernde Blicke auf die wohlbeleibte vor sich hin weinende Señora Angustias.

«Mein Junge! Juaniyo! Könnte dich doch der arme Vater sehen!»

Juanillo nahm sie in seine Arme, streichelte die nassen Backen und sagte:

«Laß das Weinen, Mutter! Heute ist ein Freudentag. Mit Gottes Hilfe werde ich dir Haus und Wagen kaufen und das schönste Tuch von Manila.»

In den Tavernen und Cafés sprach man abends nur von Juan Gallardo, dem Torero der Zukunft.

«Dieser Kleine wird noch alle ‹Kalifen› von Córdoba in den Schatten stellen!» Aus diesen Worten klang der ganze Stolz Sevillas, das seit undenklichen Zeiten mit Córdoba rivalisierte.

Von diesem Tag an änderte sich Gallardos Leben von Grund auf. Die vornehmen jungen Herren der Stadt grüßten ihn und luden ihn im Café an ihre Tische. Die guten Mädchen aber, die so lange getreulich für seine Wäsche gesorgt hatten, wurden nicht mehr beachtet. Und sein alter Gönner, der auf etwas unfreundliche Gefühle zu stoßen glaubte, zog sich diskret zurück und begab sich auf die Suche nach einem jugendlichen Ersatz.

Anderthalb Jahre tötete Gallardo Jungstiere auf den besten Plazas Spaniens. Sein Ruf war bereits bis nach Madrid gedrungen, und die Hauptstadt wurde begierig, «den Knaben von Sevilla» zu sehen, von dem die Zeitungen so viel Aufhebens machten und den die andalusischen Kenner bis in den Himmel hoben.

Von seinen besten Freunden begleitet, traf er in Madrid

ein. Wie anders war jetzt alles als damals, als er mit dem Glückspilz durch die Straßen vagabundierte und Zigarrenstummel auflas! Wie verführerisch lächelten die Schönen – mit einem kleinen Seitenblick auf die schwere goldene Uhrkette und den großen Brillanten an seiner Hand –, wenn er, vor der Tür des Cafés *Inglés* sitzend, gönnerhaft alle Welt einlud.

Sein Auftreten in Madrid war von Glück begünstigt und verschaffte ihm neue Anhänger samt einer Reihe von Angeboten, in den Provinzhauptstädten zu kämpfen.

Jetzt konnte er sich auch den von jedem Torero ersehnten Luxus eines Reitpferdes leisten. Über dem Sattelknopf eine Decke mit bunten Troddeln, zeigte er sich jeden Vormittag auf einem herrlichen Goldfuchs, um die bewundernden Blicke von groß und klein einzuheimsen.

Und eines Tages kam seine feierliche Bestätigung als Matador. Ein berühmter Maestro überreichte ihm auf der Plaza von Sevilla Degen und Muleta, und die Menge geriet außer Rand und Band, als sein erster echter Toro – kein Jungstier mehr – nach einem einzigen Degenstich zusammenbrach. Einen Monat später folgte dieselbe Zeremonie in der Arena von Madrid beim Kampf gegen die gefürchteten Miurastiere. Jetzt stand sein Name neben den altbewährten Espadas, die er, als er noch von Dorf zu Dorf zog, wie unnahbare Götter angestaunt hatte. Es regnete Kontrakte.

Sein Schwager jedoch lief mit mürrischem Gesicht umher. Der gute Antonio dachte an den künftigen Goldregen, dachte an seine fünf Kinder und – als Mann von unentwegter ehelicher Treue – auch an die, die noch kommen konnten.

«Wie vorteilhaft würde es für deinen Bruder sein», sagte er zu seiner Frau, «wenn er mich zu seinem Bevollmächtigten machte! Nicht der leibhaftige Cid Campeador ...»

Leider war Gallardo anderer Meinung und vertraute alle geschäftlichen Sachen seinem Freund Don José an, einem früheren Kavallerieoffizier, der nur für Toros und Pferde lebte. Als Entschädigung übertrug er dem Sattler die Beaufsichtigung der Arbeiten beim Bau seines neuen Hauses und ließ ihm hinsichtlich dieser Aufgabe freie Hand, überzeugt, daß Antonio hierbei nicht zu kurz kommen würde.

Denn der Wunsch des Toreros, seiner Mutter ein neues Haus zu schenken, ging in Erfüllung. Sie, die ihr Leben lang die Fußböden der Reichen gescheuert hatte, sollte endlich einen marmorbelegten Patio haben, eine schneeweiße Villa mit grünen Gittern und schmiedeeisernem Tor, farbigen Fliesen im Vestibül, den schönsten Möbeln und Bildern und viel, viel Personal. Und da die Señora Angustias sich von ihrem Stadtviertel nicht trennen wollte, kaufte er einige alte Häuser und ließ sie für den Neubau niederreißen.

Für den Sattler gab es bald einen neuen Verdruß: Der Matador hatte eine Braut!

«Diese Frechheit!» schrie sein Schwager «im Schoß der Familie», wie er seine vertraulichen Rücksprachen mit Schwiegermutter und Frau zu nennen liebte. «Verlobt sich, ohne uns – das einzig Wahre, was für ihn existieren sollte –, zu befragen. Eine nette Braut wird das sein!»

Auch Encarnación blies in dasselbe Horn, denn was blieb für ihre Kinder, wenn eine junge Herrin hier einzog? Señora Angustias hingegen protestierte:

«Nein, nein! Ich kenne sie, ein bescheidenes, sympathisches Mädchen. Etwas Vermögen hat sie auch. Der Vater, ein Branntweinhändler, hinterließ ihr zwei kleine Häuser in der Vorstadt. Also nackt kommt sie nicht. Und Wäsche? Es gibt keine geschickteren Hände in ganz Sevilla. Alles näht und stickt sie selbst. Juan soll sie nur heiraten – je eher, desto besser.»

Am letzten Fronleichnamsfest, einem der wenigen Tage im Jahr, an denen die Frauen auch allein auf die Straße gehen, war Gallardo ein hübsches junges Mädchen in Spitzenmantilla, einen Busch Nelken an der Brust, aufgefallen. Es wurde rot und senkte die langen Wimpern, als ihre Blicke sich begegneten.

«Die Kleine kennt mich», sagte sich Juan selbstbewußt, «hat mich sicher auf der Plaza gesehen.»

Natürlich folgte er ihr bis zu ihrer Wohnung, wo er zu seiner größten Überraschung erfuhr, daß diese reizende junge Dame mit den prachtvollen schwarzen Augen niemand anders war als Carmen, eine Spielgefährtin aus der Kinderzeit. Aber wie hatte sich diese Hopfenstange mit den stöckrigen Beinen und dem rebellischen Wuschelkopf entwickelt!

Befand sich Gallardo in Sevilla, so ging er jeden Abend zu Carmens Haus, um mit ihr durch das Fenstergitter zu plaudern. Prompt stellte sich auch der Kellner einer nahen Taverne ein, der ihnen ein Tablett mit gefüllten Weingläsern präsentierte: die «Bezahlung des Pflasters», ein alter sevillanischer Brauch, wenn sich Verlobte durchs Gitter unterhalten. Der Torero stieß mit seiner Braut an, gab dem Kellner ein Trinkgeld und trug ihm auf:

«Bestelle den Señores, die dich schicken, unseren schön sten Dank. Ich lasse sie bitten, nachher meine Gäste in der Taverne zu sein.»

«Man hat mir gesagt, daß du viel trinkst», seufzte Carmen, das Gesichtchen an die eisernen Stäbe gepreßt.

«Klatsch, Carmencita! Natürlich muß ich die Einladungen meiner Freunde auch erwidern. Weißt du, ein Torero ist... ja, ist nun einmal ein Torero und kann eben nicht wie ein Mönch leben.»

«Ich hörte auch, daß du mit leichtsinnigen Mädchen verkehrst.»

«Das ist eine Lüge! Früher ja, ehe ich dich kannte... Caramba, wie heißt dieser Sohn einer Ziege, der mit solchem Gewäsch hausieren geht?»

Doch die kluge Carmen wußte die Empörung ihres Verlobten abzulenken:

«Und wann heiraten wir?»

«Sobald das Haus fertig ist. Am liebsten morgen; aber mein biederer Schwager denkt nicht daran, sich zu beeilen. Der Bau muß sehr einträglich für ihn sein.»

«Ich werde schon Ordnung schaffen, Juaniyo, wenn wir verheiratet sind. Alles soll nach deinem Wunsch geregelt werden. Und deine Mutter will ich sehr liebhaben.»

So verging der Winter. Um für die Stierkampfsaison im Frühjahr behende und elastisch zu bleiben, machte Gallardo lange Ritte und folgte in jeder Woche ein paarmal den Jagdeinladungen einiger Gutsbesitzer.

Seine Hochzeit, verbunden mit der Einweihung der Villa, gestaltete sich zu einem großen Ereignis. Die Trauung fand in der Kirche von San Gil vor der «Madonna der guten Hoffnung» statt. Der Landtagsabgeordnete von Sevilla war Brautführer, und vor der Kirche bildeten Hunderte von jungen Mädchen Spalier, deren bunte, mit exotischen Blumen und Vögeln bestickte Mantóns lustig in der Sonne flimmerten.

Von dem Gewimmel weißer Filzhüte stachen die funkelnden Zylinder Don Josés und anderer Señores ab, die es sich nicht nehmen ließen, Gallardo an diesem wichtigen Tag durch ihre Anwesenheit zu ehren.

Am Tor der Villa wurden Almosen verteilt, während die Geladenen an der Riesentafel im Patio speisten. Die besten Weine Andalusiens standen auf dem Tisch: feuriger Jerez, der gefährliche Montilla und duftender Manzanilla von Sanlúcar. Bis spät in die Nacht ertönten unaufhörlich die schwermütigen Weisen der Gitarren, zu deren Klang die hübschesten Mädchen die Sevillanas tanzten. Alles war berauscht; aber ihr Rausch war süß und sanft, sogar mit ein wenig Melancholie gemischt, die sie von Taten der Leidenschaft, grausam verhängten Strafen und vom armen Mütterlein singen ließ, dieser ewigen Muse andalusischer Volkslieder.

Die Sterne erblaßten, als der Sattler als letzter Gast mit einer Geste der Verzweiflung das Haus verließ. Kein Mensch hatte sich um ihn, den Repräsentanten der ganzen Familie, gekümmert.

«Encarnación, du wirst es jetzt erleben, daß dieses Mädchen mit dem Madonnengesicht alles an sich reißt. Nicht so viel wird für uns übrigbleiben! Ich sage dir, da kommen Kinder und Kinder...»

Doch ein Jahr verging, ein zweites, ohne daß sich die Voraussagen Antonios verwirklichten. Die renommiertesten Zigeunerinnen wahrsagten Carmen, daß sie ein prächtiges Baby, schön wie die Sonne, bekommen würde. «Man erkennt es deutlich am Augapfel. Fast seid Ihr schon auf halbem Weg.»

Carmen errötete vor Freude, und der Matador reckte sich, stolz auf sein Werk. Aber der ersehnte Junge blieb aus.

«Ich weiß, woran es liegt», sagte die Señora Angustias traurig. «Carmencita findet keine Ruhe, solange Juan durch die Welt schwirrt.»

In den paar Wintermonaten, die der Torero zu Hause verbrachte, blühte sie auf und füllte die Villa mit ihrem frohen Lachen. Doch sobald er im Frühjahr hinauszog, wurde sie blaß und schmal, verfiel in eine lustlose Lethargie und vergoß bei der kleinsten Anspielung bittere Tränen.

«72 Stiergefechte in diesem Jahr», äußerten die Freunde des Hauses beim Besprechen seiner Kontrakte. «Kein anderer Espada ist so gesucht wie er!»

Carmen hörte es mit schmerzlichem Lächeln. 72 Tage, während derer sie in tausend Ängsten schweben würde, 72 Tage des Schreckens, voll banger Ahnungen.

Ach, diese Corridas! Von der Straße tönten die Liedchen

der Blumenverkäufer, aus der nahen Taverne lustiges Gitarrengeklimper, die Sonne lachte, und zur selben Stunde sah Juaniyo dem Tod ins Auge. Hatte sie vielleicht bei ihren Gebeten irgendeine Fürbitte ausgelassen? Und mit tief in die Augen gezogener Mantilla huschte die arme Frau zur Kirche von San Gil, ließ Kerzen, noch mehr Kerzen anstecken und flehte um Hilfe. Umsonst hieß die Heilige doch nicht «Jungfrau der guten Hoffnung»!

Aber plötzlich mischten sich Furcht und Ungewißheit in Carmens gläubige Zuversicht. Die Madonna war eine Frau, und Frauen vermögen so wenig! Ihre Bestimmung ist, zu weinen und zu seufzen, wie sie für ihren Gatten weinte, wie die andere dort oben um ihren Sohn gezittert hatte. Nein, sie mußte sich Stärkeren anvertrauen. Skrupellos, wie man eine nutzlose Freundschaft aufgibt, ließ Carmen mit dem Egoismus des Schmerzes die Jungfrau im Stich, um in der Kirche von San Lorenzo «Unsern Herrn Jesus der großen Macht» aufzusuchen. Señor del Gran Poder! Diese vage und großartige Benennung beruhigte sie. Und mit rasender Schnelligkeit – viel, viel mußte sie beten – wiederholte sie all ihre Gebete, gab auch hier dem Sakristan Geld für einen flimmernden Kerzenwald und glaubte in dem Wechsel von Licht und Schatten auf dem Antlitz des Erlösers ein gütiges Lächeln zu erblicken.

Der Señor del Gran Poder enttäuschte sie nicht. Zu Hause fand sie das blaue Papier vor, das sie mit bebender Hand entfaltete: «Gut verlaufen.» Sie konnte aufatmen, um allerdings nach zwei oder drei Tagen die Marter der Angst von neuem durchmachen zu müssen.

«Dein Mann hat einen ganz besonderen Schutzengel», behaupteten Carmencitas Freundinnen. Allmählich glaubte auch sie, daß ihm nichts zustoßen könnte, bis er eines Tages mit einer schweren Verwundung im Oberschenkel heimkehrte. Das übliche Telegramm war eingetroffen, und acht

Tage hatte es Don José verstanden, alle Zeitungen beiseite zu schaffen.

Mit dem Matador kam auch Dr. Ruiz, der Carmen tröstend versicherte, in spätestens vier Wochen würde ihr Mann wieder ebenso behende wie früher herumlaufen. Die Leichtigkeit, mit der die Verletzungen der Toreros stets heilten, trotzdem die schmutzigen Stierhörner, in der Wunde oft zersplitternd, tiefe Löcher und gleichzeitig bösartige Quetschungen verursachten, blieb dem Doktor ein Rätsel.

«Entweder haben diese Jungen ein ganz besonderes Fell oder die Hörner mit all ihrem Schmutz eine Heilkraft, die wir nicht kennen», murmelte er kopfschüttelnd.

Nach einem weiteren Jahr konnte der Espada seiner Mutter und Carmen eine frohe Überraschung bereiten: sie wurden Grundbesitzer, aber Grundbesitzer im großen Stil wie die reichen Gutsherren von Sevilla.

Auch in Gallardo lebte der allen Toreros eigene Wunsch, Land zu besitzen. Für Aktien und ähnliche Kapitalanlagen zeigen sie weder Interesse noch das geringste Verständnis. Der Toro gaukelt ihnen grüne Weiden vor und die rege betriebene Jagd bestärkt ihr Verlangen.

Don José kannte diese Wünsche. Alle Einnahmen Gallardos gingen in seine Hand, doch vergeblich versuchte er, ihm Rechenschaft über sie abzulegen.

«Von dieser Musik verstehe ich nichts», sagte der Matador. «Ich kann nur Stiere töten. Handeln Sie nach Belieben, Don José. Ich vertraue Ihnen und weiß, daß Sie es gut meinen.»

Und Don José, die Sorge für seine eigenen Angelegenheiten seiner Frau überlassend, widmete sich nur noch der Verwaltung von Gallardos Vermögen.

«Jetzt habe ich, was du dir wünschst. Ein Gut, groß wie ein kleines Fürstentum, und dazu noch sehr billig! Nächste Woche mache ich den Kaufvertrag.»

«Und wie heißt es?» fragte Gallardo.

«Die Rinconada.»

Als der Matador acht Tage später hinfuhr, um es in Besitz zu nehmen, zeigte er seiner Mutter und Carmencita den Heuschober, sein und seiner Gefährten einstiges Nachtquartier, und das Speisezimmer, wo er mit dem früheren Besitzer gegessen hatte nach einem guten Degenstoß, der ihm zu der ersten Eisenbahnfahrt verhalf, bei der er sich nicht unter den Bänken verstecken mußte.

An den langen Winterabenden fand sich regelmässig ein Kreis intimer Freunde in Gallardos Villa ein. Als erste kamen der Sattler und Frau, deren älteste Kinder ständig bei ihrer Tante weilten, da Carmen, bekümmert über ihre Unfruchtbarkeit, das öde Schweigen ihres großen Hauses nicht ertragen konnte.

Encarnación, ebenso stark geworden wie ihre Mutter, mit einem durch viele Geburten erschlafften Leib, lächelte ihrer Schwägerin unterwürfig zu und erkundigte sich, ob ihr die Kinder auch nicht zu viel Last machten.

Doch bevor Carmen antworten konnte, mischte sich der Sattler ein: «Aber ich bitte dich, Frau! Die beiden können ja ohne ihr geliebtes Tantchen nicht mehr leben.»

Bald erschien auch der Nacional, der diese Besuche als Pflicht auffaßte.

«Was gibt es Neues?» begrüßte ihn der in einer luxuriösen Pelzjacke steckende Gallardo. «Wie marschiert die Republik? Garabato, ein Glas Wein für Sebastian!»

Aber Sebastián – so hieß der Nacional mit Vornamen – wehrte ab.

«Danke! Ich trinke nicht. Der Wein ist schuld an der Rückständigkeit der Arbeiterklasse.»

Alle lachten, sogar die Señora Angustias, die in einem großen Sessel den Ehrenplatz am Kopf des Tischs einnahm. Nur der Sattler schaute ihn mit feindlichen Augen an. Er haßte den Nacional, seit dieser sich erkühnt hatte, für seine jüngsten Kinder den Espada nebst Frau als Paten zu nehmen, und jeden Sonntag die Kleinen brachte, damit sie Carmen die Hand küßten. Entsetzlich, wenn diese fremden Kinder, die man jetzt schon beschenkte, eines Tages gar etwas erben würden!

Der Nacional war schon regelrechter Banderillero gewesen, als Gallardo ganz bescheiden anfing. Zuerst hatte man große Hoffnungen auf ihn gesetzt, besonders als er von einer Tournee in Peru mit dem Prestige nebelhafter Heldentaten zurückkehrte. Aber im entscheidenden Moment «fehlte es ihm an Herz». Sein Instinkt der Selbsterhaltung hielt ihn in sicherer Entfernung vom Stier und verwehrte ihm die Vorteile seiner Größe und mächtigen Arme auszunutzen.

Nein, der Degen war nichts für den Nacional – er blieb Banderillero. Da er, des Schreibens und Lesens unkundig, diesem Manko seine mißglückte Laufbahn zuschrieb, verallgemeinerte er seine Ansicht derart, daß er alle Defekte dieser korrupten Welt auf mangelnde Bildung zurückführte.

Ursprünglich Gießer von Beruf, trat er der Internationale bei und ließ sich von seinen Genossen in jeder freien Stunde die Arbeiterzeitungen vorlesen. Als die revolutionäre Miliz aufgerufen wurde, sah man auch ihn in einem der Bataillone, die als Zeichen ihrer revolutionären Ideen eine rote Mütze trugen. Doch die Regierung unterdrückte die aufständische Bewegung, und der gute Sebastián, auf die Schwarze Liste gesetzt, fand keine Arbeit mehr.

Stiergefechte hatten ihm immer gefallen. So wurde er mit 24 Jahren Torero, während seine Frau von den Ersparnissen eine kleine Kneipe aufmachte. Die Leute aber tauften ihn Nacional zur Erinnerung an die Zeit, als er das Gewehr der Volksmiliz schulterte.

Seine jetzige Profession übte er nicht ohne Gewissensbisse aus und ging sogar so weit, sich zu entschuldigen, daß er ihr noch immer angehörte. «Da Stiergefechte barbarisch und rückschrittlich sind, werden alle Mitglieder, die ihnen beiwohnen, ausgestoßen», war von seiner Partei verfügt worden. Mit dem Nacional hatte man jedoch eine Ausnahme gemacht, ihn sogar als Vorstandsmitglied behalten.

«Diese Sache mit den Toros», hörte man ihn in Gallardos Speisesaal dozieren, «ist etwas Reaktionäres; ich weiß nicht, wie ich mich ausdrücken soll... ist etwas wie früher die Inquisition. Bildung braucht das Volk wie das tägliche Brot, aber leider gibt es sein Geld für Corridas aus! So sagt auch Don Rafael!»

Don Rafael, Volksschullehrer und Vorsitzender der Partei in Sevilla, war ein junger Jude, der für die politischen Kämpfe das Feuer und die Begeisterung der Makkabäer mitbrachte, stolz auf seine pockennarbige, brünette Häßlichkeit, die ihm eine gewisse Ähnlichkeit mit Danton gab.

Wurde der arme Nacional von Don José und anderen Freunden des Matadors zu sehr in die Enge getrieben, so suchte er am nächsten Tag Don Rafael auf, dem es ein von Bitterkeit nicht freies Vergnügen zu machen schien, ihm sein Museum zu zeigen. In das Land seiner verfolgten Vorfahren zurückgekehrt, sammelte der Hebräer mit der rachsüchtigen Genauigkeit eines Entflohenen, der Knochen für Knochen das Skelett seines Kerkermeisters wiederherstellt, in einem Raum des Schulgebäudes alle Erinnerungen an die Inquisition. Auf einem Regal standen alte Pergamentbände mit Berichten über Autodafés und den Fragebogen für das Verhör während der Folter. An einer Wand hing das weiße Banner mit dem gefürchteten grünen Kreuz und in den Ecken häuften sich eiserne Geräte aus dem ehemaligen Besitz der heiligen Behörde – gräßliche Apparate zum Zerreißen, Zerschlitzen, Zergliedern, überhaupt alle Marterinstrumente, deren Don Rafael bei den Altertumshändlern habhaft werden konnte.

«Derselbe blutige Instinkt wie bei den Corridas», kommentierte er seine Schreckenskammer, und der etwas erschütterte Glaube des Nacional war wieder gefestigt.

Der stärkste Haß dieses einfältigen Freigeistes galt der Geistlichkeit, die nach seiner Meinung das Volk im Zustand der Verdummung hielt. Sogar in der Arena gab er seiner aggressiven Feindseligkeit Ausdruck. Wenn ein Riesentoro von der gefürchteten tiefschwarzen Farbe erschien, stellte sich ihm der Nacional mit weitgeöffneten Armen in kurzer Entfernung gegenüber und schrie:

«Vorwärts, Pfaffe!»

Und der «Pfaffe» schoß vorwärts. Wütend stieß der Nacional ihm die beiden Banderillas in den Nacken.

«Für den Klerus!» triumphierte seine Stimme, als hätte er einen Sieg davongetragen.

«Du machst mich lächerlich, Sebastián», mahnte der Matador. «Schließlich wird man von meiner Cuadrilla noch sagen, wir wären eine Ketzerbande. Du weißt doch, daß so etwas einem gewissen Publikum nicht paßt.»

Bei alldem war Gallardo dem Banderillero von Herzen zugetan, denn derselbe Mann, der durch die Vorsicht, mit der er sich an den Stier heranmachte, oft das Pfeifen des Publikums herausforderte, vergaß alles – Frau, Kinder, Taverne und eigene Sicherheit –, sobald er Gallardo in Gefahr sah, und hatte schon zweimal mit Lebensgefahr seinen Maestro vor den Hörnern eines Stiers gerettet.

Daher wurde er auch abends beim Eintritt in Gallardos Speisesaal wie ein Mitglied der Familie empfangen.

«Setz dich neben mich», rief die Señora Angustias. «Was macht die Taverne? Sind Teresa und die Kinder gesund?»

Der Nacional zählte dann der Reihe nach auf, was in den vergangenen Tagen an Wein und Schnaps in und außer dem

Haus verzapft worden war, wobei die Alte ihm mit der Aufmerksamkeit einer Frau zuhörte, die, weil sie Elend durchgemacht hat, den Wert des nach Centimos gezählten Geldes kennt.

«Sehen Sie, Señora Angustias», fuhr der Banderillero fort, «der Verkauf von Tabak in der Taverne würde Erkleckliches einbringen, auch die Konzession keine Schwierigkeiten machen, wenn Juan seine einflußreichen Freunde dafür interessierte. Aber Tabak ist Staatsmonopol und die Konzession hängt von der Regierung ab. Das geht gegen meine Prinzipien. Und was würde erst der Parteivorstand dazu sagen!»

Doch die Alte wurde ärgerlich.

«Sei kein Dummkopf, Sebastián! Zuallererst heißt es: für Frau und Kinder sorgen. Denk an die arme Teresa, die Tag und Nacht arbeitet. Komm mir heute abend nicht wieder mit deinen albernen Prinzipien. Ich will morgen früh zur Messe gehen und...»

Hier mischte sich Don José ein, der mit Gallardo am anderen Ende des Tischs vor einer Flasche Cognac saß und die Gelegenheit wahrnahm, ein wenig zu hetzen.

«Sebastián, dieser Don Rafael macht mir den Eindruck eines Schwindlers, der den Arbeitern mit leeren Worten die Köpfe erhitzt!»

Doch der Banderillero zuckte nur die Achseln. Zweifeln an Don Rafael! Das war zu absurd, um überhaupt darauf zu antworten. Ebensogut hätte man sagen können, Gallardo, sein anderer Abgott, wüßte nicht, wie man Stiere tötet.

Als aber auch der Sattler, gegen den er instinktive Abneigung empfand, nicht mit spöttischen Redensarten kargte, verlor er die Ruhe. Dieser Hungerleider, der nichts tat, als seinem geliebten Maestro auf der Tasche zu liegen, wagte, mit ihm, dem Nacional, zu diskutieren? Ohne auf Gallardos Mutter und Frau Rücksicht zu nehmen, oder auf Encarnación, die, dem Beispiel ihres Mannes folgend, die schnurrbärtige Lippe verächtlich zusammenzog, ging er zur Offensive über und griff den Glauben dieser Spötter an.

«Die Bibel? Sch...windel! Die Schöpfung der Welt in sechs Tagen? Schwindel! Die Sache mit Adam und Eva? Ebenfalls Schwindel! Weiter nichts als Lüge und Aberglaube.»

Und das Wort Schwindel, das er für alles, was ihn falsch dünkte, anwandte – ein anderes, mit den gleichen Buchstaben beginnend, schwebte ihm auf der Zunge –, trug in seinem Mund den Klang abgründigster Verachtung. Gerade der Sache mit Adam und Eva hatte er schon viele, viele Stunden gewidmet und ein Argument gefunden, das voll und ganz ein Produkt seines tiefen Grübelns war.

«Ich heiße Sebastián Venegas. Du, Juaniyo, nennst dich Gallardo, und Sie, Don José, heißen Aguirre. So hat jeder seinen eigenen Namen, den nur noch die Verwandten tragen. Angenommen, Adam hätte Perez geheißen, dann müßten wir, wenn wir Nachkommen von Adam wären, doch alle Perez heißen. Ist das klar? Da nun aber alle verschieden benannt sind, muß es viele Adams gegeben haben. Und was die Pfaffen erzählen, ist... Schwindel! Man mißbraucht die Gläubigkeit des Volkes. Was uns fehlt ist Aufklärung. Habe ich mich verständlich genug ausgedrückt?»

Gallardo ahmte als Anerkennung das Brüllen der Stiere nach, während sein Bevollmächtigter dem Nacional mit andalusischer Gravität die Hand reichte:

«Ausgezeichnet, Nacional! Der Ministerpräsident könnte nicht besser gesprochen haben.»

In der Señora Angustias aber stieg die Furcht der alten Frau auf, die nicht mehr lange zu leben hat.

«Sebastián! Halt deinen gottlosen Mund oder verschwinde. Aber hier im Haus wiederhole solche Reden nicht. Ach, wenn ich dich nicht kennte, wenn ich nicht wüßte, daß du ein braver Kerl bist!»

Wirklich war es ihr eine Beruhigung, daß dieser solide, ernste Mann zur Cuadrilla gehörte. Sie erhoffte wohl auch manches von seinem guten Einfluß auf Juan, der sich so gern von den Frauen verwöhnen ließ.

Die unbedingte Anhänglichkeit an seinen Maestro hatte den Nacional auch bewogen, ihm eines Tages ins Gewissen zu reden.

«Sieh dich vor, Juaniyo. Ganz Sevilla weiß davon. Die Leute sprechen von nichts anderem, und du wirst etwas erleben, wenn man es bei dir zu Hause erfährt. Denk an die Geschichte mit der Sängerin, und das war nichts im Vergleich mit dieser gefährlichen Schlange.»

«Wen meinst du mit der Schlange?» fragte Gallardo, als verstände er die Anspielung nicht, obwohl es ihm nicht wenig behagte, daß alle Welt von seiner Liebesaffäre wußte.

«Wer soll es wohl sein? Die Nichte des Marquis von Moraima, Doña Sol, die ganz Sevilla in Atem hält.»

Und da der Matador stumm blieb, fuhr er mit der Miene eines über die Nichtigkeiten der Welt erhabenen Philosophen fort: «Das Glück der Männer liegt im häuslichen Frieden. Weiber? Schwindel! Alle sind gleich – alle haben dasselbe an der nämlichen Stelle. Deswegen ist es Unsinn, sich das Leben zu verbittern, indem man von einer zur anderen hüpft. In den 24 Jahren meiner Ehe war ich Teresa nicht einmal in Gedanken untreu, obgleich ich Torero bin und auch mir manches hübsche Mädchen zugewinkt hat.»

Gallardo lachte laut auf. War das derselbe Mann, der alle Pfaffen bei lebendigem Leibe auffressen wollte?

«Geh, Nacional, sei nicht blöde! Wenn die Weiber es so wollen, laß sie doch! Das bißchen Leben! Jeden Tag kann es mir passieren, daß ich, die Füße voran, die Arena verlasse... Außerdem verstehst du nicht, was das bedeutet – eine Dame der Gesellschaft.»

Und ganz naiv, als könnte er damit die traurige Miene seines Banderilleros erhellen, meinte er:

«Ich habe Carmen sehr lieb, so wie immer. Aber die andere auch. Doch das ist etwas ganz Verschiedenes... ich weiß nicht, wie ich es dir erklären soll. Eins hat mit dem anderen nichts zu tun, verstehst du?»

Und mit diesem kläglichen Resultat seines kühnen Schrittes mußte sich der brave Sebastián zufrieden geben.

Doña Sol! Am Tag nach der Rückkehr von einer anstrengenden, aber glücklich verlaufenen Saison war Gallardo ihr zum erstenmal begegnet. Als er nachmittags auf dem Weg zu seinem Bevollmächtigten an der Kirche von San Lorenzo vorbeikam, standen dort lange Reihen herrschaftlicher Wagen. Sevillas Gesellschaft betete vor der wundertätigen Statue Unseres Herrn Jesu der Großen Macht.

Gallardo betrat die Kirche. Ein Torero muß die Gelegenheit benutzen, mit Standespersonen in Kontakt zu kommen. Überdies empfand der Sohn der Señora Angustias ein Gefühl des Triumphs, wenn ihn die vornehmen Herren grüßten, die eleganten Damen sich seinen Namen zuraunten und mit den Augen nach ihm hinwiesen.

Übrigens gehörte auch er zu den Devoten «Unseres Herrn Jesu». Ohne Anstoß daran zu nehmen, duldete der Matador die Auslassungen des Nacional über «Gott und Natur» – duldete sie wie irgendein Gemurmel über einen Señor, den man nur vom Hörensagen kennt. Aber die «Jungfrau der Guten Hoffnung» und den «Herrn Jesus der Großen Macht» hatte er von Kindesbeinen an vor Augen gehabt, und an diese durfte man ihm nicht rühren.

Inbrünstig betete er einige Vaterunser, als durch die vor ihm knienden Damen eine Bewegung lief und seine Andacht ablenkte. Eine Señora durchschritt die Reihen der Betenden: hochgewachsen, schlank, von auffallender Schönheit. Unter einem mächtigen Federhut flimmerte beinahe anstößig ihr goldenes Haar.

Gallardo kannte sie vom Ansehen. Es war Doña Sol, in Sevilla die Botschafterin genannt. Blicke und Geflüster wie eine ihr gebührende Huldigung entgegennehmend, kniete sie nieder, um den Kopf für einen Augenblick im Gebet zu neigen, und ließ dann ihre grünen Augen durch die ganze Kirche schweifen, als befände sie sich im Theater. Diese Augen schienen zu lächeln, wenn sie auf das Gesicht einer Freundin trafen, wanderten weiter und begegneten Gallardos starrem Blick.

Bescheidenheit war nicht Sache des Matadors. Gewohnt, der Mittelpunkt des Interesses für Tausende zu sein, wähnte er, daß ihm überall, wo er sich auch zeigte, die Aufmerksamkeit der Menschen gelten müsse. Und Frauen? Wie viele hatten ihm nicht in vertraulichen Stunden die Erregungen und Wünsche eingestanden, die sein Anblick in der Arena bei ihnen auslöste! Doch Doña Sols Augen senkten sich nicht; im Gegenteil, sie fixierte ihn mit der kühlen Ruhe der großen Dame, bis der Matador endlich wegschaute.

Caramba, was für eine Frau! Das wäre der Mühe wert... Beim Verlassen der Kirche blieb er an der Tür stehen, um sie noch einmal sehen zu können. Dasselbe unerklärliche Gefühl, das ihn trotz ängstlicher Proteste des Publikums zu Tollkühnheiten trieb, regte sich auch jetzt – die Ahnung von irgend etwas Außerordentlichem, wie an den Nachmittagen, wenn ihn in der Arena das Glück besonders begünstigte.

Doña Sol trat aus der Kirchentür. Ohne Verwunderung sah sie ihn an, als hätte sie geahnt, daß er draußen warten würde, und bestieg ihren Wagen. Doch als die Pferde anzogen, wandte sie noch einmal den Kopf, und ein leichtes Lächeln grüßte den Espada.

Den ganzen Abend über zeigte sich Gallardo wortkarg und zerstreut. Er dachte an seine bisherigen Liebschaften, Eroberungen, auf die er stolz gewesen war, die ihn jetzt jedoch mit einer gewissen Scham erfüllten. Ah, wenn er diese Frau erringen könnte, die wie eine entthronte Königin in Sevilla lebte! Zu seiner Bewunderung ihrer Schönheit gesellte sich noch die Ehrfurcht des ehemaligen Gassenjungen vor ihrem hohen Rang, der angeborene Respekt in einem Land, wo Geburt und Vermögen so viel bedeuten.

Sein Bevollmächtigter, ein intimer Freund des Marquis von Moraima, hatte ihm verschiedentlich von Doña Sol gesprochen.

Müde von zehn im Ausland zugebrachten Jahren war sie mit einem Heißhunger nach andalusischem Leben und Treiben vor wenigen Monaten nach Sevilla zurückgekehrt. Bei den Stiergefechten zeigte sie sich – ein lebendes Bild von Goya – in dem historischen Kostüm der Maja. Saß sie zu Pferde, über dem schwarzen Rock ein kurzes Herrenjackett, mit roter Krawatte und weißem Filzhut, so gab es kein Hindernis. Stets ging ihr Pferd als erstes über die breitesten Gräben.

Nicht mehr ganz jung. Gallardo erinnerte sich dunkel, sie auf Spaziergängen im Deliciaspark an der Seite ihrer Mutter gesehen zu haben – eine Luxuspuppe aus den Schaufensterauslagen –, während er zwischen den Wagenrädern herumflitzte, um Zigarrenstummel aufzulesen. Sie mußten im gleichen Alter sein, Ende der Zwanziger. Aber welch glänzende Erscheinung, und so verschieden von den anderen Frauen! Als wäre ein schlanker Paradiesvogel in einen Hühnerhof voll rundlicher, wohlgefütterter Hennen geraten!

Don José kannte ihre Vergangenheit. «Ein Tollkopf, diese Doña Sol! Ihr romantischer Name paßt ausgezeichnet zu dem kapriziösen Charakter und dem freien Benehmen.»

Beim Tod ihrer Mutter im Besitz eines großen Vermögens, heiratete sie in Madrid einen Aristokraten, der zwar den Jahren nach ihr Vater hätte sein können, dafür aber einer lebenslustigen Frau die verlockende Aussicht bot, an seiner Seite Spanien bei den ersten Höfen der Welt zu repräsentieren.

«Die verstand es, sich zu amüsieren, Juan», schmunzelte Don José. «Zehn Jahre lang hat sie in allen Teilen Europas Männern die Köpfe verdreht. Das reinste Geographiebuch mit diskreten Fußnoten. Armer Botschafter! Ich glaube, er starb aus purer Verlegenheit, weil ihm kein Ort mehr einfiel, wohin er gehen konnte. Sie trieb es arg. Kaum waren sie ein Jahr an irgendeinem Hof, so schrieb die Königin oder Kaiserin des betreffenden Landes vertraulich nach Madrid mit der Bitte, den Herrn Botschafter mit seiner gefährlichen besseren Hälfte – der unwiderstehlichen Spanierin, wie die Zeitungen sie nannten – abzuberufen. Die höchsten Damen zitterten vor ihr, als brächte sie die Cholera. Schließlich blieben dem greisen Diplomaten nur noch die südamerikanischen Republiken übrig, doch als Mann von Prinzipien, den Könige ihrer Freundschaft würdigten, zog er es vor zu sterben.

Und glaube nur nicht, daß Doña Sol sich mit den Oberen und Obersten zufrieden gab. Für sie heißt es: alles oder gar nichts. Man erzählte mir, daß sie in Rußland hinter einem Bombenschmeißer her war, einem Bürschchen mit glattem Mädchengesicht, der aber nichts von ihr wissen wollte, da dies seine Affären gestört haben würde. Der Widerstand reizte sie natürlich, und sie kam erst zur Ruhe, als der junge Mann am Galgen hing. In Paris soll sie eine Liebschaft mit einem Maler gehabt haben, dem sie sehr, sehr leicht bekleidet zu einem Bild gestanden hat, einen Arm vor dem Gesicht, um nicht erkannt zu werden, und es gibt Leute, die sogar behaupten, daß die kleinen Bildchen auf den Schachteln der Wachsstreichhölzer Fotodrucke von diesem Gemälde sind. Doch das scheint mir Übertreibung zu sein. Zweifellos aber bestanden sehr enge Beziehungen zwischen ihr und einem Deutschen, einem dieser Opern schreibenden Musiker. Du solltest sie einmal Klavier spielen hören! Und ihr Gesang kann mit dem der berühmten Künstlerinnen rivalisieren, die zu Ostern im San-Fernando-Theater singen. Nicht allein auf italienisch singt sie: französisch, deutsch, englisch, wie du willst. Ihr Onkel, der Marquis von Moraima, der – unter uns gesagt – ein bißchen beschränkt ist, äußerte neulich im Casino der 45, er argwöhne stark, daß sie auch Latein verstehe. Interessante Frau, was, Juanillo?»

Durch die Worte Don Josés klang die Bewunderung hindurch. Seltsam, was bei jeder anderen Frau Veranlassung zu den abfälligsten Urteilen gegeben hätte, wurde ihr von aller Welt mit nachsichtigem Lächeln verziehen.

«In Sevilla», fuhr Don José fort, «führt sie ein einwandfreies Leben. Deshalb vermute ich auch, daß manches von dem, was man ihr nachsagt, rachsüchtiges Geschwätz der hiesigen jungen Laffen ist, denen die Trauben zu hoch hingen. Als sie ankam, bildete die ganze goldene Jugend der Stadt ihren Hofstaat. Ganz natürlich. Stell dir vor, Juanillo, eine Frau von einer Eleganz, die man bei uns nicht kennt; eine Frau, die ihre Kleider und Hüte aus Paris, ihre Parfums aus London bezieht; eine Frau, die mit Königen intim ist – sozusagen mit dem Eisen der besten Züchtereien Europas gebrannt. Wie närrisch liefen sie hinter ihr her, und Doña Sol, die wie ein Mann gute Kameradschaft halten wollte, erlaubte ihnen kleine Freiheiten, bis einige diesen familiären Ton falsch auffaßten und zudringlich wurden. Da setzte es Ohrfeigen, Juanillo, und noch Schlimmeres! Denn mit der heißt es vorsichtig umgehen! Sie kann fechten wie ein Alter, boxt wie englische Matrosen und versteht sich auch auf das japanische Jiu-Jitsu.»

Wie Don José behauptete war Doña Sol von Sevilla begeistert. Nach ihrem langen Aufenthalt in nebligen, kalten

Ländern bewunderte sie diesen andalusischen Himmel von intensivem Blau, die warme Wintersonne mit ihrem weichen Gold und fand das Leben in diesem «pittoresken» Land bezaubernd schön.

«Über unsere Sitten und Gewohnheiten spricht sie mit einem Enthusiasmus, als käme sie zum erstenmal nach Sevilla. Dabei ist sie doch hier aufgewachsen! Das Hofleben scheint die einstige Botschafterin gründlich satt zu haben, und du müßtest sehen, mit was für Leuten sie sich abgibt. Neulich hat sie sich als Laienschwester in die Kongregation vom heiligsten Jesuskind aufnehmen lassen, auch gleich zur Feier ihres Eintritts einen Haufen Geld für Manzanilla ausgegeben. Ein paarmal wöchentlich ladet sie in ihr Haus alle jungen Mädchen ein, die in Sevilla singen und tanzen lernen. Sie bringen ihre Lehrer, ihre Familien, sogar die entferntesten Verwandten mit, und während die sich mit Oliven, Würstchen und Wein vollstopfen, sitzt Doña Sol wie eine Königin auf einem Sessel und sieht stundenlang den andalusischen Tänzen zu. Sie sagt, sie hätte darin denselben Geschmack wie ich weiß nicht welcher König, der für sich ganz allein Opern aufführen ließ. Ihre befrackten Diener, steif und ernst, als wären sie englische Lords, verziehen keine Miene, wenn die Mädchen sie am Backenbart zupfen oder ihnen die Olivenkerne an den Kopf werfen. Ja, lustig geht es zu an diesen Abenden, aber ganz ehrbar. Jetzt nimmt Doña Sol jeden Vormittag Gitarrestunden bei Lechuzo, dem alten Zigeuner, der so meisterhaft spielt, und wenn man zu ihr kommt, findet man sie nur noch mit der Gitarre auf den Knien.»

Aufmerksam lauschend hatte Gallardo jedes Wort dieser langen Erzählung in sich aufgesogen. Noch mehr als sonst beschäftigten sich seine Gedanken mit dieser schönen, doch seltsamen Frau.

Vier Tage nach seinem Erlebnis in der San-Lorenzo-Kirche kam Don José in einem Café der Calle de las Sierpes mit geheimnisvoller Miene auf ihn zu.

«Juanillo, du bist wirklich ein Glückskind! Weißt du, wer sich nach dir erkundigte?»

Und seinen Mund dem Ohr des Espadas nähernd, flüsterte er: «Doña Sol! Ich soll dich ihr vorstellen. Sie hat dich in Madrid auftreten sehen und lobte deine Bravour. Caramba, vielleicht wirst du jetzt Schwager oder so etwas Ähnliches der gekrönten Häupter Europas.»

Gallardo lächelte bescheiden, doch der Ausdruck seiner Augen verriet, daß ihm die Anspielung seines Bevollmächtigten gar nicht so erstaunlich vorkam.

«Nein, nein, Juanillo!» mahnte Don José. «Mach dir lieber keine Illusionen. Ob Doña Sol Gitarre mit Lechuzo klimpert oder jetzt einen Torero kennenlernen will – Launen, weiter nichts! Sie sucht Lokalkolorit. ‹Bringen Sie ihn übermorgen mit nach Tablada, wo mein Onkel seine Stiere auf die Probe stellen will›, befahl sie mir!»

Zwei Tage später blieben die Leute im Feria-Viertel stehen, um den beiden Reitern nachzusehen.

Don José, in gewöhnlichem Reitanzug auf einer weißen Stute von mächtigem Knochenbau, hatte als Schutz für seine Beine nur die Zajones, die ledernen Überhosen, angelegt. Der Espada aber prunkte in der kleidsamen Tracht der alten Toreros. Auf dem Kopf trug er den breiten, unter dem Kinn mit einem Sturmband befestigten Calañeserhut aus Samt. Der weiche Kragen wurde durch eine Brillantnadel mit dem Hemd zusammengehalten, auf dem an Stelle der Krawatte zwei große Diamanten blitzten. Das Jäckchen und die unten mit einer rotseidenen Binde umgürtete Weste aus weinfarbenem Samt wiesen schwarze Verschnürungen auf. Eine enganliegende Reithose zeigte die schönen, muskulösen Beine des Matadors, die vom Knie ab in gelben, fransenbesetzten Gamaschen steckte. An den Schnürschuhen von gleicher Farbe, zur Hälfte in den arabischen Steigbügeln verborgen, saßen riesige silberne Radsporen. Und vom Sattelbaum wehte eine in Jerez gewebte prächtige Decke, auf der ein grauer Überwurf mit rotem Futter lag.

Über der Schulter ihre Garrocha – die hölzerne Lanze, deren Widerhaken ein Ball schützte –, trabten sie durch die engen Gassen mit dem bläulichen Pflaster und den weißen Häuserreihen, die von dem rhythmischen Hufschlag widerhallten.

«Olé die schmucken Reiter! Viel Vergnügen, Señores!»

Männer riefen, Frauen winkten mit den Taschentüchern, bis sie in die stille, vornehme Straße mit den schmiedeeisernen Gittern und mächtigen Erkern einbogen, in der Doña Sol wohnte. Vor ihrem Haus hielt eine Gruppe von Señoritos, die Lanzen zu Boden gesenkt.

Der Marquis von Moraima kam aus dem Patio und stieg aufs Pferd.

«Das Mädchen sagt, es würde sofort erscheinen. Aber Sie wissen wohl selbst, wieviel Zeit Frauen zum Ankleiden brauchen.»

Stets sprach er mit einem Ernst, als verkünde er ein Orakel. Dieser knochige Alte, zwischen dessen weißem Backenbart Augen und Mund ganz jung geblieben waren, gehörte einer anderen Epoche an. Zuvorkommend und selten lächelnd, Grandseigneur in jeder Geste, jedoch ein Feind aller gesellschaftlichen Verpflichtungen, zog er es vor, mit seinen Gauchos die riesigen Herden abzureiten. Aus Mangel an Übung hatte er das Schreiben beinahe verlernt, aber sobald die Rede auf Stiere oder Pferde kam, wurde der wortkarge Marquis, der größte Züchter des Landes, gesprächig.

Eine Wolke schob sich vor die Sonne und der goldene Teppich auf der weißen Straße verschwand. Ängstlich blickten die Herren zum Himmel.

«Keine Sorge», beruhigte der Alte. «Ich kenne die Windrichtung. Es wird nicht regnen.»

Und alles nickte überzeugt. Der Marquis von Moraima wußte besser als ein ergrauter Schäfer mit dem Wetter Bescheid.

«Ich habe in diesem Jahr prächtige Stiere für dich», wandte er sich an den Espada. «Hoffentlich tötest du sie so, wie es gute Christen verdienen. Vergangenes Jahr ließest du zu wünschen übrig. Die braven Tiere waren etwas Besseres wert.»

Jetzt schritt Doña Sol die Freitreppe herab, in der Linken das geraffte Reitkleid, unter dem die grauen Wildlederstiefel zum Vorschein kamen. Jackett und Hut waren von violettem Samt.

Ohne Hilfe saß sie auf und ließ sich von einem Diener ihre Garrocha reichen. Und während sie sich bei ihren Freunden noch wegen ihres Säumens entschuldigte, suchten ihre Augen schon den Torero. Don José trieb sein Pferd an, um vorzustellen, aber Doña Sol kam ihm zuvor.

Auf Gallardo zureitend, reichte sie ihm ihre Rechte. Der Matador war derartig verwirrt, daß er nur wortlos ihre rosigen Finger preßte. Einer anderen hätte der Druck dieser mächtigen Faust einen Schmerzensschrei entlockt – Doña Sol lächelte und befreite mit einer kleinen Bewegung mühelos ihre Hand.

«Es freut mich, daß Sie meiner Einladung gefolgt sind.»

Und Gallardo, in dem Bemühen, etwas Passendes zu sagen, antwortete, wie er es im Verkehr mit seinen Bekannten gewohnt war: «Danke sehr. Wie geht's der Familie?»

Ein diskretes Lachen Doña Sols wurde von dem Hufschlag der Pferde übertönt.

Unter Führung des Marquis trabte die Reiterschar los. Gallardo ritt als Letzter, mit einem dunklen Gefühl, Unsinn geschwatzt zu haben.

Außerhalb Sevillas ging es im Galopp am Flußufer entlang, vorbei am goldenen Turm, dann über schattige, von Landhäusern und Tavernen umsäumte Wege bis zur Gutsgrenze von Tablada. Schon konnte man in der Ferne die Einzäunungen und vor den Zugängen ein schwarzes Gewimmel von Menschen und Wagen unterscheiden.

Endlos, bis zum Horizont erstreckten sich die üppigen Weiden zu beiden Seiten des Guadalquivir, auf dessen gegenüberliegendem Ufer die von einer Burgruine gekrönte Höhe San Juan de Aznalfarache steil emporstieg. Aus den Olivenpflanzungen, die wie silbergraue Flecke auf dieser grünen Ebene verstreut waren, leuchteten weiße Bauernhütten, und rückwärts hob sich vom blauen Himmel das Häusermeer Sevillas mit der dunklen, imposanten Masse der Kathedrale, neben ihr das zarte Rosa der Giralda, des wunderbaren Turms der früheren Moschee.

Doña Sols kecke Absicht, selbst die Garrocha zu führen, hatte alle Damen Sevillas hierhergelockt. «Um Gottes willen, Sol, nimm dich in acht! Sei nicht zu waghalsig!» ermahnten sie ihre Kusinen.

Als Erster ritt der Marquis, von einem seiner Freunde begleitet, auf die Herde los. Nahe bei den Tieren machten sie halt, hoben sich unter lautem Geschrei in den Steigbügeln und schwenkten die Lanzen, bis ein schwarzer Stier sich von der Herde trennte.

Mit Recht durfte der Marquis auf seine Zucht stolz sein. Hier gab es keine für die Fleischproduktion bestimmten, kopfhängerischen Stiere mit schmutzigem, runzligem Fell und plumpen Hufen – nur kurzbeinige, nervöse Tiere mit dem blanken Fell der Luxuspferde, feurigen Augen und breitem, stolzem Hals; Tiere, stark und massiv, daß der Boden unter ihrem Galopp erzitterte. Wie von Künstlerhand gearbeitet erschienen die feinen, spitzen Hörner und der kleine, runde Huf war hart wie Stahl.

Die beiden Reiter galoppierten rechts und links neben ihrem Stier her, bis der Marquis ihn überholte, schräg von vorn kam und ihm den Widerhaken der Garrocha in den Schwanz stieß. Pferd und Reiter stemmten sich an, und durch den gewaltigen Ruck aus dem Gleichgewicht geworfen, rollte der Stier, den Bauch nach oben, ins Gras.

«Olé die Alten!» applaudierten die Zuschauer, denen die Gewandtheit, mit der der Marquis seinen Toro umgerissen hatte, imponierte. Andere Reiter drängten ihre Pferde ungeduldig vor, doch er hielt es für geraten, erst seine Nichte ihr Glück versuchen zu lassen, bevor die ganze Herde wild wurde.

Doña Sol, Gallardo an ihre Seite winkend, setzte sich in Galopp. Ihr an Stiere nicht gewohntes Pferd stieg, keilte aus, dennoch brachte es die feste Hand der Reiterin bis vor die Toros. Es kostete den Matador, der die Tiere mit dem Kampfruf der Arena reizte, keine große Mühe, eines abzusondern. Ein weißer, gelbgefleckter Stier mit mächtigem Nacken nahm die Herausforderung an.

«Aufgepaßt, Señora!» schrie Gallardo. «Das ist ein alter Toro, der Bescheid weiß. Der macht Front.»

So kam es auch. Als Doña Sol schräg von vorn anbrauste, um mit der Garrocha zuzustechen, warf der Stier sich herum. Ihr Pferd, dessen wilde Fahrt sie nicht hemmen konnte, flog vor den Hörnern vorbei – der Stier, aus Verfolgtem zum Verfolger geworden, sofort hinter ihm her.

Doch die Dame dachte nicht an Flucht. Den Gaul auf der Hinterhand drehend, stieß sie wie ein Picador dem anstürmenden Toro ihre Garrocha in den Nacken. Der Hals färbte sich rot, aber die Bestie tobte mit gesenktem Kopf weiter, nahm das Pferd auf ihre Hörner und warf es um.

Ein Riesenangstschrei der Menge! Doña Sol flog aus dem Sattel. Ihr Tier sprang auf und raste mit blutigem Bauch und zerrissenen Gurten davon.

Schon wollte der Toro ihm nach, als er plötzlich über etwas in seiner Nähe stutzte. Statt unbeweglich liegenzubleiben hatte sich Doña Sol erhoben und erwartete, ihre Garrocha gefällt, den Stier von neuem. Ein wahnwitziges Beginnen! Ein irrsinniger Stolz, der sie trieb, lieber den Tod herauszufordern, als vor den Augen Hunderter von Zuschauern Furcht zu bekennen.

Die Menge erstarrte. Man hörte nur den rasenden Galopp der Reiter, die zu Hilfe eilten. Zu spät! Schon warf der Stier mit den Vorderhufen die Erde auf und senkte die Hörner zum Angriff. In demselben Augenblick leuchtete etwas Rotes wie eine Flamme vor seinen Augen auf.

Es war Gallardo, der sich von seinem Pferd geworfen hatte und dem Stier das grelle Futter seines Rocks zeigte.

«Eeeh! Komm heran! Eeeh!»

Der Toro ließ von der schlanken Gestalt im Reitkleid ab, um sich gegen den neuen Feind zu wenden.

«Keine Angst mehr, Señora!» rief der Espada lächelnd, doch noch blaß vor Erregung. «Den habe ich in der Hand!»

Weiter und weiter fort lockte er den Stier, der, wie wütend er auch angriff, stets nur auf das rote Tuch stieß.

Die Zuschauer vergaßen den ausgestandenen Schrecken und verfolgten voll Spannung das großartige Spiel des Matadors. Das hieß Glück haben, umsonst den Gallardo auftreten zu sehen!

In seinem Rücken ertönten jetzt Zurufe, läuteten die Glocken einer zahmen Herde, die, von berittenen Hirten geführt, allmählich den Toro umringte und schließlich langsam mit sich fortzog.

Gallardo bestieg sein Pferd, das folgsam auf demselben Fleck stehengeblieben war, und kehrte in kurzem Galopp zum Eingang zurück.

Dort saß im Landauer des Marquis Doña Sol, trank ein

Glas Manzanilla und wehrte ihren Kusinen, die ihren Körper befühlen wollten.

«Kommen Sie her, mein Ritter! Ihre Hand!»

Abends wurde das Ereignis im Haus des Matadors gebührend besprochen. Doch während Señora Angustias herzliche Freude bekundete – konnte doch nach ihrer Meinung die Rettung dieser hochstehenden Dame für ihren Sohn nur Gutes im Gefolge haben –, blieb Carmencita stumm.

Drei Tage verstrichen, ohne daß Gallardo etwas von Doña Sol hörte. Da ließ Don José, der mit Freunden einen Jagdausflug gemacht hatte, den Espada bitten, ihn sofort aufzusuchen.

«Aber Menschskind, was soll das nur bedeuten? Vor einer Stunde bin ich zurückgekommen und fand ein Kärtchen von Doña Sol vor. Sie ist mit Recht verwundert, daß du ihr keinen Besuch gemacht hast. Deinetwegen blieb sie jeden Nachmittag zu Hause. Mein Lieber, so etwas tut man nicht! Warum gingst du nicht, dich nach ihrem Befinden zu erkundigen?»

«Ich... ich schämte mich. Ja, das ist es – ich schämte mich. Sie wissen, Don José, daß ich durchaus nicht blöde bin und mit einer Frau schon fertig werden kann. Aber wenn ich Doña Sol gegenüberstehe, kommt mir meine ganze Dummheit zum Bewußtsein. Nein, Don José, ich gehe nicht zu ihr. Nicht ein Wort würde ich herausbringen.»

«So, so! Damit man sagt, du hättest keine Spur von Benehmen? Das gibt es nicht. Ich werde dich begleiten. Komm sofort mit!»

Gallardo mußte nachgeben und betrat an der Seite seines Bevollmächtigten Doña Sols Haus. Unter den vielfarbigen Arkaden des im maurischen Stil erbauten Patios sang mit sanfter Monotonie der Wasserstrahl des Springbrunnens.

Die durch Marmorsäulen abgetrennte Halle, deren in Felder geteilte Decke reiche Stuckarbeit aufwies, füllten zur Verwunderung des Toreros uralte, wurmstichige Möbel unter nachgedunkelten Gemälden.

Ein Diener führte sie die breite Marmortreppe hinauf, und von neuem staunte der Espada über die verblaßten Farben, über das sterbende Gold der Statuen – Madonnen, die ihm den Eindruck machten, als wären sie mit der Axt ausgehauen worden –, über die mit Blumen und Früchten umsäumten Teppiche, deren weicher Grundton der Farbe welker Blätter glich. Einige stellten Szenen aus der Passion dar; auf anderen sah er verblüfft, wie behaarte Männer mit Hufen und Hörnern leichtbekleidete Mädchen verfolgten.

«Wie unwissend man ist!» murmelte Gallardo. «Ich glaubte, so etwas tauge nur für Klöster!»

Während noch das letzte Tageslicht in den Fenstern blinkte, strahlte oben ein Meer von elektrischem Licht und brachte dem Matador neue Überraschungen. Stolz auf seine schweren, seidebezogenen Möbel aus Madrid, die ihren Preis auszuschreien schienen, fand er sich nicht zurecht inmitten dieser zierlichen, weiß-goldenen Stühle und Tische, dieser Vitrinen mit graziös geschweiften Linien, dieser einfarbigen Tapeten, an denen als einziger Schmuck kleine Gemälde an dicken Kordeln aufgehängt waren. Und voller Angst, daß der Stuhl unter seinem Gewicht zusammenbrechen könnte, wagte er kaum, Platz zu nehmen.

Doña Sols Eintritt riß ihn aus diesen Studien. Zum erstenmal sah er ohne Hut oder Mantilla das leuchtende Haar, das ihren Namen rechtfertigte.* Die weiten Ärmel ihres Kimonos gaben den halben Arm frei; in dem Ausschnitt schimmerte der schlanke Halsansatz, dessen Linien an der Frau Venus Halskette erinnerten, und bei jeder Handbewegung

* Sol: Sonne.

blitzten seltsam geformte Ringe, klirrten leise die goldenen Armbänder, orientalische Filigranarbeiten mit mysteriösen Inschriften neben massiven Reifen, an denen kleine Amulette hingen.

Auf einer Fußspitze – sie saß mit übereinandergeschlagenen Beinen – wippte ein roter Pantoffel mit hohem, vergoldetem Absatz, winzig wie ein Spielzeug.

Gallardo sauste es in den Ohren, sein Blick verschleierte sich. Nur ein paar helle, halb zärtlich, halb ironisch auf ihn gerichtete Augen vermochte er zu unterscheiden. Um seine Erregung zu verbergen, lächelte er, gleich einem Kind, das liebenswürdig sein will.

«Nein, Señora, ich bitte Sie. Nicht der Rede wert!» entzog er sich ihrem Dank für seine mutige Tat in Tablada.

Allmählich wurde er ruhiger. Man sprach von Stieren, und dieses Thema gab ihm Mut, an der Unterhaltung teilzunehmen.

Doña Sol hatte eine schwarzlackierte, mit bizarren Blumen geschmückte Kassette geöffnet.

«Versuchen Sie», forderte sie zum Rauchen auf. «Sehr angenehme Zigaretten, sie enthalten Opium.»

Neugierig zog der an seine starken Havannazigarren gewöhnte Torero an dem goldenen Mundstück. Pures Stroh, nur für Damen! Aber der eigenartige Duft schien seine Zaghaftigkeit zu verjagen.

Doña Sol, voll Verlangen, hinter die Kulissen der Berühmtheit zu spähen, bat, er möge von seiner Vergangenheit erzählen, worauf Gallardo, nicht ohne Selbstbewußtsein, das elende, umherschweifende Leben der ersten Jahre zu schildern begann.

«Sehr interessant, sehr originell!» murmelte die schöne Señora, deren Augen starr ins Leere blickten, als wollte sie etwas Unsichtbares ergründen.

«Glauben Sie mir, Doña Sol, Juanillo ist der erste Matador der Welt», unterbrach Don José, «dabei unglaublich zähe, wenn er mal vom Stier gefaßt wird.»

Und mit dem Stolz eines leiblichen Vaters beschrieb er alle alten Wunden, die sein Auge durch die Kleider hindurch zu sehen schien. In Doña Sols Blick, der ihm auf diesem anatomischen Spaziergang folgte, lag aufrichtige Bewunderung: ein echter Held, schüchtern und einfach wie alle starken Männer!

Es schlug 19 Uhr, als die beiden Herren Anstalt machten, sich zu verabschieden. Aber die Dame des Hauses sprang auf: «Sie müssen zum Abendessen bleiben, ganz zwanglos. Wir werden nur unter uns sein.»

Don José entschuldigte sich – er hatte Gäste zu Tisch.

«Verflucht! Lassen Sie mich doch nicht allein!» tuschelte der Espada. Doch sein Bevollmächtigter drückte ihm die Hand und ging.

Eine Viertelstunde später kam Doña Sol zurück, nicht mehr in dem bunten Negligé, sondern in einem ihrer Pariser Kleider, Modelle von Paquin, die den Neid und die Verzweiflung ihrer Freundinnen bildeten.

Qualvolle Momente für den Espada. Der vornehme Luxus des Speisezimmers, die riesigen, brennenden Armleuchter auf der Tafel, das zeremonielle Wesen der Diener – alles machte ihn befangen, und dumpf empfand er, daß er weder mit seinem Straßenanzug noch mit seinen Manieren hierher gehörte.

Doña Sol lachte gutmütig über die Ungeschicklichkeit, mit der er das Besteck handhabte, über seine große Angst, die dünnen Gläser anzufassen, während der Torero sich wiederum über ihren Appetit verwunderte. *Por Dios*, konnte die Blonde einhauen! Ganz anders als die Señoritas seiner Bekanntschaft, deren Prüderie es für vornehm hielt, nur ein paar Häppchen zu essen. Und diese anmutigen Bewegungen, mit denen sie jeden Bissen zum Mund führte und das Glas hob. Ihr Beispiel feuerte ihn an. Er aß, und vor allem: er trank, trank viel, um seine Verlegenheit zu bemänteln.

Allmählich machten ihn die edlen Weine gesprächig, so daß er allerlei kleine Erlebnisse auskramte, von der hartnäckigen Propaganda des Nacional erzählte, auch von den Streichen seines Picadors Potaje, eines Barbaren, dem ein erboster Gevatter ein halbes Ohr abgebissen hatte.

Der Champagner gab Gallardo den Rest. Als man sich erhob, bot er, allerdings bestürzt über seine eigene Keckheit, Doña Sol den Arm. Machte man es nicht so in der großen Welt? Ah, er war doch nicht so ganz ungeschliffen.

Im Salon, wo der Kaffee serviert wurde, reichte ihm die schöne Frau ihre Gitarre.

«Wenn ich könnte! Aber ich verstehe gar nichts, nur Toros zu töten.»

Ein langes Stillschweigen trat ein. Gallardo zog an einer prachtvollen Havanna und Doña Sol schaute gedankenverloren den blauen Ringen ihrer Zigarette nach. Schließlich setzte sie sich an den Flügel und spielte verschiedene Málagatänze.

«Olé... Bueno, muy bueno!» zollte der Espada Beifall, ganz wie im *Café Chantant*.

Den Malagüeñas folgten Sevillanas und diesen alle träumerischen Lieder Andalusiens, die Doña Sol auswendig spielen konnte.

«Lieben Sie Musik?» fragte sie.

«Oh, sehr!» beteuerte Gallardo, obwohl er sich bis heute diese Frage nie vorgelegt hatte.

Langsam ging Doña Sol von den Volksliedern in eine getragene Weise über, die der philharmonischen Weisheit des Toreros Kirchenmusik zu sein schien. Wohlbehagen kroch in seine Glieder, die Augen wurden ihm schwer, und er ahnte, daß er einschlafen würde.

Um sich dagegen zu wehren, versenkte er sich in den Anblick der schönen Dame, die ihm den Rücken zukehrte. *Madre de Dios*, welch prächtige Figur! Seine afrikanischen Augen blieben an dem von einer Aureole rebellischen Goldes gekrönten Ausschnitt hängen, und der verführerische Gedanke kitzelte ihn, diesen weißen Nacken zu küssen. Aber es blieb bei dem Gedanken – Doña Sol flößte ihm zu viel Respekt ein.

War er dennoch eingenickt? Ihre Stimme weckte ihn aus seinem Dämmern – Doña Sol sang, mit einer Inbrunst, die ihre Stimme vibrieren ließ.

Verdammt, ein ausländisches Lied! Warum spielte sie nicht lieber einen Tango?

Ihr Kopf war zurückgeworfen, der Blick ziellos nach oben gerichtet und ihre Brust zitterte vor Erregung. Sie sang Elsas Lied, das Sehnen der blonden Jungfrau nach dem starken Krieger, unbesiegbar für seine Feinde, sanft und zart zu den Frauen.

Mit wachen Augen träumte sie, legte ihre ganze Leidenschaft in die Worte der Liebe; war er nicht da, der kühne Streiter? Zwar fehlte ihm das sagenhafte Aussehen des anderen. Täppisch zeigte er sich und ungeschickt, aber sie sah nur den Mut, wollte nur den Mut sehen, der ihn zu ihrem Retter werden ließ – nur das lächelnde Selbstvertrauen, mit dem er gegen eine brüllende Bestie gekämpft hatte wie Wagners Helden gegen ihre fürchterlichen Drachen. Ja, er war der Held! Ihr Held!

In angstvollem Verlangen, in sehnender Lust erschauerte ihr ganzer Körper. Sie glaubte, die süße Gefahr näher und näher zu spüren, fühlte die dunklen Augen auf ihrem Rücken, vernahm seine behutsamen Schritte. Zwei Hände legten sich auf ihre Schultern.

Und dann ein Kuß, der Kuß, der sie für immer zur Sklavin machte…

Doch das Lied verklang, und ihr Nacken bebte nur in wünschender Angst.

Enttäuscht drehte sie sich um. Tief in die Sofakissen vergraben versuchte ihr Held schon zum viertenmal, sich eine Zigarre anzuzünden, wobei er die Augen weit aufriß, um der Müdigkeit Herr zu werden. Als er Doña Sols Blick bemerkte, sprang er auf.

Ah, endlich! Jetzt würde ihr Ritter sie in seine starken Arme nehmen, sie besiegen...

«Gute Nacht, Doña Sol. Es ist spät geworden. Sie möchten sicher zur Ruhe gehen!»

Überrascht erhob sie sich und reichte ihm, ohne zu wissen, was sie tat, eine Hand.

Hastig, sich überstürzend, arbeiteten ihre Gedanken. Alle die konventionellen Anschauungen des weiblichen Geschlechts regten sich; alle die traditionellen Bedenklichkeiten, die eine Frau auch im Moment der höchsten Hingabe nicht außer acht läßt.

Unerfüllbar ihr Wunsch...

Zum erstenmal hatte er ihr Haus betreten, und nicht einmal der Schein eines Widerstands blieb ihr. Sich ihm anbieten? Unmöglich!

Aber da sah sie seine Augen; Augen, die in stummer Beharrlichkeit an ihr hingen, voll von zaghaften Hoffnungen und schweigsamen Wünschen.

«Geh nicht! Komm, komm...»

Mehr sagte sie nicht.

Zu seinen Triumphen als Matador hatte sich ein neuer gesellt, der Gallardos Eitelkeit besonders schmeichelte. Wenn er mit dem Marquis von Moraima sprach, sah er ihn mit fast kindlicher Zärtlichkeit an. Dieser weißhaarige Zentaur war eine große Persönlichkeit, konnte seine Brust mit Kreuzen und breiten Ordensbändern schmücken und trug im Palast des Königs auf dem einen Frackschoß einen goldenen Schlüssel. Seinen Vorfahren, die sich bei der Vertreibung der Mauren rühmlichst hervortaten, hatte der Herrscher zum Dank ungeheure Ländereien geschenkt, von denen der Marquis, obwohl das üppige Hofleben mehrerer Generationen viel verschlang, immerhin noch unübersehbare Weiden für die Zucht seiner Stiere ererbte. Und dieser vornehme Herr, der auch in dem einfachen Zuschnitt seines Landlebens stets Grandseigneur blieb, war für Gallardo etwas wie ein Verwandter geworden.

Der Sohn des Flickschusters blähte sich vor Stolz, dieser edlen Familie jetzt nahezustehen. Der Marquis von Moraima sein Onkel! Und wenn er auch nicht über diese illegitime Verwandtschaft sprechen durfte, so schmeichelte ihm der Gedanke, eine Frau durch Beziehungen zu beherrschen, denen alle Gesetze, alle Standesvorurteile nichts anzuhaben schienen.

Gewohnt, Doña Sol von ihren Verwandten familiär sprechen zu hören, hielt er es für seine Pflicht, auch seinerseits diese vornehmen Señoritas vertraulich zu behandeln.

Seine Gepflogenheiten änderten sich. Er mied die Cafés, in denen er solange Stammgast gewesen war. Winkten ihm seine bisherigen Freunde – Kaufleute, Angestellte, kleine Besitzer – einzutreten, so antwortete er: «Ich komme gleich zurück», verschwand aber statt dessen hinter dem imposanten gotischen Portal eines aristokratischen Clubs, wo es den Sohn der Señora Angustias stets von neuem wohlig berührte, das Spalier stramm stehender Lakaien in Kniehosen und seidenen Strümpfen zu durchschreiten und von einem würdevollen Diener mit silberner Halskette empfangen zu werden, der so tat, als wollte er dem Espada Stock und Hut abnehmen. In ihre Sessel vergraben, führten die Mitglieder Buch über die Duelle in ganz Spanien, denn alle diese Herren besaßen einen sehr kitzligen Point d'honneur und obligatorischen Mut. Vom Fechtboden klang das Klirren der Waffen, während in den Salons des rechten Flügels von nachmittags bis Sonnenaufgang gespielt wurde. Man duldete Gallardo, weil er als «dezenter» Torero galt, sich gut anzog, reichlich viel Geld ausgab und über vorzügliche Beziehungen verfügte.

Don José, der aus einer alten Familie Sevillas stammte, hatte ihn präsentiert, und der Matador schlug instinktiv den richtigen Weg ein, sich bei dieser glänzenden Gesellschaft, in der er Dutzende seiner neuen Verwandten traf, schnell beliebt zu machen. Er spielte viel und hoch, verstand aber mit Anstand zu verlieren, was ihm die Achtung der Mitglieder einbrachte. Fast jede Nacht saß er in dem «Verbrechersaal», doch das Kartenglück war ihm selten hold.

«Vergangene Nacht hat Gallardo eins auf die Nase bekommen», hieß es am nächsten Tag. «Mindestens 11 000 Pesetas.»

Die neue Passion beherrschte ihn derart, daß er bisweilen sogar Doña Sol vergaß. Auch behagte ihm über alle Maßen diese durch Darlehen und die gemeinsame Erregung erzeugte Atmosphäre von Intimität.

Einmal stürzte nachts mitten beim Spiel der Kronleuchter auf den grünen Tisch und verursachte in dem stockdunklen Salon unter den Anwesenden eine heillose Verwirrung. Da ertönte Gallardos Stimme: «Ruhe, Señores! Jeder bleibt auf seinem Platz; die Partie geht weiter. Kerzen her!»

Und man spielte weiter, den Torero heimlich bewundernd, der noch mehr verstand als Stiere zu töten.

Die Verluste des Espadas erregten Aufsehen. Doch als gutmeinende Freunde dem Bevollmächtigten gegenüber wegen des unausbleiblichen Ruins eine Warnung laut werden ließen, lächelte Don José verächtlich:

«In diesem Jahr haben wir mehr Corridas als irgendein anderer Matador in Spanien. Stiere und Geld, daß es beinahe zu viel wird! Lassen Sie ihn sich doch amüsieren. Dieses Gerede beruht auf purem Neid, weil er nicht wie die anderen mit Krethi und Plethi in den Tavernen hockt. Er ist eben der Torero der Aristokratie.»

Bisweilen besuchte Gallardo auch das Casino der 45, eine Art Senat für den Stierkampf, wo die würdigen Pairs, da im allgemeinen keine Toreros zugelassen wurden, zwanglos ihre Doktrinen äußern konnten.

Frühjahr und Sommer saßen sie in den Korbsesseln der offenen Halle, um die Telegramme über den Verlauf jeder Corrida zu erwarten. Das Urteil der Presse galt ihnen wenig, ganz abgesehen davon, daß sie die Nachrichten vor dem Erscheinen der Zeitungen haben wollten.

Diese Beschäftigung, eher schon ein Amt, machte sie stolz und hob die Fünfundvierzig über den Rest der Sterblichen empor. Sie allein erhielten exakte Berichte – ohne interessierte Übertreibungen – über die Kämpfe des jeweiligen Tages auf den Plazas von Bilbao, Coruña, Barcelona oder Valencia, erfuhren einwandfrei, ob einem triumphierenden Matador das Ohr des Toros zuerkannt oder ob und wie ein anderer ausgepfiffen worden war. Nur wenn es

«Wachstuch» gab, das heißt ein Telegramm den schweren Unfall eines Toreros meldete, wurden die Herren Senatoren von einem Gefühl der Solidarität erfaßt und teilten einem vorüberkommenden Bekannten die aufregende Neuigkeit mit, die dann wie ein Lauffeuer durch Sevilla ging – unangezweifelt. Ein Telegramm der Fünfundvierzig!

Don José störte oft mit seinem aggressiven Enthusiasmus die würdevolle Ruhe des Casinos.

«Haben Sie Nachrichten von Santander?» stürmte er in die Halle. «Hier, lesen Sie: Gallardo zwei Degenstiche, zwei Stiere, vom zweiten das Ohr. Wie ich sage: der erste Matador der Welt!»

Häufig besagten die Telegramme der Fünfundvierzig etwas anderes, aber da man wußte, daß ein kritischer Blick genügte, um Don Josés schärfsten Protest herauszufordern, verschob man die Diskussion auf später, wenn Don Pepe abwesend sein würde.

Ganz allmählich hatte er es zustande gebracht, Gallardo hier einzuführen. Ein unerhörtes Privileg! Unter dem Vorwand, seinen Bevollmächtigten sprechen zu wollen, war der Espada wiederholt erschienen, bis man ihn schließlich zum Sitzen einlud und als Gast behandelte, obwohl manche der Herren zu den Anhängern irgendeines seiner Rivalen zählten.

Die Ausschmückung des Casinos zeigte, wie Don José sagte, Charakter. An den mit arabischen Fliesen bekleideten Wänden hingen bunte Plakate denkwürdiger Corridas; präparierte Köpfe berühmter Stiere; Galamäntel und Degen, Geschenke von Espadas, die sich zur Ruhe gesetzt, «den Zopf abgeschnitten» hatten. Wenn anläßlich Sevillas großer Festtage erlauchte Gäste aus ganz Spanien hier zusammenströmten und die Fünfundvierzig begrüßten, trug die Dienerschaft weiße Perücken und wie die Lakaien des königlichen Hauses rote und gelbe Livree.

Dekan war der Marquis von Moraima. Erschien er nachmittags, um von einem erhöhten Sitz aus der Runde zu präsidieren, so begann die Unterhaltung unweigerlich mit dem Wetter, ein für diese Großgrundbesitzer äußerst wichtiges Thema. Aufmerksam lauschte man den Ausführungen des Marquis, der auf seinen weiten Ritten über die einsame Ebene, dieses grüne Meer, aus dessen Wellen schläfrige Stiere Haien gleich auftauchten, eine Erfahrung wie kein anderer gesammelt hatte. Die Trockenheit, eine grausame Plage des andalusischen Flachlandes, gab Stoff zu den Diskussionen ganzer Nachmittage, und wenn nach bangen Wochen der Erwartung die ersten dicken Tropfen fielen, äußerte der Marquis: «Die schönste Gottesgabe! Jeder Tropfen ist fünf Duros wert.»

Außer dem Wetter galt ihr Interesse nur noch den Stieren, über die sie liebevoll wie über nahe Angehörige sprachen. Von zehn Toritos wurden acht oder neun zur Fleischzucht bestimmt, denn nur einer, höchstens zwei, zeigten bei den Proben mit der Garrocha den für die Arena erforderlichen Mut. Und welche Sorgfalt mußte man diesen dann angedeihen lassen!

«Eine Zucht von Kampfstieren», orakelte der Marquis, «darf nicht als Geschäft betrachtet werden. Sie ist ein Luxus. Wenn man schon für einen Toro den vier- oder fünffachen Schlachtpreis eines Ochsen erhält – was hat er aber auch für Kosten verursacht!»

Von dem anderen Vieh getrennt, wurde er Tag und Nacht behütet. Wasser und Weide mußten sorgsam ausgesucht, Temperaturwechsel des Standorts berücksichtigt werden. Jeder Toro kostete mehr als der Unterhalt einer ganzen Familie.

Erschien der Stier dann endlich in der Arena, so kam noch die Sorge hinzu, ob er den an seinem Hals wehenden Farben des Züchters auch Ehre machen würde.

Auf verschiedenen Plazas hatte der Marquis mit Unternehmern und Behörden schon arge Differenzen gehabt und gedroht, seine Toros zurückzuziehen, falls die Musikkapelle ihren Platz über dem Ausfalltor der Stiere behielte. Der Lärm der Instrumente mußte die edlen Tiere ja in Verwirrung bringen, bevor sie die Arena betraten.

«Sie sind genauso wie wir», sagte er mit Überzeugung, «es fehlt ihnen nur die Sprache. Was sage ich! Wie wir? Manche sind mehr wert als ein Mensch.»

Und dann sprach er von Lobito, einem alten Leitstier, den er nicht für ganz Sevilla mit seiner Giralda hergäbe.

Kam der Marquis in die Nähe der Herde des Alten, so genügte der Ruf «Lobito!», damit der Toro sofort zu ihm hintrabte, um das Maul an seinen Reitstiefeln zu reiben. Dabei war er ein mächtiges, von den anderen Stieren gefürchtetes Tier.

Der Reiter stieg ab und holte aus den Satteltaschen ein Stück Schokolade, das Lobito bereitwilligst entgegennahm. Einen Arm auf dem Nacken des Toros wagte sich der Marquis in die durch die Gegenwart eines Menschen unruhig gewordene Herde, denn Lobito ging neben ihm wie ein Hund, deckte ihn mit seinem Körper und verschaffte sich mit seinem flammenden Auge Respekt bei seinen Gefährten. Wollte ein besonders Kecker seinen Herrn beschnüffeln, so stieß er auf Lobitos drohende Hörner; drängten sich mehrere zusammen und versperrten den Weg, so öffnete er mit ein paar Nickerchen eine Gasse.

Ein zärtliches Lächeln erschien auf dem bis auf den weißen Backenbart glattrasierten Gesicht des Marquis, wenn er von den hervorragenden Eigenschaften einiger aus seiner Zucht hervorgegangener Stiere erzählte.

«Der Toro! Das edelste Tier der Schöpfung! Erinnern Sie sich noch an den armen Coronel?»

Er deutete auf eine große, prächtig gerahmte Fotografie,

die ihn als jüngeren Mann darstellte, wie er mit einigen weißgekleideten Mädchen mitten in einer Wiese auf einem schwarzen Hügel saß, an dessen einem Ende sich zwei Hörner abhoben. Diese dunkle, ungefüge Bank war Coronel. Von allen wegen seiner Wildheit gefürchtet, zeigte er gegen seinen Herrn und dessen Kinder eine liebevolle Unterwürfigkeit, ähnlich den für Fremde so gefährlichen Riesendoggen, die sich von den Kindern des Hauses gutmütig am Schwanz und an den Ohren zerren lassen. Die ersten Male hatte er neugierig an den Kleidchen der kleinen, die Beine des Vaters umklammernden Mädchen geschnüffelt, bis diese allmählich ihre Angst verloren und ihm das Maul tätschelten. «Nieder, Coronel!» Und sofort legte sich der gewaltige Toro schnaubend und prustend als Bank für die Kinder auf den Boden.

Nach langem Schwanken verkaufte ihn der Marquis an die Plaza von Pamplona und fuhr selbst hin, um der Corrida beizuwohnen. Heute noch strahlten seine Augen bei der Erinnerung an jenen Tag. Coronel stürmte bis zur Mitte der Arena, wo er, über die plötzliche Helligkeit und den Lärm der Zuschauer verblüfft, stehenblieb. Aber kaum hatte ihn der erste Picador gestochen, so beherrschte er die ganze Arena mit seiner beispiellosen Bravour.

«Es gab für ihn weder Menschen noch Pferde, noch sonst etwas. Im Nu lagen sämtliche Klepper im Sand, flogen die Picadores durch die Luft. Das Publikum raste und verlangte frische Pferde, während Coronel in der einsam gewordenen Arena nach neuen Angreifern spähte. Niemals wieder sah ich einen solch edlen, solch tapferen Stier, der jede, auch die kleinste Herausforderung sofort annahm. Als das Signal zum Töten erklang, trug er vierzehn Lanzenstiche und alle sechs Banderillas, war aber noch ebenso mutig als käme er gerade von der Weide.»

Wenn der große Züchter bei diesem Punkt seiner Erzählung anlangte, hielt er jedesmal inne, um seiner Stimme, die ein wenig bebte, Festigkeit zu geben.

«Wie ich aus meiner Loge herauskam, weiß der Himmel. Plötzlich stand ich hinter der Umzäunung, dicht neben dem Espada, der seine Muleta sehr langsam ordnete, als wollte er den Moment, diesem gewaltigen Tier entgegenzutreten, nach Möglichkeit hinausschieben. ‹Coronel!› rief ich, den Oberkörper über den Palisaden, und schlug mit den Händen auf die Bretter.

Der Toro stutzte bei meinem Ruf, blieb aber stehen. ‹Coronel!› Da sah er einen Menschen auf den Schranken und stürmte los, zum Angriff. Doch kurz vor der Bretterwand hielt er inne, um dann ganz langsam näher zu kommen, mit blutüberströmtem Hals, dessen Wunden die blauen Muskeln sehen ließen. ‹Coronel! Mein Sohn!› Sicher hatte er meine zärtlichen Worte verstanden. Er hob das Maul und schnüffelte an meinem Gesicht. Warum brachtest du mich hierher? schienen seine Augen zu fragen. Und da – ich konnte nicht anders – küßte ich ihn auf die feuchte Nase.

‹Nicht töten!› schrie jemand. Als hätten diese Worte den Gedanken des ganzen Publikums wiedergegeben, fegte eine Explosion über die Plaza: ‹Nicht töten!›, und unzählige Taschentücher flatterten wie unruhige Taubenschwärme in der Luft. In jenem Moment verzichtete die Menge auf ihr eigenes Vergnügen, bewunderte nur den überlegenen Mut der Bestie und mußte eingestehen, daß unter so vielen mit Vernunft begabten Geschöpfen keines dem armen Tier an Adel der Gesinnung und Empfindung gleichkam.

Ich nahm ihn mit», endete der Marquis. «Dem Unternehmer zahlte ich seine 2000 Pesetas zurück, hätte ihm aber auch meine ganze Hacienda gegeben. Nach einem Monat Weide war auf Coronels Nacken nichts mehr zu sehen. Er sollte nicht alt werden – die Guten haben kein Glück auf dieser Welt –, ein tückischer Stier, der ihn von vorn nicht anzublicken wagte, tötete ihn hinterlistig durch einen Stich.»

Erregt wurden die Fünfundvierzig nur, wenn man auf die Feinde der Stierkämpfe zu sprechen kam, die im Namen des Tierschutzes spektakelten. Albernes Geschrei von Ausländern! Irrige Meinungen von Ignoranten, für die ein Mastochse dasselbe bedeutet wie ein Kampfstier. Ah, der spanische Toro ist ein wildes Tier, das mutigste von allen wilden Tieren der Welt. Und die Herren gedachten der vielen Kämpfe zwischen Stieren und Raubtieren, die fast stets mit dem Triumph der ersteren geendet hatten.

Der Marquis lachte bei der Erinnerung an eine andere Berühmtheit seiner Zucht. Auf einer Plaza sollte ein Toro mit einem Löwen und einem Tiger kämpfen, und der Züchter sandte seinen Barrabás, ein perverses Tier, das allein gehalten werden mußte, weil es niemanden um sich duldete.

«Auch diesem Kampf wohnte ich bei», begann er. «Ein riesiger, eiserner Käfig mit Barrabás wurde in die Mitte der Arena gerollt. Zuerst ließen sie den Löwen los, und das verfluchte Tier springt dem nichts ahnenden Toro auf den Rücken, um ihn gleich mit Tatzen und Zähnen zu zerfleischen. Barrabás machte Riesensätze und schüttelte sich wie eine Furie, bis es ihm gelang, den Löwen nach vorn zu schleudern. Er fiel auf die Hörner. Caballeros, das reinste Ballspiel! Von einer Spitze warf er ihn auf die andere und schmetterte ihn schließlich verächtlich in eine Ecke, wo der König der Tiere, jetzt ein Häufchen Elend, wie eine geprügelte Katze jammerte. Mit dem Tiger ging es schneller. Diesmal griff Barrabás an. Kaum öffnete das Biest den Rachen, so war es auch schon auf den Hörnern, flog ein Weilchen in der Luft herum und sauste in die Ecke. Dieser Barrabás aber, ein böser Schelm, verrichtete ganz gemütlich auf den Raubtieren seine Notdurft, und als die Tierbändiger die beiden Katzen herausholten, genügte ein ganzer Korb Sägemehl nicht zur Beseitigung ihrer Spuren. Alles, was ihr Körper enthielt, hatten sie von sich gegeben.»

«Ha! Der spanische Toro!» begeisterten sich die Fünfundvierzig, und in ihren Worten lag ein Ausdruck nationalen Stolzes, als dokumentiere der Mut ihrer einheimischen Stiere auch die Überlegenheit der spanischen Erde und Rasse über den Rest der Welt.

Seit kurzem war im Casino ein neues Thema aufgekommen. Wie überall in Sevilla sprach man auch bei den Fünfundvierzig von Plumitas, einem wegen seiner Verwegenheit berühmten Banditen, dessen Ruf sich durch die erfolglosen Anstrengungen, seiner habhaft zu werden, täglich vergrößerte. Die Zeitungen berichteten über ihn, als wäre er eine der ersten Persönlichkeiten Spaniens; die Regierung wurde im Parlament interpelliert und versprach seine sofortige Gefangennahme; die Gendarmerie setzte eine kleine Armee gegen ihn ein, doch Plumitas, ohne andere Hilfsmittel als seinen Karabiner und ein schnelles Pferd, schlüpfte wie ein Schatten zwischen seinen Verfolgern hindurch, bot kleinen Trupps wohl auch die Stirn, wobei stets der eine oder andere der Gendarmen sein Leben ließ. Verehrt und unterstützt aber wurde Plumitas von der gesamten ärmlichen Landbevölkerung, traurigen Sklaven der Großgrundbesitzer, die in ihm den Rächer der Hungernden sahen – den schnellen, unerbittlichen Richter, ähnlich den fahrenden Rittern vergangener Zeiten. Mit dem den Reichen abgenommenen Geld half er hier einer bedürftigen alten Frau, dort einem Tagelöhner, der zu viele Kinder besaß. So kam es, daß all diese kleinen Leute den Namen Plumitas ständig auf den Lippen trugen, hingegen blind und taub waren, wenn die Gendarmen nach ihm fragten.

Ein vorzüglicher Kenner des Landes, wechselte er ohne Schwierigkeiten von einer Provinz zur andern, und die Gutsbesitzer Sevillas und Córdobas trugen gleichmäßig zu seinem Unterhalt bei. Wochenlang wußte man nichts von ihm; dann plötzlich erschien er, alle Gefahr verachtend, am hellen Tag vor einem Gutshaus oder in einem Dorf.

Im Casino legte man Wert darauf, über seinen Aufenthalt auf dem laufenden zu sein.

«Plumitas besuchte gestern meine Hacienda», meldete ein Mitglied. «Der Inspektor gab ihm 30 Duros und lud ihn zum Mittagessen ein.»

Geduldig leisteten sie diese Abgaben und sprachen davon nur unter Freunden. Warum auch eine Anzeige machen? Die Behörden waren machtlos und man setzte sich höchstens der Rache des Banditen aus.

Der Marquis von Moraima äußerte sich über Plumitas und seine Taten wie über eine unvermeidliche Kalamität.

«Das sind arme Burschen, die das Unglück soweit gebracht hat. Mein Vater – Gott schenke ihm die ewige Ruhe! – kannte den berühmten José Mara und frühstückte zweimal mit ihm. Wenn man sie nicht reizt, lassen sie einen in Frieden, genau wie die Stiere.»

Seinem Befehl gemäß wurde dem Plumitas gegeben, um was er bat, und seine Leute berichteten, daß der Bandit mit der alten Ehrfurcht des Bauern vor einem wohlwollenden Gebieter erklärt hätte, jedem, der dem Marquis zu nahe träte, das Licht ausblasen zu wollen. Verschiedentlich schon war der alte Herr in einsamen Gegenden, wo kein Dorf am Horizont auftauchte, einem bewaffneten Reiter begegnet, der, den schmutzigen Filz ziehend, mit vertraulichem Respekt sagte: «Gott begleite Sie, Señó Marqué!»

Nur Gallardo, der neugebackene Gutsbesitzer, wetterte gegen die Behörden, die das Eigentum nicht zu schützen wüßten. «Wofür bezahle ich denn so viele Steuern? Verdammt noch mal! Von mir bekommt er nichts.»

Doch der Marquis meinte bedächtig:

«Vorsicht, Kleiner! An irgendeinem Tag, wenn du es am

wenigsten vermutest, wird er dir in der Rinconada seine Aufwartung machen!»

Mürrisch blickte der Matador vor sich hin. Seine Mutter, Carmen und die Kinder seines Schwagers weilten seit einer Woche auf dem Gut, wo sie ihn von Tag zu Tag erwarteten. Er aber schob die Reise unter allen möglichen Vorwänden hinaus. Ohne einen anderen Menschen im Haus als Garabato, führte er ein Junggesellenleben, das ihm vollkommene Freiheit in seinem Verkehr mit Doña Sol erlaubte.

Jeden Vormittag unternahmen sie weite Ritte in die Umgebung Sevillas, bisweilen von Don José begleitet, dessen Gegenwart die bösen Zungen zum Schweigen brachte. Eines Tages führte Gallardo Doña Sol auch zu dem Sonderbahnhof, auf dem Stiere für eine außergewöhnliche Wintercorrida verladen werden sollten.

Die List der Menschen hatte es verstanden, die an Freiheit gewöhnten Tiere zu betrügen und sie leicht wie eine Ware zu handhaben. Auf einer breiten, von Stacheldraht eingezäunten Chaussee kamen die Stiere von ihren Weiden angaloppiert und wurden in der Nähe des Bahnhofs von der Begleitmannschaft zu einer tollen Karriere gehetzt, um sie nicht zur Besinnung kommen zu lassen.

Voran, den Spieß auf der Schulter, die Hirten; hinter ihnen die klugen Leitstiere, deren gewaltige Hörner die Führer deckten. Ihnen folgten die Kampftoros, auf allen Seiten umringt von zahmen Tieren, die ein Ausbrechen verhinderten, und von wendigen Gauchos mit der gefürchteten Steinschleuder.

Die Chaussee mündete in einen großen Corral, an dessen Tor die Reiter nach beiden Seiten auseinanderstoben, während die ganze Herde, eine Lawine von Staub, aus der Hufschlag, Gebrüll und Leitglocken ertönten, hineinstürmte.

Auf den Mauern verteilte Leute schwenkten unter gellenden Rufen ihre Hüte. Jetzt bogen auch die erfahrenen, den

Hirten gehorsamen Leitstiere seitwärts ab; die Masse jedoch brauste weiter in einen zweiten Corral, wo sie erst vor der gegenüberliegenden Wand zum Halten kam.

Nun begann das eigentliche Verladen. Einzeln wurde jeder Toro durch flatternde Tücher, Schreie und Stöße mit der Garrocha in eine enge Gasse gedrängt, in deren Mitte der graue Waggon mit hochgezogenen Türen stand – ein kleiner Tunnel, durch den hindurch grüne Weiden und friedlich grasende Herden zu sehen waren.

Langsam, die Gefahr witternd, schritt der Toro weiter, stutzte jedoch vor der sanftgeneigten Rampe, die in den Wagen führte. Im Rücken spürte er die unaufhörlichen Stiche der in den Galerien rechts und links versteckten Treiber, vor sich sah er am Ausgang des Tunnels ein rotes Tuch wehen. Stiche, Tuch und die grüne Weide brachten es zuwege. Die Bretterrampe krachte unter seinen Hufen, er setzte zum Galopp an, aber im selben Moment ließen die auf dem Dach liegenden Arbeiter beide Türen herunter.

Schlösser klirrten, dann wurde es um ihn still und dunkel. Durch eine Klappe im Dach fiel Futter und der Waggon rollte zum nahen Gleis.

Doña Sol war begeistert. Zu gern hätte sie es den Gauchos nachgemacht. Ein Dasein in freier Luft! Über die ungeheure Ebene galoppieren, verfolgt von spitzen Hörnern und eisenharten Schädeln, deren kleinste Bewegung den Tod bringen konnte! In ihrer Seele glühte die Liebe zum Hirtenleben, unser aller Erbschaft ferner Vorfahren aus jener Zeit, als der Mensch die Eingeweide der Erde noch nicht auszubeuten verstand, sondern die Tiere, die ihn erhielten, betreute. Hirte sein, Hirte wilder Tiere, dünkte Doña Sol der interessanteste, der heroischste aller Berufe.

Gallardo, aus dem ersten Rausch erwacht, betrachtete sie in intimen Stunden voller Bestürzung und fragte sich, ob wohl alle Damen der großen Welt ihr glichen.

Ihre Kapricen, ihr sonderbares Verhalten verwirrten ihn. Sie zu duzen wagte er nicht. Ein einziges Mal hatte er mit bebender Stimme das Du ausgesprochen und in ihren hellen Augen so maßloses Befremden gesehen, daß er beschämt den Kopf hängen ließ.

Sie dagegen duzte ihn in derselben Manier wie seine hochstehenden Freunde; allerdings nur, wenn sie allein waren. Benachrichtigte sie ihn durch einen kurzen Brief, daß sie eine Verabredung nicht innehalten konnte, so gebrauchte sie niemals andere als die üblichen, höflichen Wendungen.

«Merkwürdige Frau!» murmelte Gallardo erbittert. «Anscheinend hat sie stets mit Laffen zu tun gehabt, die ihre Briefe jedermann zeigten. Hält sie mich vielleicht nicht für einen Caballero, weil ich Torero bin?»

Noch etwas anderes bereitete ihm Verdruß. Ganz unvermutet meldete ihm manchmal einer dieser Diener, die den Eindruck heruntergekommener Adliger machten: «Die Señora ist ausgegangen.» Und Gallardo wußte, daß es eine Lüge war, ahnte Doña Sol hinter Vorhängen und Türen – ganz in der Nähe. Aus! sagte sich der Espada. Sie hat mich satt. Zum letztenmal habe ich ihr Haus betreten!

Und wenn er anderen Tags wiederkam, schämte er sich, daß er an die Möglichkeit, Doña Sol nicht wiederzusehen, geglaubt hatte. Mit offenen Armen empfing sie ihn, drängte sich dicht an ihn, auf den Lippen heißes Begehren, in den Augen ein seltsames Flimmern.

«Warum parfümierst du dich?» fragte sie mit einer Miene, als nähme sie den widerlichsten Geruch wahr. «Das ist deiner unwürdig. Ich will, daß du nach Stieren riechst, nach Pferden. Prachtvoller Geruch, nicht wahr? Sag ja, Juanin, du Bestie Gottes, du mein Tier!»

In dem sanften Halbdunkel ihres Schlafzimmers empfand Gallardo bisweilen Angst vor ihren seltsamen Augen und Worten.

«Ich möchte auf vieren laufen, möchte ein Stier sein, und du müßtest mir mit dem Degen gegenüberstehen. Ha, die Stöße, die du abbekämst! Hier... und hier!»

Mit geballten Fäusten, denen ihre Nervosität doppelte Kraft gab, schmetterte sie wuchtige Hiebe auf die nur mit einem seidenen Unterhemd bekleidete Brust des Torero, der sich zur Seite warf, um nicht bekennen zu müssen, daß eine Frau ihm weh tun konnte.

«Nein, kein Stier! Lieber möchte ich ein großer Hund sein mit scharfem Gebiß, dir auf dem Weg entgegenspringen und bellen: ‹Seht Ihr diesen Prahlhans, der wilde Tiere tötet und von dem die Leute sagen, er wäre tapfer? Ich, ich beiße ihn! So beiße ich ihn! Haam!›»

Und mit hysterischer Lust vergrub sie ihre Zähne in seinen Arm. Der Espada fluchte vor Schmerz und entwand sich gewaltsam der halbnackten Frau, deren Kopf mit dem goldenen Schlangengeringel dem einer trunkenen Bacchantin glich.

Doña Sol kam zu sich, wurde zärtlich und umschmeichelte den Torero wie ein spielendes Kätzchen.

«Ärmster! Hat man dir weh getan? Ich will die Stelle küssen, damit sie heilt. Laß mich all deine süßen Narben küssen. Mein armes Tierchen mit so viel Wunden...»

Doch niemals erreichte es Gallardo, der die Liebe nach altem Brauch auffaßte und darunter die Intimität des ehelichen Lebens verstand, eine ganze Nacht in Doña Sols Haus zubringen zu dürfen. Wenn er glaubte, sich das Weib ganz und gar unterworfen zu haben, kam bei ihr der physische Widerwille.

«Geh! Ich muß allein sein. Ich kann dich jetzt nicht ertragen. Weder dich noch sonst jemanden. Ach, die Männer! Welcher Ekel!»

Und Gallardo machte sich davon, verstimmt und gedemütigt durch die Launen dieser unbegreiflichen Frau.

Als er sie eines Nachmittags in einer weicheren Stimmung antraf, hielt er den Moment für günstig, sie nach ihrer Vergangenheit zu fragen – nach diesen Prinzen und Königen, die in ihrem Leben eine Rolle gespielt haben sollten.

Ein kalter Blick war die Antwort.

«Was geht's dich an? Bist du vielleicht eifersüchtig? Und wenn es wahr wäre, was dann?»

Lange Zeit blieb sie stumm, den leeren Ausdruck in den Augen, der bei ihr stets der Vorbote eines absurden Gedankens war.

«Du mußt die Frauen geschlagen haben, leugne nicht!» sagte sie endlich, ihn neugierig ansehend. «Das interessiert mich außerordentlich. Nicht deine Carmen – ich weiß, daß sie sehr gut ist –, aber all diese anderen Frauen, mit denen ihr Toreros verkehrt. Weiber, die, je mehr man sie schlägt, desto heftiger lieben. Nein? Du hast wirklich nie geschlagen?»

Gallardo protestierte mit der Würde des hochherzigen Mannes, der sich an Schwächeren nicht vergreift. Enttäuscht hörte Doña Sol zu.

«Eines Tages mußt du mich schlagen. Ich will wissen, wie das tut», bestimmte sie. Doch dann verfinsterte sich ihre Miene, die Augenbrauen bildeten eine Linie und die goldenen Pünktchen in ihren Pupillen sprühten Feuer. «Nein, meine Bestie, versuch es lieber nicht. Du würdest dabei verlieren.»

Ein nur zu gerechtfertigter Rat, an den Gallardo Gelegenheit hatte, sich zu erinnern. In einer vertraulichen Stunde genügte eine etwas derbe Liebkosung seiner harten Hände, um die Wut dieser Frau zu erwecken, die den Mann an sich zog und gleichzeitig haßte.

«Nimm!» Und ihre rechte Faust hieb mit der Sicherheit eines Boxers von unten herauf gegen seine Kinnlade.

Schmerz und Scham kämpften in Gallardo, während die

Dame – vielleicht in einem Gefühl für das Unzeitgemäße ihres Angriffs – etwas unsicher erklärte:

«Das möge dir eine Lehre sein. Ich weiß, wie ihr seid, ihr Toreros. Ließe ich mir einmal etwas gefallen, so würdest du mich schon bald wie ein Zigeunermädchen von Triana behandeln. Das tat not. Man muß Distanz wahren.»

An einem warmen Frühlingsabend kamen beide von einer Weide des Marquis zurück, wo man eine Reihe von Jungstieren erprobt hatte. Die Kavalkade folgte der Chaussee, doch Doña Sol lenkte, von dem Espada begleitet, auf die angrenzenden Wiesen, deren weiche Grasnarbe den Hufschlag der Pferde unhörbar machte.

Die untergehende Sonne färbte die grüne, mit weißen und gelben Blumen besteckte Ebene sanft karmesin. Pferde und Reiter warfen lange, schmale Schatten und die dunkle Linie der geschulterten Garrochas verlor sich riesengroß am Horizont. Vor ihnen lag der Purpurschein einer fernen Feuersbrunst, zu ihrer Seite blitzte der Guadalquivir wie rötlicher Stahl.

Doña Sol blickte Gallardo mit befehlenden Augen an.

«Leg deinen Arm um meine Hüfte!»

Der Espada gehorchte, und die Dame betrachtete entzückt die verschmolzenen Schatten auf dem magischen Licht der Wiese.

«Als lebten wir in einer anderen Welt», sagte sie leise, «einer Welt der Sage, auf Wiesen, wie man sie auf alten Gobelins sieht. Ist es nicht eine Szene aus den Ritterromanen: der Paladin und die Amazone, die Lanzen über der Schulter, Abenteuern und Gefahren entgegenreitend? Doch davon verstehst du nichts, Bestie meiner Seele. Nicht wahr?»

Der Torero zeigte lachend seine blitzenden, starken Zähne, während sie den Kopf an seine Schulter legte, leise erschauernd, wenn sein Atem ihren Nacken streifte.

So ritten sie schweigend weiter. Doña Sol schien zu schlafen. Plötzlich jedoch richtete sie sich auf.

«Sag, hast du noch nie einen Menschen getötet?»

Gallardo fuhr zurück, so ungestüm, daß er sich von ihr löste. Er? Einen Menschen? Niemals. Er war ein braver Bursche, der seine Karriere verfolgt hatte, ohne irgend jemandem zu schaden. Einige Ohrfeigen bei erregten Auseinandersetzungen, ein Hieb mit einer Flasche in einem Café. Doch weiter nichts. Ein Menschenleben respektierte er immer, unbedingt.

«Also nicht einmal das Verlangen hast du gespürt, jemanden zu töten! Und ich glaubte, daß die Toreros...»

Die Sonne verschwand. Die Wiesen verloren ihre phantastische Beleuchtung, der Fluß erlosch. Doña Sol sah die Landschaft dunkel und vulgär. Wortlos, ohne darauf zu achten, ob ihr der Matador folgte, gab sie ihrem Pferd die Sporen und galoppierte der fernen Reiterschar nach.

In der Karwoche kehrte Gallardos Familie nach der Stadt zurück, denn am Ostersonntag sollte der Espada in der großen Corrida auftreten – zum erstenmal, seit er sie kannte, unter den Augen Doña Sols.

Dieser Gedanke steigerte noch eine ohnehin schon vorhandene Unruhe, die ihm die Plaza von Sevilla stets verursachte. Ob er in irgendeiner Arena Spaniens eine Niederlage erlitt, spielte, da er sie ja für längere Zeit meiden konnte, eine geringe Rolle. Hier dagegen, in seiner Heimat, wo seine größten Feinde und Neider lauerten!

In der Nacht vom Sonnabend zum Sonntag brachte man die Toros von den Weiden Tabladas nach den Corrals der Plaza, und um Mitternacht herrschte auf dem ganzen Weg ein Treiben wie an einem Jahrmarktstag. In den Villen wurde Klavier gespielt und getanzt, aus den Tavernen klang Gelächter, Gläserklirren und Gitarrengeklimper. Gegen ein Uhr trabte ein Meldereiter durch mit dem Befehl: «Lichter aus!» Keiner Verfügung der Obrigkeit hätte schneller Folge geleistet werden können. Sogar die Laternen erloschen.

Häuser und Baumgruppen verschwammen zu düsterer Masse, am Himmel funkelten die Sterne und von der Erde erhob sich ein verhaltenes Summen, als schwärmten Tausende von Moskitos im Schatten. Endloses Warten, bis schließlich fernes Gebimmel ertönte. Sie kamen!

Der Boden erzitterte unter einem dröhnenden Galopp. Voran mit gefällter Lanze die Hirten, dann ein Trupp von Sportsleuten mit Doña Sol, bebend vor Aufregung über dieses tolle Jagen, bei dem ein Fehltritt der Pferde, ein Sturz, nichts anderes bedeutete, als von den Hufen der rasenden Stiere zu Brei zertrampelt zu werden.

Wütend läuteten die kupfernen Glocken der Leitstiere; die hinter Zäunen und Hecken versteckten Zuschauer schluckten eine Wolke von Staub. Und wie ein Alpdrücken verschwand die wilde Herde – formlose Ungeheuer der Nacht –, verschwand das fürchterliche Brüllen und Schnaufen und Stampfen, verstummte das aufreizende Geschrei der Gauchos und Pikenreiter, die den Zug schlossen.

Juan Gallardo erhob sich schon frühzeitig am nächsten Morgen. Er hatte eine schlechte Nacht hinter sich.

Nur keine Corridas in Sevilla! In anderen Städten lebte er wie ein Junggeselle und legte die Kampftracht in einem gleichgültigen Hotelzimmer an, wo ihn nichts an seine Familie erinnerte. Aber hier in seinem eigenen Schlafzimmer sah er auf Schritt und Tritt irgend etwas, das Carmen gehörte. Und dann dieser entsetzliche Moment, wenn er, den Galamantel über der Schulter, zu dem stillen Patio hinunterschritt! Seine Schwester küßte ihn mit einem Gesicht, als läge sie im Sterben. Die Mutter hatte sich im entferntesten Zimmer versteckt, weil sein Anblick ihr unerträglich war. Und Carmen, bleich, mit zusammengepreßten Lippen und zuckenden Lidern, gab sich den Anschein der

Heiterkeit, bis sie plötzlich das Taschentuch an die Augen führte und die Mädchen zuspringen mußten, ehe sie umsank. Wahrlich, selbst der Cid Campeador, den Gallardos Schwager stets im Mund führte, würde dabei die Nerven verloren haben.

«Verflucht!» sagte der Matador grimmig. «Das ganze Gold der Welt brächte mich nicht auf die Plaza von Sevilla, wenn nicht schamlose Gesellen sofort behaupten würden, ich fürchtete das Publikum meiner Vaterstadt.»

Eine Zigarre im Mund spazierte er durch sein Haus, reckte die sehnigen Arme, trank ein Glas Wein und begrüßte seine Mutter, die es sich trotz ihrer Jahre und Körperfülle nicht nehmen ließ, selbst für den Sohn zu kochen.

Von der Küche schritt er weiter in den Patio. Singvögel in vergoldeten Bauern zwitscherten vergnügt und die Sonnenstrahlen spielten auf dem Becken des Springbrunnens, in dem kleine Perlen hochstiegen – Luftbläschen aus den runden Mäulern der Goldfische.

Eine schwarzgekleidete Frau, die, den Wassereimer neben sich, auf dem Boden kniete und die Marmorfliesen wusch, blickte bewundernd zu ihm auf.

«Guten Morgen, Señor Juan», grüßte sie mit der zärtlichen Familiarität, die jeder populäre Held einflößt.

Doch der Señor Juan antwortete nicht, sondern rannte erregt zur Küche zurück.

«Aber Mütterchen, wer ist diese Einäugige, die den Patio scheuert?»

«Wer soll es sein, mein Kind! Eine arme Witwe. Eines unserer Mädchen ist krank, und da ließ ich dieses unglückliche Geschöpf rufen, das einen Haufen Kinder ernähren muß.»

«Verdammt! Toros in Sevilla, und der erste Mensch, der mir begegnet...einäugig! Kann es ein schlechteres Omen geben? Habt ihr es auf meinen Tod abgesehen?»

Bestürzt über seine düstere Prophezeiung und seinen Ärger versuchte das arme Mütterchen sich zu rechtfertigen.

«Daran habe ich wirklich nicht gedacht! Mir tat die arme Frau leid – sie wollte gern eine Peseta für ihre Kleinen verdienen. Kann man Gott nicht so am besten dafür danken, daß er uns vor ähnlichem Elend bewahrt hat?»

Die Erinnerung an die früheren Entbehrungen stimmten Gallardo duldsam.

«Gut, sie soll bleiben. Und mir mag's gehen wie Gott will.»

Den Patio beinahe rückwärts durchschreitend, um dem verhängnisvollen Auge zu entgehen, flüchtete der Matador in sein Arbeitszimmer.

Die weißen, bis in Mannshöhe getäfelten Wände schmückten auf buntfarbiger Seide gedruckte Programme von Gala-Stiergefechten. Diplome von Wohltätigkeitsgesellschaften erinnerten an die Corridas, in denen Gallardo zum Besten der Armen gekämpft hatte, und unzählige Bildnisse des Diestros, zu Fuß oder sitzend, den Kampfmantel handhabend oder mit dem Degen zustoßend, zeugten von dem Eifer, den die Zeitungen darauf verwandten, alle Stellungen des berühmten Matadors wiederzugeben. Über der Tür hing ein Gemälde von Carmen, deren schwarze Augen durch die weiße Spitzenmantilla noch mehr hervorgehoben wurden, während an der gegenüberliegenden Wand ein ungeheurer Stierschädel mit Glasaugen und einem Büschel weißer Haare auf der Stirn dem ganzen Raum zu präsidieren schien. Die riesigen Hörner, am Ansatz elfenbeinfarbig, dann dunkler werdend, bis sie in tiefschwarze Spitzen ausliefen, standen so weit auseinander, daß Potaje, der Picador, behauptete, eine Amsel könne auf der einen Spitze singen, ohne auf der andern gehört zu werden.

Gallardo setzte sich an den eleganten, mit Bronzen bedeckten Tisch, der als einzige Unordnung den Staub mehrerer Tage aufwies. Das enorme, von zwei Pferden flankierte Schreibzeug war leer; den hübschen, in Hundeköpfe endigenden Haltern fehlten die Federn. Was brauchte der große Mann zu schreiben? Don José verfaßte alle Kontrakte und sonstigen Schriftstücke, die der Matador dann im Club langsam mit seiner komplizierten Unterschrift versah.

Eine ganze Wand nahm die Bibliothek ein, durch deren immer verschlossene Glastüren man achtunggebietende Reihen dicker Bände erblickte.

Als Don José anfing, seinen Matador den Torero der Aristokratie zu nennen, hielt es Gallardo für notwendig, sich dieser Auszeichnung durch Bildung würdig zu erweisen und betrat eines Tages mit entschlossener Miene eine Buchhandlung.

«Schicken Sie mir für 3000 Pesetas Bücher!»

Und da der Buchhändler nicht ganz zu verstehen schien, fuhr er energisch fort:

«Bücher, hören Sie nicht? Die größten, die es gibt, wenn möglich mit Goldschnitt.»

Er wurde zufriedengestellt. Und wenn man im Club von etwas sprach, das er nicht verstand, sagte er, klug lächelnd:

«Das muß ich in meiner Bibliothek nachlesen.»

Einmal, als er an einem regnerischen Tag gelangweilt durch das Haus schlich und nicht wußte, womit er sich beschäftigen sollte, öffnete er schließlich andächtig den Bücherschrank und zog einen Band, den größten, hervor. Auf das Lesen des Textes verzichtete er, besah dafür aber mit kindlichem Entzücken die Abbildungen: Löwen, Elefanten, langmähnige Pferde, Esel mit farbigen Streifen, wie ein Linienblatt bemalt. Sorglos schritt der Torero weiter auf dem Pfad der Wissenschaft, bis er auf die bunten Ringe einer Schlange stieß.

«Huy! Das Gewürm, das unheilbringende Gewürm!»

Und krampfhaft die Hand schließend, streckte er ihm

Zeigefinger und kleinen Finger – zwei Hörner – entgegen, um das Unglück zu beschwören. Er blätterte weiter, doch da auch die folgenden Seiten grauenhafte Reptilien zeigten, stellte er verstimmt das Buch in den Schrank zurück.

Seit damals lag der Schlüssel zum Bücherschrank vergessen in einer Schreibtischschublade zwischen Drucksachen und alten Papieren.

An diesem Ostersonntagmorgen diente die Stille des Arbeitszimmers aber nur dazu, Gallardos Unruhe zu vergrößern. Ohne zu wissen warum, vertiefte er sich in den Anblick des Stierschädels, und die peinlichste Begebenheit seines Lebens stieg wieder vor seinem Auge auf. Was hatte ihm diese schlimme Bestie auf der Plaza von Zaragoza zu schaffen gemacht! Ein Toro mit dem Verstand eines Menschen! Unbeweglich, in den Augen teuflische Bosheit, wartete er, bis der Espada an ihn herankam, und stieß, ohne sich von dem roten Tuch beirren zu lassen, stets nach dem Körper; die Degenstiche gingen in die Luft, da er sie geschickt mit seinen Kopfbewegungen parierte. Das Publikum wurde ungeduldig, pfiff und beschimpfte den Matador, der sich vollkommen klar war, daß nicht er den Stier, sondern der Stier ihn töten würde, wenn er ihm den Degenstich regelrecht von vorn beibringen wollte. In Schweiß gebadet folgte er dem Toro von einem Ende der Arena bis zum andern, um schließlich eine Gelegenheit wahrzunehmen, dem Tier mit einem infamen Seitenstoß nach dem Hals den Garaus zu machen. Die Menge tobte vor Entrüstung; Flaschen und Orangen flogen dem hinterlistigen Espada um den Kopf. Eine schmachvolle Erinnerung! Und Gallardo hielt den Anblick dieses Schädels für nicht weniger unheilbringend wie die Begegnung mit der Einäugigen.

«Verflucht sollst du sein und mit dir dein elender Züchter! Zu Gift soll das Gras werden, das deine Rasse frißt!»

Garabato meldete, daß Freunde im Patio seien, die es für

ihre Pflicht erachteten, den Matador vor der Corrida zu begrüßen. Augenblicklich vergaß er seine Besorgnisse und schritt mit arroganter Miene, als könnte er die Stunde nicht erwarten, seine Toros in den Sand zu strecken, den Besuchern entgegen.

Nach der Mahlzeit ließ er sich von seinem Diener ankleiden. Und dann kam der erschütternde Abschied.

«Als ob ich zum Galgen geführt würde! Bis nachher! Seid nur ruhig, es passiert nichts!»

Der Sattler, wie ein Dandy im hellen Flanellanzug und weißen Filzhut, schimpfte wütend über das ungeschliffene Benehmen seines Schwagers. Konnte der ihm nicht einen Platz im Wagen der Cuadrilla anbieten?

Doch trotz seines Ärgers versprach er, nach jedem Stier einen von den kleinen, sich an der Plaza herumtreibenden Gassenjungen mit Nachrichten zu senden.

Die Corrida wurde zu einem glänzenden Erfolg für Gallardo. Sobald er die Arena unter dem Beifall der Menge betrat, schien er zu wachsen. Der Boden, auf dem er stand, war ihm vertraut. Beeinflußte doch sogar der Sand der Redondels seine abergläubische Seele! Weiß schimmerten die Plazas von Valencia und Barcelona, dunkel die des Nordens und rötlich leuchtete der Boden der Arena von Madrid. Doch hier hatte er den feinen hellgelben Sand des Guadalquivir unter seinen Füßen, der, wenn die Pferde gleich einem bodenlosen Topf Ströme von Blut über ihn vergossen, an die Farben der Landesflagge erinnerte.

Auch die verschiedenartige Architektur der Plazas beeinflußte seine Einbildungskraft. Die übrigen – mehr oder weniger neue Bauten im römischen oder arabischen Stil – glichen in ihrer Banalität modernen Kirchen, leer und ohne jede Wärme. Die von Sevilla aber war voll von Erinnerungen, belebt von dem Geist vieler Generationen. Ihr Portal stammte aus dem Jahrhundert der gepuderten Perücken und in der ockerfarbenen Arena hatten Helden gekämpft. Die glorreichen Erfinder der schwierigsten Bewegungen, die Vervollkommner der Kunst: ruhige und korrekte Kämpen der Rondaschule sowie flinke, übermütige Meister der Schule von Sevilla... und jetzt er! Trunken vom Beifall, trunken von der Sonne und dem Anblick einer weißen Mantilla über einer Logenbrüstung, fühlte er sich zu allem fähig.

Als auf seinen Befehl der zweite Stier vom Nacional durch geschicktes Locken mit dem Mantel bis zur Loge des Marquis von Moraima gebracht war, schritt Gallardo, Degen und Muleta in der Linken, bis unter die Brüstung, zog die Mütze und widmete den Toro Doña Sol. «Olé die Burschen mit Glück!» brüllte die Galerie, während der Espada den Stier annahm. Nie hatte man den Matador so groß gesehen! Jeder Gang mit der Muleta wurde von enthusiastischen Rufen und Angstschreien begleitet. Die Hörner fegten so dicht an seiner Brust vorbei, daß die Menge in atemloser Spannung verharrte. Ganz plötzlich stand er, den Degen vor dem rechten Auge, wie eine Säule... warf sich pfeilgeschwind vor... jetzt ein knapper Schritt zur Seite. Regungslos verharrte der Diestro auf demselben Fleck, und der Toro, die Klinge bis zum Knauf im Leib, brach stöhnend zusammen.

Ein Sturm brauste über die Plaza. Wie ein Mann sprang das Publikum auf und tobte vor Begeisterung, während Gallardo die Arme mit Degen und Muleta grüßend zur Loge hob.

Von dort kam, von Hand zu Hand weitergereicht, ein weißer Gegenstand – das winzige Spitzentaschentuch Doña Sols, durch einen funkelnden Brillantring hindurchgezogen. Der Dank der Dame für den ihr gewidmeten Stier!

Wieder wanderte etwas von Hand zu Hand, diesesmal von den Schranken aufwärts zur Loge, ein kleines, behaartes, noch warmes Dreieck: das Ohr des Toros.

Als Gallardo heimkehrte, hatte sich die Kunde von seinem glänzenden Triumph schon verbreitet und eine dichtgedrängte Menge brachte ihm vor seinem Haus neue Ovationen.

Mutter und Schwester bewunderten den Ring. Nur Carmen verzog das Gesicht. «Ganz hübsch!» Damit gab sie ihn eilig weiter, als verbrenne er ihr die Finger.

Von neuem begann für den Espada die Reisezeit; von neuem grübelte sein Bevollmächtigter endlose Stunden über den Fahrplänen, um passende Verbindungen herzustellen.

Auf dieser irren Hetze lernte Gallardo bei ausgelassenen, ihm zu Ehren veranstalteten Gelagen eine Menge Frauen kennen, kam aber von diesen Festen mit einer wilden Traurigkeit zurück, die ihn unausstehlich machte. Er fühlte grausame Wünsche, die Frauen zu mißhandeln und die Launen der einen an ihrem gesamten Geschlecht zu rächen.

Es gab Momente, in denen er sich durch eine Aussprache gegenüber Nacional von diesem Druck zu befreien suchte.

«Du mußt diese Señora vergessen, Juan», mahnte dieser mit strenger Miene. «Carmen weiß viel mehr, als du ahnst, weiß alles, wie ich aus ein paar Redensarten von ihr entnahm. Es ist eine Sünde, deine Frau so zu quälen. Sie hat Charakter und könnte dir noch Verdruß bereiten.»

Aber Gallardo zuckte nur mit den Achseln über solch sentimentale Skrupel.

«Du weißt eben nicht, wie diese Frau ist! Du, Sebastián, bist ein armer Tropf, der das Gute nicht kennt. Nimm alle Frauen Sevillas zusammen – nichts! Nimm die Frauen aller Städte, in denen wir waren – nichts! Es gibt nur eine Doña Sol. Und unsere Ehefrauen? Sie riechen nach sauberem Fleisch und frischer Wäsche. Aber diese, Sebastián, diese! Denk dir alle Rosen aus den Gärten des Alcázar zusammen... Nein, es ist noch schöner: Jasmin, Flieder und der Geruch der Wicken, die im Paradies wuchsen. Und dieser

Duft kommt von innen, als strömte ihr Blut aus. Noch etwas! Wenn du die anderen einmal siehst, hast du alles gesehen. Bei ihr bleibt immer etwas zu wünschen, etwas zu erwarten, was nicht kommt. Ich kann das alles nicht richtig ausdrücken, Sebastián. Aber da du nichts davon verstehst, unterlaß gefälligst das Predigen!»

Von Zeit zu Zeit traf eines jener kurzen, wohlriechenden Briefchen aus Sevilla ein, die ihn zu seinen Erfolgen beglückwünschten. Doch plötzlich blieben die Briefe aus; Doña Sol reiste im Ausland. Einmal, als er in San Sebastián kämpfte, sah er sie. In Gesellschaft einiger französischer Damen, die den Torero kennenlernen wollten, kam sie für einen Nachmittag von Biarritz. Von da ab hörte er von ihr nur durch die kargen Nachrichten, die der Marquis hie und da Don José mitteilte.

Einige Monate hielt sie sich in eleganten Badeorten auf, deren Namen der Torero nicht auszusprechen vermochte. Dann erfuhr er von ihrem Aufenthalt in England. Von dort ging sie nach Deutschland, um Opern in einem wunderbaren Theater beizuwohnen, das seine Pforten nur während einiger Wochen im ganzen Jahr öffnete. Und Gallardo verlor die Hoffnung, daß dieser abenteuerlustige, unruhige Zugvogel sein Nest in Sevilla je wieder aufsuchen würde.

«Sie nie mehr sehen! Warum dann weiter mein Leben aufs Spiel setzen und den Ruhm suchen? Was gilt mir der Applaus der Massen?» stöhnte er.

Doch sein Bevollmächtigter beruhigte ihn. «Sie kommt wieder», schrieb er, «und wäre es auch nur für kurze Zeit. Mit all ihren Kapricen ist Doña Sol doch praktisch veranlagt und weiß für ihr Hab und Gut zu sorgen. Sie bedarf der Hilfe des Marquis, um eine Menge verwickelter Angelegenheiten in Ordnung zu bringen.»

Ende des Sommers, als seine Familie der kleinen Neffen wegen noch am Strand von Sanlúcar weilte, kehrte der Matador nach Sevilla zurück, um einige Wochen, bis zu den Herbstcorridas, auszuspannen.

Da brachte ihm eines Tages Don José die Kunde von Doña Sols unerwarteter Heimkehr.

Zitternd vor Erregung begab er sich sofort zu ihr, fühlte sich aber maßlos enttäuscht durch ihre reservierte Liebenswürdigkeit und ihre kalten Augen, in denen die ganze Kluft lag, die zwischen der Weltdame und einem rüden Torero gähnte.

Ruhig sprachen sie, ganz ruhig. Sie schien die Vergangenheit vergessen zu haben, und Gallardo wagte weder ein Wort, das daran erinnerte, noch die geringste Vertraulichkeit, aus Furcht vor einem ihrer Zornesausbrüche.

«Sevilla!» plauderte Doña Sol. «Sehr hübsch, sehr angenehm. Doch es gibt noch mehr auf der Welt. Wissen Sie, Gallardo, eines Tages fliege ich fort, für immer. Ich ahne, daß ich mich hier sehr langweilen werde. Mir kommt es vor, als hätte man mir mein Sevilla vertauscht.»

Sie duzte ihn nicht mehr, und der Matador begnügte sich, sie schweigend mit anbetenden Augen anzusehen.

Zwei Tage später sprach er ihr von einem notwendigen Ausflug nach seinem Gut, wo er einige durch Don José während seiner Abwesenheit gekaufte Olivenpflanzungen besichtigen mußte.

Doña Sol lächelte, lächelte über einen tollen Gedanken, der in ihr aufstieg. Sollte sie mitfahren nach diesem Gut, wo Gallardos Familie einen Teil des Jahres zubrachte? In die friedliche Ruhe dieses Hauses einbrechen und den Skandal herausfordern?

Das Extravagante ihrer Idee gab den Ausschlag.

«Die Rinconada interessiert mich, ich komme mit.»

Gallardo erschrak. Jedoch ein Blick Doña Sols erstickte alle seine Bedenken. Wer weiß? Vielleicht fand sie sich dort draußen zu ihm zurück!

Einen letzten Einwand brachte er noch vor.

«Und der Plumitas? Er wurde letzthin in der Nähe der Rinconada gesehen.»

«Ah, der Bandit!» Doña Sol strahlte. «Das wäre die schönste Überraschung, wenn ich den zu Gesicht bekäme!»

Um für jede unangenehme Begegnung unterwegs gewappnet zu sein, befahl Gallardo seinem Picador Potaje mitzufahren. Dieser Gigant fürchtete niemand auf der Welt außer seiner Frau, einer jähzornigen Zigeunerin, die ihn in der Wut zu beißen versuchte. Ihm brauchte er auch weiter keine Erklärungen zu geben, nur Wein im Überfluß, denn der Alkohol und die grauenhaften Stürze in der Arena legten eine Art ständigen Nebel um seinen Kopf.

Aber auch der Nacional, dessen Diskretion über jeden Zweifel erhaben war, mußte auf Gallardos Geheiß an der Fahrt teilnehmen.

«*Por Dios!* So gerät ein Familienvater in häßliche Sachen hinein! Was werden Carmen und Señá Angustias von mir denken, wenn sie es erfahren sollten?»

Doch als er im Automobil der großen Dame gegenübersaß, schwand sein Unmut zusehends. Welch verteufelt schöne Frau! Und welches Wissen! Über alles verstand sie zu reden!

Und noch vor der Hälfte des Weges entschuldigte der Nacional, der Mann mit 25 Jahren ehelicher Treue, die Schwäche seines Matadors. Hätte er an dessen Stelle anders gehandelt?

Bildung! Sogar den größten Sünden kann sie ein Mäntelchen von Achtbarkeit umhängen.

Carajo! Kann man denn nicht ausschlafen? Er soll dir sagen, wie er heißt, oder sich zum Teufel scheren.»

Der vor Gallardos Schlafzimmertür stehende Nacional gab die Antwort weiter an einen am Fuß der Treppe wartenden Knecht, ging zum Fenster und folgte dem Mann mit den Augen bis zu dem fernen Drahtzaun, wo ein Reiter hielt.

Nach einer Weile erschien der Peon wieder, um zu melden:

«Er sagt, der Herr müßte sofort herunterkommen, weil er mit ihm persönlich zu sprechen hätte. Mir scheint, mit dem ist schlecht Kirschen essen.»

Von neuem trommelte der Banderillero, ungeachtet aller Proteste des Espadas, gegen seine Tür.

«Steh auf, Juan. Es ist neun Uhr, und vielleicht bringt man dir eine wichtige Nachricht.»

«Ich komme schon. Er soll ein wenig warten», brummte Gallardo, ohne sich in seinem Bett zu rühren.

Der Knecht trabte ab mit dem Bescheid, kam jedoch – und diesesmal in fliegender Hast – zurück.

«Señó Sebastián, er sagt, er wäre der Plumitas», brachte er mit bleichem Gesicht heraus. «Ich habe es gleich geahnt!»

Plumitas! Stotternd, halberstickt vor Aufregung hatte er gesprochen; dennoch schien der Name durch das ganze

Haus zu dringen. Hinter Gallardos Tür prasselten einige Flüche, krachte die Bettstelle. Auch in Doña Sols Zimmer wurde es lebendig.

«Verflucht! Was will der Mensch von mir? Was sucht er in der Rinconá? Und gerade heute!»

Nur mit Rock und Hose bekleidet, sprang der Espada, von Nacional gefolgt, die Treppe hinunter.

Vor dem Tor stieg ein Reiter ab und gab die Zügel einem der herbeigeeilten Peones. Ein blonder, kräftiger Mann, eher klein als groß, in grauer, mit schwarzen Litzen besetzter Bluse, dunkelgestreifter Hose und von Sonne, Regen und Lehm arg mitgenommenen ledernen Gamaschen. In dem breiten Gürtel steckten Patronentasche, Revolver und Messer. Den Kopf bedeckte ein ehemals weißer Hut, dessen Rand wehmütig herabhing. Den einzigen Schmuck des Fremden, der in der Rechten einen Karabiner hielt, bildete ein um den Hals geschlungenes rotes Tuch.

Sein rundes, pausbackiges Gesicht sah friedlich aus wie der Vollmond. Auf der sonnenverbrannten Haut standen die Stoppeln eines seit Tagen nicht rasierten Bartes, die in der Sonnc wic Altgold glänzten. Beunruhigend in diesem gutmütigen Gesicht eines Dorfsakristans wirkten nur die Augen, kleine dreieckige, zwischen Fettwülsten versunkene Schweinsaugen von stechendem Dunkelblau.

Als Gallardo in der Haustür erschien, zog er den Hut und sagte mit der ernstcn Höflichkeit des andalusischen Bauern:

«Gott gebe uns einen guten Tag, Señó Juan!»

«Guten Tag.»

«Wie geht es Ihrer Familie, Señó Juan?»

«Danke, gut. Und der Ihrigen?» fragte der Espada, automatisch der Gewohnheit folgend.

«Hoffentlich gut. Ich habe sie seit einiger Zeit nicht gesehen.» Scheinbar musterten die beiden Männer einander ganz unbefangen. Doch der Torero, ein wenig blaß, kniff die Lippen zusammen. Ob Plumitas vielleicht glaubte, ihn einschüchtern zu können? Bei einer anderen Gelegenheit hätte ihn dieser Besuch wahrscheinlich beunruhigt, aber jetzt, mit ihr dort oben, fühlte er sich imstande, dem Banditen beim ersten Anzeichen böser Absichten kurzerhand den Garaus zu machen.

Einige Sekunden herrschte Stillschweigen. Alles, was nicht zur Feldarbeit war – mehr als ein Dutzend Menschen –, betrachtete staunend diese furchtbare Persönlichkeit.

«Kann der Gaul ein wenig im Stall ausruhen?»

Gallardo nickte zustimmend, worauf ein Knecht das Pferd wegführte.

«Versorge es gut», rief ihm der Bandit nach. «Es ist das Beste, was ich besitze, mir lieber als Frau und Kinder.»

Noch jemand trat in den Kreis der aufgeregt gestikulierenden Leute.

Potaje, der Picador, reckte seinen athletischen Körper, rieb die vom unmäßigen Trinken entzündeten Augen und ließ seine klobige Tatze vertraulich auf die Schulter des Banditen fallen, obwohl er ihn zum erstenmal zu Gesicht bekam.

«Wie geht's dir, Plumitas?»

Der Bandit, der unter dieser rauhen Zärtlichkeit zusammenknickte, hob den Karabiner. Doch das verdächtige Flackern in seinen blauen Augen erlosch, als er den Picador erkannte.

«Ah, du bist es, Potaje. Ich sah dich während der letzten Feria auf der Plaza in Sevilla. Himmel, was für Stürze! Du mußt aus Eisen sein.»

Und voller Anerkennung befühlte er die Muskeln des Hünen. Beide sahen sich herzlich an.

«Cho! Cho!» lachte der Picador geräuschvoll. «Ich hatte dich mir größer vorgestellt, Plumitas. Aber das macht nichts. Bist auch so ein braver Kerl.»

«Kann ich hier zu Mittag essen?» wandte sich der Bandit an den Espada.

«Niemand, der zur Rinconá kommt, geht ungespeist davon», antwortete Gallardo mit der Geste des großen Herrn, um voranzuschreiten nach der geräumigen Wohnküche, wo er sich von einem der Mädchen die Schuhe anziehen ließ, denn in der Eile war er in Pantoffeln heruntergekommen. Der Nacional, beruhigt durch das höfliche Benehmen des Ankömmlings, erschien mit einer Flasche Landwein und Gläsern.

«Dich kenne ich auch», begrüßte ihn der Bandit. «Du bist gar nicht so schlecht mit den Banderillas; aber du mußt dich besser heranmachen an den Stier.»

Sogar Gallardo lachte über diesen Rat. Als Plumitas jetzt sein Glas ergreifen wollte, sah er sich durch den Karabiner zwischen seinen Knien behindert.

«Behältst du den Schießprügel auch bei dir, wenn du zu Besuch bist?» hänselte der Picador.

Der Bandit wurde ernst. «Das ist ganz in der Ordnung; von diesem Brauch lasse ich nicht. Der Karabiner liegt sogar beim Schlafen neben mir.»

Die Erwähnung seiner Waffe genügte, daß er rasch nach allen Seiten umherspähte, wobei sein Gesicht die Gewohnheit verriet, ständig, nur sich selbst vertrauend, auf der Hut zu sein gegen jede Gefahr.

«Wohin will der?» fragte er, als ein Knecht die Küche durchquerte und durch das Tor verschwand.

Und Gallardo beeilte sich, zu erklären, daß der Mann zum Pflügen ginge.

«Hören Sie, Señó Juan. Ich kam, um das Vergnügen zu haben, Sie persönlich kennenzulernen, und weil ich weiß, daß Sie ein Caballero sind, der dichthält. Übrigens werden Sie von mir gehört haben. Es ist verflucht nicht leicht, mich zu fassen, und wer sich damit abgibt, bezahlt dafür.»

Ehe sein Herr antworten konnte, griff der Picador ein.

«Plumitas, schwatz kein Blech. Wenn du dich anständig benimmst, bist du hier unter Freunden.»

Offenbar hatte der Bandit zu Potaje viel Vertrauen. Wieder ganz friedlich erzählte er ihm von den Vorzügen seiner Stute, und die zwei Männer, beide passionierte Reiter, vertieften sich in ein eingehendes Gespräch über Pferde.

Inzwischen wanderte Gallardo etwas unruhig in der Küche, wo ein paar stattliche braune Mägde geschäftig an dem riesigen Bauernherd hantierten, auf und ab. Schließlich zog er Nacional beiseite.

«Geh zu Doña Sol und bitte sie, oben zu bleiben. Warum soll sie sich vor dem traurigen Kerl blicken lassen? Nach dem Essen wird er sicher aufbrechen.»

Der Banderillero ging, und Plumitas, der den Matador allein stehen sah, fragte interessiert nach den Herbstcorridas.

«Ich bin Gallardist, Señó Juan, und habe Ihnen öfter, als Sie sich denken können, Beifall geklatscht. In Sevilla, in Córdoba, in Jaén war ich stets auf der Plaza, wenn Sie kämpften.»

Gallardo blickte ihn etwas ungläubig an. Wie sollte es Plumitas, an dessen Fersen ein wahres Heer von Verfolgern klebte, wohl fertigbringen, Stierkämpfen beizuwohnen?

«Pah! Ich gehe, wohin ich will», lächelte der überlegen. «Als Sie von Sevilla kamen, um die beiden Mühlen dort unten zu kaufen, sind Sie mir begegnet. Sie brachten 5000 Duros mit, nicht wahr? Sehen Sie, wie gut ich unterrichtet bin! Ein anderes Mal fuhren Sie, ich glaube mit Ihrem Bevollmächtigten, im Automobil an mir vorbei zum Pfarrer, um den Kaufvertrag über seine Olivenpflanzungen zu unterzeichnen. Da trugen Sie noch mehr Geld bei sich.»

Die Miene des Espadas verriet deutlich, welch starken

Eindruck diese unheimlich genaue Kenntnis auf ihn machte. Doch der Bandit erzählte harmlos weiter.

«Tja, Automobile! Für mich ein Dreck! Dies hier –» dabei wies er auf seinen Karabiner – «genügt, um sie anzuhalten. In Córdoba hatte ich kürzlich eine Rechnung mit einem dieser reichen Ausbeuter zu begleichen. Ich lauerte neben der Chaussee und rief Halt, als das nach Benzin stinkende Biest in einer Staubwolke erschien. Er stoppte nicht. Also eine Kugel in den Reifen! Um es kurz zu machen: der Wagen kam ein Stück weiter zum Stehen; ich galoppierte hin und brachte meine Rechnung in Ordnung. Ein Mann, dessen Kugeln dort sitzen, wo er will, hält alles auf.»

Doch das verfinsterte Gesicht des Matadors gewahrend, beeilte sich der Gast, ihn seines Wohlwollens zu versichern.

«Sie aufzuhalten hatte ich keinen Grund; Sie gehören nicht zu den Reichen, kamen von unten herauf, und Ihr Geld ist ehrlich erworben. Ich bin Ihnen zugetan, Señó Juan, sehr zugetan. Es gibt wenig echte Matadore, und ich habe nun einmal eine Schwäche für tapfere Männer. Übrigens leben wir beide davon, daß wir unser Leben aufs Spiel setzen. Deswegen ließ ich Sie auch vorbeifahren, ohne irgend etwas, nicht einmal eine Zigarette zu verlangen, gab dagegen gehörig acht, daß nicht irgendein Unverschämter, meinen Namen mißbrauchend, die gute Gelegenheit benutzte. Denn in der Hinsicht sind schon die seltsamsten Sachen passiert. Einmal...»

Eine unerwartete Erscheinung unterbrach Plumitas' Erzählung und ließ den Torero verdrießlich aufschauen. Verflucht! Doña Sol! Hinter ihr Nacional, der seinem Herrn durch Gesten zu verstehen gab, daß Bitten und Ratschläge fruchtlos gewesen waren.

Die goldene Mähne in Eile aufgesteckt kam Doña Sol erwartungsvoll näher. Plumitas im Haus! Welches Glück!

Bis zum Einschlafen hatte sie mit wonnigem Gruseln an ihn gedacht und sich vorgenommen, am nächsten Morgen – im Vertrauen auf ihren guten Stern – die ganze Umgebung zu Pferd nach ihm abzustreifen. Niemand brauchte ihn ihr zu zeigen. Plumitas! Sie sah ihn im Geist: groß und schlank, dunkle Locken unter dem breiten Hut hervorquellend, ganz in schwarzen Samt gekleidet, mit einer purpurroten Seidenschärpe um die Hüften – ein fahrender Ritter der andalusischen Steppe, ein Mann wie die stattlichen Tenöre in *Carmen*, die um der Liebe willen ihre Uniform im Stich lassen und Schmuggler werden.

Ihre Augen, groß vor Erregung, schweiften durch die Küche. Wo war er? Nur ein unbekannter Mann, eine Art Feldhüter mit Gewehr, wie sie seinesgleichen auf den Gütern ihrer Familie häufig sah, stand grüßend auf.

«Guten Tag, Señora Marquesa. Wie geht es dem Herrn Onkel?»

Die scheue Bewunderung, mit der die Augen der Anwesenden auf diesen Mann gerichtet waren, ließ sie den wahren Sachverhalt erraten. Ay! Das war Plumitas?

In einer Hand den schmuddeligen Filz, in der andern seinen Karabiner, blieb er, eingeschüchtert durch die Gegenwart der Dame, stehen. Gallardo schaute ihn verblüfft an. Dieser Mensch kannte ja die ganze Welt! Woher wußte er, wer Doña Sol war, der er in übertriebenem Respekt den Titel ihres Onkels gab?

Doña Sol hatte sich von ihrer Überraschung erholt und bedeutete ihm durch ein Zeichen, wieder Platz zu nehmen.

«Die Señora Marquesa wundert sich, daß ich sie kenne», schmunzelte er, die Frage in ihren Augen erratend. «Ich habe oft von weitem bewundert, wie die Señora mit der Garrocha auf die Stiere losritt. Die Señora ist sehr tapfer und die schönste Frau, die es auf Gottes Erde gibt. Eine wahre Seligkeit, sie zu Pferd zu sehen, mit der roten Krawatte.

Eigentlich müßten die Männer wegen ihrer Märchenaugen mit Dolchstichen hintereinander her sein!»

Von seinem südländischen Enthusiasmus fortgerissen, wollte der Bandit, als wäre es die natürlichste Sache der Welt, neue Huldigungen vorbringen. Doch Doña Sol, blaß geworden, schaute ihn mit furchtsamen Augen an. War er ihretwegen gekommen? Mit der Absicht, sie zu rauben, sie mit der hungrigen Gier des Raubvogels in sein Bergnest zu schleppen?

Auch der Torero wurde unruhig. Hölle und Tod! Ihr so den Hof zu machen! Und in seinem eigenen Haus, vor seinen Augen! Wenn es so weiterging, holte er seine Flinte, und mochte der andere tausendmal Plumitas sein!

Aber der Bandit schien den Unmut, den seine Worte erweckten, selbst bemerkt zu haben.

«Verzeihung, Señora Marquesa. Ich rede Unsinn. Zu Hause habe ich eine Frau mit vier Kindern, und die Ärmste weint mehr als die schmerzensreiche Madonna. Ich bin ein friedlicher Maure, den das Unglück zu dem machte, was er ist.»

Und in dem Bestreben, sich Doña Sol angenehm zu erweisen, sprach er rühmend von ihrer Familie.

«Wenn alle Reichen so wären wie der Marquis von Moraima! Mein Vater, der in seinen Diensten stand, hat mir oft von seiner Güte gesprochen. Ich selbst lag mal mit schwerem Fieber in der Hütte eines seiner Hirten. Er wußte es und ließ es geschehen, befahl sogar, daß man mir auf seinen Gütern zu essen gibt und mich in Frieden meiner Wege ziehen läßt. So etwas vergißt man nie! Ganz unvermutet treffe ich ihn manchmal, wenn er trotz seiner Jahre über die Weiden galoppiert. ‹Gott behüte Sie, Señó Marqué›... ‹Salud, mein Junge.› Und ich bekomme Lust, anzuhalten und seine Hand zu nehmen, nicht um sie zu schütteln – wie könnte ich wohl, ich, der so viele Tote auf dem Gewissen hat –, sondern um sie zu küssen, als wäre er mein Vater. Niederknien möchte ich dann und ihm danken für alles, was er mir Gutes tut.»

Doch diese leidenschaftlichen Beteuerungen seiner Ergebenheit machten keinen sonderlichen Eindruck auf Doña Sol. So entpuppte sich der berühmte Plumitas? Ein Feldkaninchen, das jeder, von seinem Ruf betrogen, für einen Wolf hielt!

«Leider gibt es auch sehr schlechte Menschen unter den Reichen», begann er von neuem, «die die Armen arg drangsalieren. Nahe bei meinem Dorf wohnt so ein verruchter Kerl, der Geld auf Wucherzinsen ausleiht. Ich ließ ihm sagen, er solle die Leute schonen; aber anstatt meine Aufforderung zu beherzigen, denunzierte mich der Schurke den Gendarmen. Resultat: ich verbrannte seine Scheune, unternahm auch noch andere Sächelchen gegen ihn, und seit einem halben Jahr wagt er sich aus Angst, dem Plumitas zu begegnen, nicht mehr aus seinem Haus hervor. Ein anderer wollte eine alte Witwe aus der Hütte, die schon ihre Eltern bewohnt hatten, hinauswerfen, weil sie mit der Miete im Rückstand war. Abends, gerade als er sich mit seiner Familie zu Tisch setzte, stattete ich ihm meinen Besuch ab. ‹Lieber Herr, ich bin Plumitas; ich brauche 100 Duros.› Das Geld brachte ich der Alten. ‹Großmütterchen, nimm. Bezahl den Wucherer, und mit dem Rest mach dir das Leben etwas bequem!›»

«Und wieviel Menschen haben Sie getötet?» fragte Doña Sol, die allmählich mit größerem Interesse zuhörte.

«Señora, sprechen wir nicht davon. Sie würden Ekel vor mir bekommen, und ich bin doch nur ein gehetzter Mensch, der sich verteidigt, wie er kann.»

Ein langes Stillschweigen trat ein.

«Sie wissen nicht, wie ich lebe, Señora Marquesa», nahm Plumitas die Unterhaltung wieder auf. «Die wilden Tiere haben es besser. Ich schlafe, wie es gerade kommt... oder überhaupt nicht; stehe auf an einem Ende der Provinz, um am andern einen Unterschlupf zu suchen. Und immer ein wachsames Auge und eine harte Hand, damit man mich nicht verkauft. Die Armen sind gutmütig, doch das Elend ist eine böse Sache, die auch brave Menschen schlecht werden läßt. Hätten sie keine Angst vor mir, so wäre ich den Gendarmen schon tausendmal in die Hände gespielt worden. Verlassen kann ich mich nur auf mein Pferd und diesen hier...» Fast zärtlich klopfte er auf den Lauf des Karabiners. «Bisweilen, wenn mich die Sehnsucht überkommt, meine Familie zu sehen, suche ich bei Nacht mein Dorf auf. Die Nachbarn tun, als wüßten sie von nichts, aber eines Tages nehmen diese heimlichen Besuche doch ein schlimmes Ende.

Manchmal ist mir auch die Einsamkeit unerträglich, ich muß Menschen sehen. So hatte ich bereits seit längerer Zeit vor, zur Rinconá zu kommen. Warum sollte ich auch nicht den Señó Juan Gallardo besuchen, dem ich so oft schon applaudierte? Aber immer waren auch Ihre Mutter und Ihre Gattin zugegen, Señó Juan. Und die würden sich beim Anblick des Plumitas vielleicht zu Tode erschrocken haben. Als Sie jedoch diesesmal mit der Señora Marquesa kamen, sagte ich mir: geh hin, um ein Weilchen mit ihnen zu schwatzen.»

Und das feine Lächeln, das seine letzten Worte begleitete, wies auf den Unterschied zwischen Gallardos Angehörigen und dieser Dame hin und gab zu verstehen, daß ihm die Beziehungen, die den Matador an Doña Sol knüpften, bekannt waren. Seine Bauernseele, in der die Achtung vor der Legitimität der Ehe dominierte, glaubte, daß er auf die aristokratische Freundin des Toreros weniger Rücksicht zu nehmen brauchte als auf die Frauen seiner Familie.

Doña Sol ging darüber hinweg mit der Frage, wie er zu diesem wilden Leben gekommen sei.

«Durch eine Ungerechtigkeit, Señora Marquesa, wie sie

die kleinen Leute trifft. Ich gehörte zu den aufgewecktesten Burschen in meinem Dorf, konnte lesen und schreiben und half dem Pfarrer jahrelang als Sakristan. Damals erhielt ich den Spitznamen Plumitas*, weil ich den Gänsen die Schwanzfedern ausriß, um sie zum Schreiben zu verwenden.»

Ein schallender Klaps des Potaje auf seinen Schenkel unterbrach ihn.

«Siehst du! Du rochst mir gleich ein wenig nach Weihrauch!»

Nacional lächelte nur. Ein ehemaliger Sakristan als Bandit! Was würde Don Rafael dazu sagen!

«Ich heiratete, und nach einem Jahr kam das erste Kindchen. Da polterten eines Abends zwei Gendarmen herein, um mich aufs freie Feld zu führen. Vor der Tür des Gutsbesitzers waren einige Schüsse gefallen, die ich nach ihrer Meinung abgefeuert haben mußte. Ich beteuerte meine Unschuld. Ihre Antwort? Hiebe mit dem Gewehr. Die ganze Nacht verprügelten sie mich, mal mit dem Lauf, mal mit dem Kolben, bis sie es beim Morgengrauen satt bekamen und mich besinnungslos liegen ließen. Wie einen Sack haben sie mich, der ich an Händen und Füßen gefesselt war, geklopft. Dabei höhnten sie mich noch: ‹Du bist doch der Mutigste im Dorf. Nun zeig doch, was du kannst!› Dieser Spott empörte mich am meisten. Meine Frau kurierte mich schlecht und recht, aber Schläge und Hohn konnte ich nicht vergessen. Kurz und gut: eines Tages fand man den einen Gendarmen tot auf den Feldern, und um allen Widerwärtigkeiten aus dem Weg zu gehen, schlug ich mich in die Berge.»

«Fein gemacht!» brummte Potaje. «Und der andere?»

«Der ließ sich mit all seiner Courage nach dem anderen

* Plumitas: Federchen.

Ende Spaniens versetzen. In Barcelona, in Valladolid und weiß Gott wo habe ich ihn schon vergeblich gesucht, aber finden werde ich ihn, und sollte er sich in die Hölle verkriechen. Wenn er nur nicht schon tot ist; das wäre jammerschade!»

Doña Sol, die voller Spannung lauschte, sah ihren Irrtum ein. Nein, ein Kaninchen war er nicht!

Der Bandit schwieg und runzelte die Brauen, als fürchtete er, zu viel gesagt zu haben.

«Wenn Sie erlauben, Señó Juan, will ich mal nach meinem Pferd sehen. Komm mit, Kamerad», wandte er sich auf der Schwelle an Potaje, «die Stute wird dir gefallen.»

Als die Tür hinter den beiden ins Schloß fiel, machte der Torero Doña Sol Vorwürfe, daß sie trotz seiner Bitte heruntergekommen sei. Doch sie lachte ihn aus.

«Warum sollte ich Angst haben? Dieser Plumitas scheint mir besser zu sein als sein Ruf. Ich hatte ihn mir anders vorgestellt, aber auch so ist er ein sehr origineller Typ, und seine Jagd auf Gendarmen quer durch ganz Spanien könnte ein interessantes Feuilleton abgeben. Wenn er weggeht, wollen wir ihm etwas schenken.»

Die Mägde hoben jetzt von dem prasselnden Holzfeuer zwei mächtige Pfannen, die einen angenehmen Duft nach Bratwürsten ausströmten.

«Zu Tisch, Caballeros!» ertönte die Stimme Nacionals, der hier auf dem Gut die Funktionen eines Majordomus ausübte.

Die Mitte der Küche nahm ein großer, weißgedeckter Tisch ein, auf dem, neben kleinen, runden Broten, zahlreiche Flaschen standen.

Die Angestellten verteilten sich auf den beiden Bänken der Längsseiten, während Gallardo Doña Sol fragend anschaute. Wollte sie nicht lieber oben im Speisezimmer essen? Doch die Señora setzte sich, als sei dies selbstverständlich, an den Kopf des Tischs. Ihre graziöse Nase schnüffelte in der Luft:

«Das riecht sehr lecker. Ich habe einen Bärenhunger.»

«So lob ich es mir», meinte schulmeisterlich Plumitas, «Herren und Diener am selben Tisch wie in alten Zeiten.»

«Aber so stell doch das verdammte Schießeisen weg», räsonierte der neben ihm sitzende Picador. «Die Mündung zielt direkt auf meinen Kopf, und ehe man sich's versieht, gibt es ein Unglück!»

«Hab keine Bange, es passiert nichts. So bleibt's. Basta!» antwortete der Bandit barsch, als wollte er alle weiteren Andeutungen über seine Vorsichtsmaßregeln abschneiden. Den Löffel in der Hand griff er nach einem Brot und schaute mit bäurischer Höflichkeit auf die anderen, um sich zu vergewissern, ob er anfangen konnte.

«Guten Appetit, Señores!»

Dann fiel er über die gewaltige Schüssel her, die auf seinem Tischende stand, hielt indes, beschämt über seine Gier, nach einigen Bissen inne.

«Seit gestern morgen habe ich nichts verzehrt als ein Stück altes Brot, dazu ein wenig Milch, die mir ein Hirte gab.»

Der Picador, sehnsüchtig nach den vollen Flaschen schielend, schenkte ihm ein.

«Trink, Plumitas! Trockenfutter taugt nicht. Man muß es anfeuchten.»

Doch bevor noch der Bandit sein Glas ergreifen konnte, schüttete Potaje den Wein schon ohne abzusetzen hinunter. Plumitas aber nahm nur dann und wann einen vorsichtigen Schluck, wußte er doch, daß der Alkohol für einen Mann in seiner Lage der gefährlichste Feind war.

«Caramba! Trink doch ordentlich!» drängte der Picador von neuem. «Hier bist du unter Freunden, ebenso sicher, als säßest du in Sevilla unter dem Mantel der Madonna. Sollten durch einen Zufall die Gendarmen erscheinen, so helf ich dir, diese verflixten Laffen abzumurksen. Und dann, heidi! mit dir in die Berge, denn solch Leben hat mich schon immer angezogen.»

«Potaje!» mahnte vom anderen Ende des Tischs der Espada, der die Nachbarschaft der Flaschen für seinen Picador fürchtete.

Trotzdem der Bandit sehr mäßig trank, begann sein Gesicht sich zu röten. Er hatte seinen Platz gegenüber der offenen Tür gewählt, so daß er die Einfahrt zum Gut nebst einem Stückchen der einsamen Chaussee überblicken konnte. Manchmal fiel der Schatten eines grasenden Tiers auf den Streifen Land vor seinen Augen, und das genügte, um ihn zum Karabiner greifen zu lassen.

Nach Beendigung der Mahlzeit nahm er von Potaje ein letztes Glas an und gab sich dann, das Kinn auf die Hand gestützt, einer schweigsamen Verdauung hin. Es war die Verdauung der Boa, des an unregelmäßige Ernährung gewohnten Magens, bei dem schwere Überladung mit langem Fasten wechselt.

Gallardo reichte ihm eine Havanna.

«Gracias, Señó Juan, ich rauche nicht. Aber ich will sie für einen Freund in den Bergen aufheben, der lieber raucht als ißt. Der Junge hilft mir, wenn es Arbeit für zwei gibt.»

Der Wein hatte Plumitas verändert. In seinen Augen schillerten unruhige, metallische Reflexe, das runde Gesicht zog sich zusammen und verlor den gutmütigen Ausdruck. Er wurde redselig.

«Sie werden von dem Stückchen gehört haben, das ich mir im vergangenen Monat auf der Straße nach Fregenal leistete. Wirklich, Sie wissen nichts davon? Also ich stelle mich mit dem Jungen, für den ich die Zigarre verwahre, am Weg auf, um die Postkutsche anzuhalten und mit einem reichen Schuft ein Wörtchen zu reden, einem dieser Politiker –

Kaziken heißen sie in den Zeitungen –, die alles, Alkalden, ja sogar Gendarmen nach ihrer Pfeife tanzen lassen. Ich hatte ihn schriftlich um 100 Duros für eine dringende Angelegenheit gebeten. Und was tut der Lump? Beschwert sich beim Gouverneur von Sevilla, macht Skandal in Madrid und erreicht, daß man mich noch schärfer verfolgt. Durch seine Schuld kommt es zu einem Kugelwechsel, bei dem mein linkes Bein angeschossen wird. Damit nicht zufrieden, verlangt er die Festnahme meiner Frau. Als ob die Arme wüßte, wo man mich greifen könnte! Lange Zeit traute er sich nicht aus seinem Städtchen heraus, bis ich aus der Gegend verschwand – ich unternahm eine jener Reisen, von denen ich Ihnen vorher erzählte. Da faßte er sich endlich ein Herz und wagte eines Tages eine Fahrt nach Sevilla. Also gut, die Postkutsche kommt; mein Kamerad, eine Perle für solche Sachen, läßt den Kutscher halten, und ich stecke Kopf und Karabiner durch die Tür... Frauen kreischen, Kinder weinen; nur die Männer sind mäuschenstill, sehen aber aus wie Wachs. ‹Ruhe, Señoras›, rufe ich. ‹Machen Sie mir ein wenig Platz, damit dieser Dicke herauskommt. So... So! Salud, Caballeros, und gute Reise...› Mein Mann, der zusammengekrochen war, als wollte er sich in den Kleiderfalten der Frauen verstecken, torkelte käseweiß aus dem Wagen. Die Kutsche fuhr ab und wir blieben allein, mitten auf der Chaussee. ‹Hör mal, ich bin der Plumitas und werde dir jetzt eine kleine Erinnerung mitgeben.› Ich gab sie ihm, aber auf eine Stelle, die ich kenne, damit er noch 24 Stunden leben und den Gendarmen Bescheid sagen konnte, von wem die Kugeln stammten. Auf diese Weise sind weder Verwechslungen möglich noch können sich andere mit der Tat brüsten.»

In Gallardos Miene las man, wie unangenehm ihn diese grausige Erzählung berührte.

«So geht jeder seinem Beruf nach, Señó Juan», wandte

sich Plumitas an den Matador. «Beide leben wir vom Tod – Sie töten Stiere, ich Menschen –, mit dem einzigen Unterschied, daß Sie reich sind, applaudiert werden, während ich mich häufig vor Hunger krümme und bei der geringsten Sorglosigkeit, wie ein Sieb durchlöchert, den Raben zum Fraß dienen werde. Aber als Fachmann haben Sie nichts vor mir voraus, Señó Juan. Sie wissen, wo Sie den Toro treffen müssen, damit er sofort zusammenbricht. Ich weiß, wo ich einen Christenmenschen zeichnen muß, damit er sofort genug hat, oder sich noch ein paar Tage hält, oder nur wochenlang tobt beim Gedanken an den Plumitas, der sich mit niemandem einlassen will, doch zur Stelle ist für die, die ihn suchen.»

Wieder stieg in Doña Sol die Neugierde auf.

«Und wieviel Menschen haben Sie bisher getötet?»

«Sie werden mich verabscheuen, Señora Marquesa. Aber da Sie darauf bestehen … Aller kann ich mich trotz größter Mühe nicht entsinnen, doch werden es zwischen dreißig und fünfunddreißig sein. Wer denkt auch daran, bei diesem bewegten Leben Rechnung zu führen? Die Schuld trifft die, die mich dazu trieben. Menschentöten ist wie Kirschenpflücken. Man zieht an einer und Dutzende kommen nach. Fühlt man aber Mitleid, wird man selbst gefressen.»

Nachdenklich blickte Doña Sol auf seine kurzen, dicken Finger mit den abgebrochenen Nägeln. Doch Plumitas achtete nicht mehr auf die Señora Marquesa. Seine ganze Aufmerksamkeit galt dem Espada, dem er sich für die Gastfreundschaft erkenntlich zeigen wollte.

«Seit ich Sie zum erstenmal kämpfen sah, Señó Juan, empfinde ich Respekt vor Ihnen. Wie oft habe ich mich nicht verkleidet, um Sie, auf die Gefahr hin, ergriffen zu werden, auf allen möglichen Plazas zu sehen. Das ist echter Enthusiasmus, nicht wahr?»

Gallardo nickte, in seinem Stolz als Matador geschmeichelt, beifällig mit dem Kopf.

«Übrigens kann niemand behaupten, daß ich jemals zur Rinconá gekommen wäre, um auch nur ein Stückchen Brot zu erbitten», meinte der Bandit. «Häufig befand ich mich hungrig oder ohne Geld ganz in der Nähe, aber bis heute habe ich nie den Stacheldraht passiert. Der Señó Juan ist für dich heilig, sagte ich mir, verdient sein Geld wie du mit seinem Leben. Und da muß man Kameradschaft wahren. Denn Sie werden nicht bestreiten, daß wir in derselben Haut stecken. Jetzt sitzen wir hier friedlich bei Tisch, sobald jedoch der liebe Gott seine Hand von uns abzieht, findet man mich wie einen tollen Hund erschlagen am Rand des Weges und Sie trägt man trotz all Ihrem Geld als Leiche aus einer Arena. Wenn auch die Zeitungen dann noch vier Wochen lang über Sie sprechen – dahinten in der anderen Welt werden Sie verflucht wenig davon haben!»

«So ist es! Tatsächlich, so ist es!» murmelte der Matador, bei seiner abergläubischen Einstellung peinlich berührt durch diese Gedanken an ein gewaltsames Ende.

«Aber ich bereue nichts und gehe meinen Weg weiter, ohne viel an den Tod zu denken. Auch ich besitze Ehrgeiz, genau wie Sie. Stellen Sie sich vor, daß ganz Spanien von Plumitas spricht, daß die Zeitungen sich ständig mit mir beschäftigen! Und dann die Genugtuung, tausend von der Regierung bezahlte Männer, die nutzlos Waffen tragen, verrückt zu machen!

Vergangenen Sonntag ritt ich während der Messe in ein Dorf und hielt bei drei blinden Sängern an, die ihren Vortrag mit der Gitarre begleiteten. Sie hatten ein Riesenplakat neben sich stehen – das Bild eines hübschen, feingekleideten Burschen auf einem prachtvollen Pferd, quer über dem Sattel eine Stutzbüchse und auf der Kruppe hinter sich eine üppige Dirne. Erst das Lied verriet mir, daß dieser schmucke Kerl der Plumitas sein sollte. So etwas gefällt mir! Wenn man schon abgerissen und hungernd umherirrt, ist es doch gut, daß das Volk sich etwas anderes vorstellt. Ich kaufte mir das Lied; sehen Sie, hier ist es: ‹Das Leben des Plumitas in Versen.› Eine feine Sache! Liege ich irgendwo versteckt in den Bergen, so lese ich es immer wieder, um es auswendig zu lernen. Muß ein kluger Kopf gewesen sein, der das Gedicht machte...»

Vorbei war es mit der zurückhaltenden Bescheidenheit, die der Bandit bei seinem Eintritt zur Schau getragen hatte; vorbei mit seinem Bemühen, nur als ein armer, vom Hunger getriebener Flüchtling zu erscheinen. Jetzt prahlte er mit einem geradezu kindlichen Stolz von dem Ruhm des Plumitas.

«Wer würde mich kennen, hätte ich weiter in meinem Dorf gelebt? Darüber habe ich viel nachgedacht: für die von unten gibt's nur zweierlei – entweder von Wut erstickt für andere arbeiten oder den einzigen zu Geld und Berühmtheit führenden Weg einschlagen: töten. Mein Dorf liegt in der Sierra, wo man keine Kampfstiere züchtet; außerdem bin ich wenig behende. Deswegen töte ich Menschen.»

Nacional, der bislang schweigend zugehört hatte, glaubte nun, sich einmischen zu müssen.

«Was der Arme braucht ist Bildung, Lesen und Schreiben!»

«Hoho, dein altes Steckenpferd», lachte Potaje. «Laß Plumitas sich dazu äußern.»

Von dem Banditen wurde der Einwurf des Nacional, dessen Vorsicht in der Arena ihm wenig gefiel, mit Verachtung abgetan.

«Ich kann lesen und schreiben», entgegnete er. «Und wozu hat's mir genützt? In meinem Dorf ließ es mir mein Geschick nur noch härter erscheinen. Was der Arme braucht ist Gerechtigkeit. Man soll ihm geben, was ihm zukommt; wenn nicht, soll er es sich nehmen. Man muß ein Wolf sein, Furcht einjagen. Die anderen Wölfe respektieren einen, während das zahme Vieh sich dankbar verschlingen läßt. Sieht man dich aber klein und feige, dann geben dir sogar die Schafe einen Tritt.»

Der bereits berauschte Potaje nickte enthusiastisch zu allem, was Plumitas sagte. Er erfaßte nicht mehr ganz den Sinn der Worte, doch durch den Nebel seiner Trunkenheit vermeinte er den Schimmer höchster Weisheit zu erkennen.

«Wahr, wahr, Kamerad! Hiebe für alle und jeden! Laß weiter hören.»

«Ich habe erkannt, wie die Menschen sind», fuhr der Bandit fort. «Es gibt nur zwei Familien: Geschorene und Scherer. Ich bin zum Scherer geboren, weil mich niemand einschüchtern kann. Ihnen, Señó Juan, ging es ebenso; nur durch Mut gelang es Ihnen, aus der Herde dort unten emporzukommen. Aber Ihr Weg ist der bessere.»

Eine Weile blickte er den Espada nachdenklich an, um dann mit Überzeugung hinzuzufügen:

«Mir scheint, daß wir beide etwas spät auf die Welt gekommen sind. Was hätten nicht in anderen Zeiten ein paar Burschen wie wir fertig gebracht! Wir wären Vizekönige oder sonst etwas ganz Großes jenseits der Meere geworden. Haben Sie nicht von einem gewissen Pizarro gehört, Señó Juan?»

Der Señor Juan, der diesen Namen zum erstenmal vernahm, machte, um seine Unsicherheit zu verbergen, eine undefinierbare Geste.

«Die Señora Marquesa weiß sicher am besten über ihn Bescheid und wird mir verzeihen, wenn ich Unsinn rede. Ich fand die Geschichte damals als Sakristan unter den alten Büchern des Pfarrers. Also dieser Pizarro war ein ganz armer Schlucker, der mit zwölf oder dreizehn gleichen Hungerleidern wie er selber übers Meer zu einem Land segelte, schöner als das Paradies, wo es einen Berg gibt aus purem Silber – Potosí heißt er –, mehr brauche ich wohl nicht darüber zu sagen. Nach weiß Gott wie vielen Kämpfen mit den Amerikanern, die Federn trugen und mit Pfeilen schossen, machten sie sich zu Herren des Landes und plünderten die Schätze der dortigen Könige. Wer am wenigsten erhielt, konnte trotzdem noch sein Haus bis zum Dach mit Gold und Edelsteinen füllen. Und nicht einer war, den man nicht zum Marquis, General oder Staatsrat ernannt hätte! Glauben Sie nicht, Señó Juan, daß wir damals mit den Burschen hier ebensoviel wie dieser Pizarro geschafft haben würden?»

Sogar den schweigsamen Angestellten glänzten die Augen bei dieser wunderbaren Geschichte.

«Es stimmt, Señó Juan, wir sind zu spät geboren. Was es in der Welt zu verteilen gab, haben die Engländer und ein paar andere Ausländer an sich gerissen. Die Tür ist für uns Spanier verschlossen, und Männer von Herz müssen in diesem Corral verfaulen und dabei noch böse Worte einstecken, wenn sie sich mit ihrem Schicksal nicht abfinden.»

«Warum werden Sie nicht Soldat», unterbrach ihn Doña Sol wohlwollend, «um in fernen Ländern, wo Kriege geführt werden, Ihren Mut auf noble Art zu gebrauchen?»

«Dazu taugte ich wohl, würde sogar ein guter Soldat sein. Aber wohin gehen? Es ist vorbei mit den wirklichen Kriegen, als jeder mit einer Handvoll Kameraden nach seinem eigenen Kopf drauflosging. Heute gibt es nur Soldatenherden, alle von der gleichen Farbe und der gleichen Marke, die wie Hanswürste dienen und sterben. Auch hier wie überall in der Welt: Geschorene und Scherer. Vollbringen Sie etwas Großes, nimmt es der Oberst für sich in Anspruch; kämpfen Sie wie ein Löwe, erhält der General den Lohn. Nein, auch zum Soldaten bin ich zu spät geboren.»

Und Plumitas beklagte eine ganze Weile das Unglück, daß seine eigene Zeit keinen passenden Platz für ihn hatte.

Plötzlich griff er nach dem Karabiner und schickte sich an aufzubrechen.

«Ich gehe... Vielen Dank, Señó Juan, für Ihre Aufmerksamkeiten. Salú, Señora Marquesa.»

«Aber wohin denn?» rief Potaje, ihn am Arm festhaltend. «Nirgends hast du es besser als bei uns!»

«Ich bin seit drei Stunden hier und niemals verbringe ich sonst so lange Zeit an einem frei liegenden, offenen Ort wie die Rinconá. Vielleicht ist auch schon jemand mit einer Meldung unterwegs.»

«Hast du Angst vor den Gendarmen?» entrüstete sich der Picador.

Plumitas machte eine wegwerfende Bewegung: «Gendarmen? Sind Männer wie andere... Auch unter ihnen gibt es Mutige; aber fast alle sind Familienväter, die mich am liebsten nicht sehen möchten und möglichst spät kommen, wenn sie erfahren, wo ich mich aufhalte. Vergangene Woche saß ich auf dem Hof zu den fünf Kaminen beim Mittagessen, als ich sechs Gendarmen zu Fuß nahen sah. Ich bin ganz sicher, daß sie von meiner Anwesenheit nichts wußten und nur ausruhen wollten. Ein häßlicher Zufall! Aber weder sie noch ich konnten wegen der Leute die Sache einfach auf sich beruhen lassen. So etwas spricht sich herum, und böse Zungen sagen dann, wir wären allesamt ein Haufen Feiglinge.

Der Hofbesitzer hatte schleunigst das Tor verriegelt, das die Gendarmen schon mit ihrem Gewehrkolben bearbeiteten. Da stellte ich einen Knecht hinter jeden Torflügel. ‹Wenn ich rufe: jetzt!, macht ihr weit auf.› Dann eins, zwei, drei, aufgesessen und den Revolver in die Hand genommen. ‹Jetzt!› Das Tor flog auf und ich fegte wie ein Ungewitter durch. Ah, Sie kennen meine Stute nicht! Einen Kugelregen! Aber keine traf. Später erfuhr ich, daß ich zwei Gendarmen angeschossen hatte. Und der Schluß? Auf den Hals meines Pferdes geduckt kam ich heil davon, während die Gendarmen allen auf dem Hof, Herrschaft wie Gesinde, eine fürchterliche Tracht Prügel verabreichten. Deswegen ist es besser, Señó Juan, wenn Sie nichts über meinen Besuch verlauten lassen. Sonst erscheinen später die mit dem Dreispitz und machen Sie verrückt mit blöden Fragen.»

Die Leute von der Rinconada nickten stumm.

«Die Gendarmen fürchte ich nicht – diese Dreimaster haben keine Kugel für mich –, eher die armen Teufel, meinesgleichen. Schon manchen mußte ich bestrafen, weil er wegen ein paar Pesetas Angaben über mich machte. Ich töte sie nicht, denn sonst hätte ich ihre ganze rachsüchtige Familie auf dem Hals. Aber die Hosen herunter und eine ordentliche Tracht mit der Halfter, um die ich erst noch Brennesseln wickle. Den Schmerz vergessen sie ihr ganzes Leben nicht.»

Nunmehr ging er endgültig zum Stall und holte seinen knochigen Gaul hervor, dem der reichliche Hafer sichtlich gutgetan hatte.

«Wohin geht's, Kamerad?» erkundigte sich Potaje.

«Danach fragt man nicht. Irgendwohin, weiß ich's? Dem Zufall nach!» Einen Fuß in den rostigen Bügel setzend, schwang er sich gewandt in den Sattel. Gallardo trat zu ihm heran und reichte ihm verstohlen einige zusammengeknüllte Papiere.

«Was ist das? Geld? Nein, danke, Señó Juan. Wir beide sind Kameraden. Von Ihnen nicht eine Peseta! Aber sollten wir uns mal auf einer Plaza sehen, widmen Sie mir einen Toro. Das ist mehr wert als alles Geld der Welt.»

Auch Doña Sol hatte sich langsam genähert. Stumm löste sie von der Brust eine Rose und hielt sie dem Banditen hin.

«Für mich?» stotterte der überraschte Plumitas. «Wirklich für mich, Señora Marquesa?»

Als sie kopfnickend bejahte, nahm er die Blume verlegen in seine ungeschickten Finger und steckte sie schließlich in ein Knopfloch seiner Bluse, zwischen die beiden Zipfel des roten Halstuchs.

«Das ist mir in meinem ganzen Leben noch nicht passiert!»

Und wirklich war der rauhe Reiter ebenso gerührt wie verwirrt durch diese Gabe einer Frau. Rosen für ihn!

«Salú, Cabayeros! Auf Wiedersehen!»

In langem Trab verließ er den Hof.

Gallardo blickte auf Doña Sol, deren Augen nicht von dem kleiner und kleiner werdenden Reiter ließen.

«Merkwürdige Frau!» murmelte der Espada fassungslos.

Ein Glück, daß Plumitas häßlich war und obendrein noch zerlumpt und schmutzig. Wenn nicht, würde sie mit ihm gegangen sein.

Es klingt wie eine Lüge, Sebastián. Ein Mann wie du, mit Frau und Kindern, gibt sich zum Kuppler her? Ich hatte Vertrauen zu dir und war ruhig bei dem Gedanken, daß Juaniyo ein Mensch von Charakter zur Seite stand. Und dein ganzer Krempel von Grundsätzen und Weltanschauung? Lernst du solche Sachen bei deinem Meister Don Rafael?»

Nacional hatte schweigend die Empörung von Gallardos Mutter über sich ergehen lassen, doch bei den letzten Worten richtete er sich auf und begann feierlich:

«Señá Angustias, rühren Sie nicht an meine Grundsätze und mengen Sie auch nicht Don Rafael hinein, der mit der Angelegenheit nicht das geringste zu tun hat. Bei der blauen Taube! Ich ging zur Rinconá, weil mein Matador es wollte. Wissen Sie, was eine Cuadrilla ist? Dasselbe wie das Militär: Disziplin und Subordination. Der Matador befiehlt und unsereins hat zu gehorchen! Der ganze Stierkram stammt eben aus der Zeit der Inquisition und es gibt keinen reaktionäreren Beruf.»

«Du Hampelmann!» schrie die Señora Angustias. «Mach dich nicht lächerlich mit deinen Histörchen von Inquisition und Reaktion. Du willst die Streiche meines Jungen vertuschen, weil du sein Brot ißt.»

«Stimmt! Und weil er für meinen Unterhalt sorgt, muß ich gehorchen. Versetzen Sie sich doch in meine Lage. Mein Maestro fordert mich auf, ihn zur Rinconá zu begleiten.

Gut! Bei der Abfahrt finde ich im Automobil eine sehr schöne, feine Dame. Was sollte ich da tun? Der Matador befiehlt. Außerdem war noch jemand dabei, Potaje, der, wenn auch ein wenig ungeschliffen, doch immerhin ein älterer, gesetzter Mann ist.»

«Potaje! Sprich mir nicht von diesem Trunkenbold!»

«Schön, lassen wir Potaje beiseite. Ich fand also diese vornehme Dame im Wagen vor. Was nun? Es handelt sich doch um keine Dirne, sondern um die Nichte des Marquis von Moraima, und Toreros müssen sich, das wissen Sie auch, mit einflußreichen Leuten gut stellen. Man lebt doch vom Publikum! Ist dabei irgend etwas Schlechtes? Und später auf dem Gut? Nichts passiert. Ich schwöre Ihnen bei meiner Familie: nichts! Da wäre Juan für solche Sachen bei mir gerade an den Richtigen gekommen! Ich bin ein anständiger Mensch, Señá Angustias, und Sie taten sehr unrecht daran, mich vorher mit diesem garstigen Ausdruck zu bezeichnen. Bei der blauen Taube! Umsonst gehört man nicht zum Vorstand. Stadträte und Abgeordnete haben bei den Wahlen diese Hand geschüttelt, und Sie, Señá Angustias, glauben... Ich wiederhole, es ist nichts passiert. Die beiden sagten ‹Sie› zueinander und jeder schlief in seinem Zimmer. Nicht ein ungeziemender Blick, nicht ein anstößiges Wort. Lassen Sie Potaje kommen, er wird Ihnen dasselbe...»

«In meinem Haus!» unterbrach Carmen mit schluchzender Stimme. «Und in meinem Bett hat sie geschlafen! Immer schwieg ich zu allem. Aber dies! Jesus, Maria und Joseph! In ganz Sevilla gibt es keinen Mann, der sich so etwas herausnimmt!»

«Beruhigen Sie sich doch, Señá Carmen», bat Nacional. «Das alles ist doch ohne Bedeutung. Eine Frau, die den Maestro bewundert, wollte sehen, wie er auf dem Land lebt. Diese schon halb zu Ausländerinnen gewordenen Señoras haben immer sonderbare Einfälle. Sie hätten die Französinnen sehen müssen, als die Cuadrilla in Nîmes und Arles auftrat! Kurzum, es steckt nichts dahinter. Alles Sch...windel! Aber – bei der blauen Taube! – das Schandmaul möchte ich kennen, das Ihnen dies alles hinterbracht hat. An Juaniyos Stelle zeigte ich das Subjekt wegen Verleumdung an!»

Doch die empörten Reden des Banderilleros fruchteten wenig. Carmen weinte, ohne auf ihn acht zu geben, still vor sich hin, während die Señora Angustias die Stirn kraus zog.

«Lüge nicht, Sebastián. Ich weiß Bescheid. Der ganze Ausflug nach dem Gut war weiter nichts als eine unanständige Sauferei. Man erzählte mir sogar, daß der Plumitas mittat.»

Wie von einer Tarantel gestochen schoß Nacional hoch. Ihm schien es, als hallte der Patio wider von dem Hufschlag eines Pferdes, dessen Reiter seinen Karabiner auf ihn anlegte. Ihm schien es, als sähe er Dreimaster; viele, viele Dreimaster von blitzendem schwarzem Wachstuch; schnurrbärtige, fragende Lippen; schreibende Hände und die ganze Cuadrilla gefesselt auf dem Weg zum Gefängnis. Jetzt hieß es ganz energisch leugnen!

«Schwindel! Alles Schwindel! Was soll das Gerede von Plumitas? Bei uns ging es durchaus anständig zu. Caramba! Das fehlte noch, mich, einen achtbaren Staatsbürger, der mehr als hundert Stimmen aus seinem Stadtteil zur Urne bringt, zum dicken Freund des Plumitas stempeln zu wollen!»

Sein heftiger Protest überzeugte die Señora Angustias, die in bezug auf diesen Punkt ohnehin Zweifel gehegt hatte.

«Gut, nichts mehr von Plumitas. Bleibt immer noch das andere, der Ausflug mit diesem Weib!»

Und in ihrer blinden Mutterliebe fuhr sie fort, Nacional für die Taten ihres Sohnes verantwortlich zu machen, bis der Banderillero dieser an die Zeit der Tabakfabrik erinnernden Zungenfertigkeit der Señora Angustias entfloh.

Auf der Straße traf er Gallardo. Der Espada schien schlecht gelaunt, zeigte jedoch beim Anblick seines Banderilleros sofort ein unbekümmertes Gesicht, als mache er sich nichts aus dem häuslichen Ärger.

«Juaniyo, nicht zehn Pferde bringen mich in dein Haus zurück! Deine Mutter spricht ganz abscheuliche Beleidigungen aus und behandelt mich wie einen lausigen Zigeuner. Deine Frau weint stumm, blickt mich aber an, als sei ich schuld an allem. Also such dir, bitte, einen anderen Kumpan aus, wenn du das nächste Mal mit Damen losziehst.»

«Das Gewitter geht vorüber!» lächelte Gallardo. «Komm lieber so oft als möglich zu mir. Je mehr Menschen, desto weniger Zank.»

«Ich? Ich soll kommen? Juan, lieber werde ich Pfaffe!»

Diese Antwort bewies dem Espada die Nutzlosigkeit weiteren Drängens. Er machte kehrt und verbrachte den Tag in der Stadt, um erst spät mit Don José und anderen Freunden heimzukommen.

Auch der Sattler stand Gallardo in dieser Zeit sehr zur Seite. Er hockte den ganzen Tag im Haus und redete mit einem Wortschwall auf die Frauen ein, daß die Ärmsten verblüfft und eingeschüchtert verstummten. Natürlich geizte der Torero nicht mit seinem Dank. Da die Sattlerei nichts mehr abwarf, nahm Gallardo die Sorge für die Familie seines Schwagers auf sich und bat ihn schließlich sogar, ganz in sein Haus überzusiedeln, damit Carmen mehr Zerstreuung hätte.

«Sebastián», sagte die Frau des Banderilleros eines Tages, «ich bin eben der armen Carmen begegnet. Sie möchte dich gern einmal sprechen. Geh lieber sofort hin. Herrjemine, ein Kreuz, die hübschen Männer!»

Carmen, tiefe schwarze Ränder unter den Augen, empfing Nacional im Arbeitszimmer des Espadas, dem einzigen Ort, wo sie sich vor den kräftigen Reden der Señora Angustias in Sicherheit befanden.

«Mütterchens Worte neulich waren nicht bös gemeint, Sebastián. Sie regt sich leicht auf, hat aber, das wissen Sie ja selbst, ein goldenes Herz. Bitte, tragen Sie ihr nichts nach. Und jetzt möchte ich die ganze Wahrheit wissen. Was sahen Sie in der Rinconada und was vermuten Sie?»

Ah, der gute Nacional! Mit welch noblem Stolz hob er den Kopf, glücklich, dieser verhärmten Frau Trost zu spenden.

«Was ich sah? Nichts. Das schwöre ich Ihnen bei meinem Vater, bei meinen Prinzipien.»

Ohne Furcht schwor er bei seinem Heiligsten, denn da ihm tatsächlich nicht das geringste aufgefallen war, glaubte er, überzeugt von seinem Scharfblick und seiner Umsicht, folgern zu dürfen, daß sich nichts Böses ereignet hatte.

«Ich denke mir, daß sie nur Freunde sind. Ob früher etwas zwischen den beiden war, weiß ich nicht. Die Leute erzählen allerlei, aber es wird viel geschwatzt. Darum dürfen Sie sich nicht kümmern, Señá Carmen. Machen Sie also wieder ein fröhliches Gesicht.»

Doch ihre Gedanken kehrten zur Rinconada zurück. Für sie kam zu der Untreue noch etwas hinzu – eine Art Sakrileg ihres Heims, eine infame Beleidigung ihrer eigenen Person.

«Halten Sie mich für dumm, Sebastián? Als er mit ihrem Ring von der Corrida zurückkehrte, erriet ich alles und hatte Lust, die Brillanten zu zertreten. Seither erfuhr ich jeden seiner Schritte, auch während ich mich in Sanlúcar aufhielt; gibt es doch immer Menschen, die einem mit Vergnügen Unangenehmes berichten. Übrigens haben die beiden ja nicht einmal den Schein gewahrt, sondern sind, als wären sie Mann und Frau, vor den Augen der ganzen Welt überall hingeritten, ganz wie Zigeuner, die von Jahrmarkt zu Jahrmarkt ziehen.»

«Und Sie glauben diesen Klatschzungen, Sie kleines Mädchen? Blasser Neid, weiter nichts!»

«Nein, ich kenne meinen Juan. Meinen Sie, daß es das erste Mal wäre? Verfluchter Beruf, der die Männer verdirbt! Im zweiten Jahr unserer Ehe fing er eine Liebschaft an mit einer hübschen Marktfrau, einer Fleischerin. Was ich damals litt! Aber kein Wörtchen kam über meine Lippen. Er wähnt noch heute, daß ich nichts weiß. Und dann, wie viele hat er nicht gehabt! Tänzerinnen aus den Cafés, leichtsinnige Frauen, denen es aufs Geld ankommt, ja sogar Dirnen aus den öffentlichen Häusern. Dutzende! Und ich schwieg, um den häuslichen Frieden zu wahren. Aber diese Señora ist etwas ganz anderes. Wie verrückt ist er hinter ihr her und hat sich tausendmal gedemütigt, damit ihn die vornehme Dame aus Scham über ihre Beziehungen zu einem Torero nicht vor die Tür setzte. Jetzt ist sie fort, weil sie sich in Sevilla langweilt; ist fort, ohne sich von Juan verabschiedet zu haben. Deswegen läuft er herum wie ein krankes Pferd, deswegen zecht er unausgesetzt mit seinen Freunden. Kommt er dann nachts heim, könnte man meinen, er hätte nichts als puren Zuckerrohrschnaps getrunken. Nein, diese vergißt er nicht! Der Señor war sehr stolz darauf, daß sich eine Frau von ihrem Rang in ihn verliebte. Um so mehr leidet seine Hochnäsigkeit darunter, daß ihm Knall und Fall der Laufpaß gegeben wurde. Ah, welchen Ekel ich empfinde! Er ist mir fremd geworden, ist nicht mehr mein Gatte. Ohne zu sprechen, gehen wir aneinander vorbei; ich schlafe oben, er unten in einem Patiozimmer. Und nie, nie mehr werden wir zusammen sein. Ich schwöre es! Über das Frühere bin ich hinweggekommen: üble Sitten dieses Berufs – Manie der Toreros, die sich unwiderstehlich dünken. Aber jetzt verabscheue ich ihn.»

Ihre weiche Stimme wurde hart, in den Augen funkelte der Haß.

«Ah, diese Señora! Wie sie ihn verändert hat... Nur

noch mit den reichen Señoritas will er verkehren, und jedermann aus unserem Viertel, alle die einfachen Leute, mit deren Hilfe er im Anfang seinen Ruf begründete, beklagen sich über ihn. Du wirst es erleben, daß sie ihm eines Tages wegen seiner Undankbarkeit noch einen Skandal auf der Plaza bereiten. Noch etwas. Scheffelweise rollt uns das Geld ins Haus; er selbst weiß nie, wieviel er besitzt. Aber er spielt, spielt sehr hoch, damit ihn seine Freunde schätzen. Und das Geld, das zur einen Tür hereinkommt, geht zur anderen wieder hinaus. Ich will nichts dazu sagen, denn er verdient es ja. Doch für Neuanschaffungen auf dem Gut mußte er schon eine Anleihe bei Don José machen, und auch die letzten Olivenpflanzungen wurden mit fremdem Geld gekauft. So wird fast alles, was die neue Saison einbringt, zum Bezahlen von Schulden verwandt werden müssen. Und wenn ihm ein Unglück zustieße?

Auch mich wollte er ändern. Wahrscheinlich fand der Señor, wenn er von seinen Besuchen bei Doña Sol oder Doña Satan zurückkehrte, mich und sein Mütterchen in unseren schlichten Hauskleidern oder Mantas sehr wenig reizvoll und zwang mich deshalb, Modehüte aus Madrid zu tragen, in denen ich mir wie eins dieser Äffchen vorkomme, die auf den Drehorgeln tanzen. Und wie kleidsam ist doch die Mantilla!

Dann sein Automobil! Wozu brauchen wir so einen Höllenkarren, dem ich mich jedesmal nur mit größter Angst anvertraue! Gäben wir ihm nach, so würde er noch dem armen Mütterchen einen Federhut aufsetzen! Er ist eben ein Großtuer und schämt sich, daß wir in der Landestracht gehen.»

Der Banderillero protestierte.

«Juaniyo mag sein, wie Sie sagen, Señá Carmen, aber man muß ihm manches zugute halten. Sind Sie nicht die vielbeneidete Frau des tapfersten Matadors? Können Sie in diesem prachtvollen Haus nicht schalten und walten, wie Sie wollen?»

«Lieber möchte ich die Frau eines Schusters sein, und wenn es noch so knapp zuginge. Wäre doch Juan bei seinem Handwerk geblieben! Froh und zufrieden würde ich ihm das Essen zur Werkstatt tragen. Und Sonntag nachmittags gingen wir zu einer Taverne vor der Stadt vespern. Dann gehörte er mir, ganz mir! Aber dies ist kein Leben. Dazu noch meine Angst vor den verfluchten Toros! Geld! Mir vergiftet es das Blut, Sebastián. Die Leute halten mich für glücklich; ich jedoch schaue mit neidischen Augen hinter jeder armen Frau her, die ihr Kindchen auf dem Arm trägt. Ah, wie mich das peinigt... Kinderchen! Wenn doch nur ein einziges eigenes im Haus wäre!»

Dicke Tränen liefen langsam über ihre mageren Backen und sprachen von dem Schmerz der kinderlosen Frau, die im Grunde ihrer Seele ihre Unfruchtbarkeit für die Ursache der Entfremdung des Gatten hält.

Niedergeschlagen verließ der Banderillero das Haus und begab sich auf die Suche nach dem Maestro, den er am Portal der Fünfundvierzig traf.

«Juan, ich komme von deiner Frau. Es wird immer schlimmer. Du mußte dich mit ihr wieder vertragen!»

«Verflucht! Das kann ja kein Mensch aushalten. Gebe Gott, daß mich übermorgen ein Toro faßt! Mir liegt nichts mehr am Leben.»

Der Sonntag, an dem die letzte Corrida des Jahres stattfand, brach an.

Gallardo verlebte den Vormittag, ohne daß ihn die gewohnte abergläubische Stimmung beschlich. Froh gelaunt ließ er sich nach Tisch ankleiden, in einer erwartungsvollen Erregung, die die Kraft seiner Glieder zu erhöhen schien. Seine Kunst allein war das Echte, das Wahre. Alles andere – Familie wie Liebschaften – brachte nur Ärger und Verwirrung. Ah, mit was für Degenstichen wollte er seinen ganzen Groll auf die Stiere entladen!

Als der Wagen vorfuhr, durchschritt er den Patio, ohne sich wie sonst ein paar Minuten bei seinen Angehörigen aufzuhalten. Von Carmen keine Spur! Pah, die Weiber...

Neben dem Wagen stand Antonio, in einem neuen Straßenanzug des Espadas, den er sich eigenmächtig für seine Figur hatte umarbeiten lassen. Ein lächerlicher Schwätzer, doch der einzige, der nicht gegen ihn Partei nahm!

«Schön wie der Cid Campeador», neckte Gallardo. «Steig ein, Antonio, ich nehme dich mit zur Plaza.»

Vor Wonne bebend, setzte sich der Sattler neben den Maestro und reckte sich gehörig, damit auch ganz Sevilla ihn zwischen den funkelnden Capas der Toreros sähe.

Die Plaza war überfüllt. Die letzte Corrida hatte alles aus Stadt und Land herbeigelockt.

Weit fort von den Schranken trat Gallardo, den Kampfmantel schwingend, dem Stier entgegen; doch im Publikum machte sich eine gewisse Voreingenommenheit gegen ihn bemerkbar. Gewiß, man applaudierte, aber der Beifall klang erheblich stärker auf der Schattenseite, wo die weißen Hüte seiner Anhänger kompakte Reihen bildeten, als gegenüber auf den ungedeckten Galerien der kleinen Leute, von denen viele wegen der brütenden Sonne in Hemdsärmeln saßen.

Der Matador erriet die Gefahr. Hatte er Pech, so würde die halbe Plaza gegen ihn lostoben.

Den ersten Stier tötete er ziemlich mittelmäßig. Wohl stürzte er sich verwegen mitten zwischen die Hörner, doch der Degen glitt an einem Knochen ab. Seine Freunde klatschten Beifall: «Ein gutgezielter Stich. Daß er nicht durchkam, war nicht Gallardos Schuld.» Zum zweitenmal warf sich der Espada auf den Toro. Wieder traf der Stahl auf dieselbe Stelle, lockerte sich allmählich bei den Bewegungen des Stiers, um schließlich in den Sand zu fliegen. Nervös nahm Gallardo aus Garabatos Händen einen neuen Degen, hielt dem Toro, der ihn mit gesenktem Kopf erwartete, die Muleta vor die Augen und legte mit der Klinge die nach vorn über dem Kopf hängenden Stäbe der Banderillas zur Seite. Er wollte ihn durch einen Genickstoß töten. Vorsichtig suchte der Degen die Stelle, wo das Rückenmark ansetzt. Jetzt stieß er zu. Der Stier brüllte auf, blieb jedoch auf den Füßen.

«Einmal!» höhnten die Galerien.

«Hölle und Tod!» knirschte der Matador. «Warum diese Ungerechtigkeit?» Nochmals setzte er an, diesmal am richtigen Fleck. Wie vom Sturm gefällt brach der Toro zusammen, rollte auf die Seite und blieb, den Bauch zwischen den starren Beinen nach oben gekehrt, regungslos liegen.

«So ein Stutzer! So ein Aristokrat!» johlte man auf der Sonnenseite, pfiff, zischte und spektakelte derart, daß der Beifall seiner Anhänger nicht dagegen aufkam.

«Was will denn diese Bande?» fragte sich Gallardo wütend. «Beim besten Willen konnte ich mit dem verflixten Stier nichts anderes anfangen. Das haben meine Feinde angezettelt!»

Das Verhalten dieser einfachen Leute, die ihn bisher vergöttert hatten, kränkte ihn tief. Lange Zeit stand er untätig an der Barriere und schaute verdrossen den anderen Toreros zu.

Mit welch hochgespannten Erwartungen war er zur Plaza gekommen! Und nun hatte ihm dieser vermaledeite Toro alles verdorben. Füsiliert werden sollten Züchter, die solche Tiere zur Arena brachten!

Als er zum zweitenmal Degen und Muleta ergriff, befahl er seinen Banderilleros, den Toro unter die Augen der Opposition zu locken.

Er kannte das Publikum. Man mußte den «Bürgern» der Sonnenseite, den unruhigen Demagogen, die den Klassenhaß zur Plaza mitbrachten, schmeicheln, ihnen Beachtung schenken, damit sich ihr Pfeifen in Ovationen verwandelte.

In der Tat. Sobald die Banderilleros gegen den Stier ihre Capas entfalteten und, von ihm verfolgt, quer über die Arena rasten, ging eine Bewegung freudiger Überraschung durch die noch eben skandalierende Menge. Der größte Moment, der Tod des Toros, sollte sich unmittelbar vor ihr abspielen, nicht wie sonst in weiter Entfernung, im Angesicht der Reichen.

Der Toro, den die Peones nunmehr in Ruhe ließen, trabte auf ein totes Pferd los, in dessen offenen Bauch er seine Hörner ein Weilchen vergrub, um den Kadaver mit den heraushängenden Eingeweiden dann einige Meter fortzuschleudern. Wie ein nasser Sack fiel die zerfetzte Masse zu Boden; das gebrochene Rückgrat knackte. Zögernd entfernte sich der Stier. Doch gleich kehrte er zurück und roch schnaufend an dem blutigen Fleisch. Von neuem stießen die Hörner in die gähnende Bauchhöhle.

«Wart nur, gleich kommst auch du an die Reihe!» lachte man im Publikum, dessen Aufmerksamkeit sich jetzt Gallardo zuwandte, der, in einer Hand die zusammengelegte Muleta, in der anderen den wippenden Degen, mit kurzen zierlichen Schritten die Arena durchquerte, lebhaft begrüßt von den Zuschauern der Sonnenseite.

«Jetzt bist du ihrer wieder sicher», sagte der mit seiner Capa nahe beim Stier bereitstehende Nacional.

«Hierher, hierher!» gestikulierte die Menge, denn jeder wünschte den Toro unter seinen Augen sterben zu sehen.

Der Matador schwankte zwischen den widersprechenden Rufen aus Hunderten von Kehlen. Während er, einen Fuß auf die Stufe der Barriere gestützt, noch überlegte und den besten Platz suchte, um, ungehindert durch den Pferdekadaver, den Stier zu töten, hörte er in seinem Rücken eine ihm bekannt klingende Stimme, die ihn sich schnell umdrehen ließ.

«Guten Tag, Señó Juan. Geben Sie uns Grund zum Applaudieren!»

In der untersten Reihe gewahrte er auf der Brüstung einen zusammengefalteten Rock, zwei aufgestützte Arme in Hemdsärmeln und, in den Händen vergraben, ein rundes, frisch rasiertes Gesicht unter einem tief auf die Ohren herabgezogenen Hut – das Bild eines gutmütigen Bauern.

Kein Zweifel, dort saß tollkühn zwischen 12000 Zuschauern Plumitas, der auf die Sicherheit seiner Schlupfwinkel, auf den Schutz seines treuen Begleiters verzichtet hatte, nur um den Matador kämpfen zu sehen. Ah, ihm, Plumitas, sollte der Toro gehören!

Er lächelte ihm zu, und sich zur Menge wendend, aber die Augen fest auf den Banditen gerichtet, rief er:

«Für euch!» Und seine Mütze flog zur Galerie, wo hochgereckte Arme darum kämpften, das geheiligte Symbol der Widmung zu verwahren.

Dumpf brüllend nahm der Toro die entfaltete Muleta an und sauste haarscharf an dem Espada vorbei unter dem roten Tuch durch. «Olé!» schrien, mit ihrem Idol wieder ausgesöhnt, die vollgepackten Galerien.

Wenige Schritte von ihnen entfernt ging, von stürmischen Zurufen unterbrochen, das gefährliche Spiel mit der Muleta vor sich.

«Vorsicht, Gallardo!» riefen wohlmeinende Stimmen. «Der Toro ist noch ganz frisch. Aufgepaßt, daß Sie nicht zwischen ihn und die Schranken kommen!»

Andere hingegen stachelten ihn noch mit verwegenen Ratschlägen an:

«Nur drauflos! Ein Stich und du steckst ihn ein!»

Doch der Stier war zu groß, auch zu argwöhnisch, um sich einfach einstecken zu lassen. Durch die Nähe des toten

Pferdes erregt, machte er, wie berauscht vom Geruch des blutigen Leibes, immer wieder den Versuch, dorthin zurückzukehren.

Bei einer dieser Wendungen blieb er, wütend nach der Muleta spähend, regungslos stehen. Eine schlechte Stellung, denn direkt hinter Gallardo befand sich das tote Pferd. Aber der Espada hatte schon schlimmere Situationen überwunden.

«Jetzt auf ihn! Zeig, was du kannst!» heulte das Volk.

Der Matador wandte ein wenig den Kopf.

«Für Euch, Kamerad!» grüßte er Plumitas und holte mit dem Degen zum tödlichen Stich aus. Doch im selben Moment glaubte er, daß die Erde erbebte, die Plaza wie eine schwarze Wand zusammenbrach, ein höllischer, brüllender Orkan ihn umbrandete. Schmerzhaft vibrierte sein ganzer Körper vom Kopf bis zu den Füßen; sein Hirn dröhnte, als wollte es platzen; Todesangst zog seine Brust zusammen... und er fiel, fiel in eine endlose, düstere Leere.

Im gleichen Augenblick, als der Espada sich auf den Toro stürzen wollte, war dieser, von dem Pferdekadaver angezogen, gegen ihn losgebraust. Ein entsetzlicher Zusammenprall, bei dem der von Seide und Gold funkelnde Körper unter den Hufen verschwand. Die Hörner trafen ihn nicht, der Stoß des eisenharten Schädels jedoch wirkte verheerend.

Der Stier, nur auf den offenen Pferdeleib bedacht, fühlte jetzt ein Hindernis zwischen seinen Beinen. Er spießte die blitzende, bewegungslos im Sand liegende Puppe auf, schüttelte sie eine Zeitlang und schleuderte sie dann beiseite, um gleich zum drittenmal auf sie loszugehen.

So schnell hatte sich alles abgespielt, daß die Menge wie betäubt verharrte. War der Matador schon tot? Oder würde der Stier ihm jetzt ein Ende machen? Da zerriß ein einziger, tausendstimmiger Schrei das angstvolle Schweigen. Eine Capa schwebte zwischen der Bestie und ihrem Opfer – zwei kräftige Arme, die ihr das Tuch dicht vor die Stirn hielten, suchten ihre Augen zu blenden. Von Verzweiflung getrieben hatte sich Nacional auf den Toro gestürzt, um den Maestro zu befreien. Wütend warf sich der Stier jetzt gegen ihn, so rasend schnell, daß der rückwärtslaufende Banderillero nicht zwischen den Hörnern herauskommen konnte.

Fast vergaß das Publikum über diesem aufregenden Zwischenfall den Espada. Auch Nacional war verloren: der Toro hielt ihn ja beinahe auf seinen Hörnern ... Die Männer schrien sich heiser, als könnten sie dadurch helfen, die Frauen wandten den Kopf fort und preßten krampfhaft die Hände zusammen. Jetzt! Der Stier senkte den Kopf ... da warf sich der Banderillero, diesen einen Augenblick benutzend, zur Seite, während das Tier, den zerfetzten Kampfmantel auf den Hörnern, blindlings weitertobte.

Die Aufregung machte sich Luft in einem betäubenden Applaus – der größte Moment im Leben Nacionals –, der noch anhielt, als der leblose Körper des Matadors aus der Arena getragen wurde.

Abends sprach man in Sevilla nur von Gallardos Unfall. Der Telegraf arbeitete wie bei einem Attentat auf eine politische Persönlichkeit, Extrablätter erschienen und die Zeitungen ganz Spaniens brachten spaltenlange Berichte.

Durch die Calle de las Sierpes schwirrten trostlose Gerüchte, die der Hang des Südländers zu Übertreibungen noch mehr aufbauschte.

«Der arme Gallardo ist eben verschieden», berichtete jemand. «Ich sah ihn auf dem Bett liegen, weiß wie Papier, ein Kreuz zwischen den Händen.»

Andere ließen ihn zwar noch leben, aber auch ihre Nachrichten lauteten schlimm.

«Herz und Eingeweide, alles ist bloßgelegt. Der Toro hat ein Sieb aus ihm gemacht.»

Ein um die Plaza gezogener Kordon von Polizisten hinderte die erregten Menschen, das Verbandszimmer zu stürmen. Einmal erschien Nacional in der Tür und traf Anordnungen für den Transport seines Maestros.

«Señó Sebastián, Sie waren ausgezeichnet! Ohne Sie...»

Aber unwirsch wehrte er die Glückwünsche ab.

«Alles Schwindel. Señó Juan geht es sehr schlecht. Ein Bein zu Brei gequetscht! Unter dem Arm ein Stich, und was weiß ich außerdem noch... Eben kam er zum Bewußtsein zurück, und jetzt wollen wir ihn nach Hause bringen.»

Schweigend folgte die Menge der Bahre. Der Weg wurde lang, denn jeden Augenblick beugte sich Nacional – noch in der Kampftracht, deren Glitzern mit den Anzügen der anderen seltsam kontrastierte – über den Verwundeten und befahl den Trägern, eine Pause zu machen. Hinter der Bahre gingen die Ärzte der Plaza und die Mitglieder der Fünfundvierzig, unter ihnen Don José sowie der Marquis von Moraima, alle eins mit den zerlumptesten Gestalten Sevillas in dem Gefühl gemeinsamer Trauer.

«Welch ein Unglück, Señó Marqué!» äußerte ein blonder, pausbäckiger Bauer, der schon zweimal Leute, die ihn beim Tragen der Bahre ablösen wollten, rauh zurückgewiesen hatte.

«So ist es, mein Junge! Ein großes Unglück.»

«Und glauben Sie, daß er sterben wird, Señó Marqué?»

«Das steht zu befürchten, falls ihn nicht ein Wunder rettet. Er ist bös zugerichtet.» Dabei legte ihm der Marquis seine Rechte auf die Schulter, wie um dem Unbekannten, dessen Kummer sich in seinem Gesicht ausprägte, zu danken.

Das Hereinschaffen der Bahre in Gallardos Haus gestaltete sich schwierig. Im Patio ertönte verzweifeltes Jammern, während Potaje mit seinen Kameraden das Tor gewaltsam gegen die nachdrängende Menge verteidigen mußte.

Äußerst behutsam wurde der mit blutigen Binden umwickelte Espada auf ein Bett gelegt. Von seiner Kampftracht trug er nur noch einen rosafarbenen Strumpf; alles andere hatte die Schere zerschnitten. Der Zopf hing aufgelöst und wirr über das Gesicht, das blaß wie eine Hostie schimmerte.

Als eine weiche Hand die seinige faßte, schlug er langsam die Augen auf und machte einen mühsamen Versuch, Carmen zuzulächeln – einer Carmen, weiß wie er selbst, mit trockenen Augen, blutlosem Mund und einem Ausdruck fassungslosen Entsetzens.

Die Freunde des Matadors mischten sich rücksichtsvoll ein und baten sie, sich zurückzuziehen, denn die größte Arbeit der Ärzte stand noch bevor.

Nacional, den Gallardo zu sich winkte, mußte sich tief über den Mund seines Maestro beugen, um das leise Flüstern verstehen zu können.

«Juan will», sagte er draußen im Patio, «daß man sofort dem Dr. Ruiz telegrafiert.»

«Schon geschehen», antwortete Don José. Als ihm auf der Plaza die Schwere der Verwundungen klar wurde, hatte der umsichtige Bevollmächtigte von sich aus dem Doktor Nachricht gegeben, der wahrscheinlich bereits auf der Bahn saß.

Wieder fragte Don José die Ärzte um ihre Meinung. Nach ihrer ersten Bestürzung neigten sie jetzt zu einem gewissen Optimismus. Möglich, daß er, dank seiner fabelhaften Konstitution, mit dem Leben davonkam. Das Schlimmste, diese ungeheure Erschütterung seines ganzen Organismus, die genügt haben würde, um andere auf der Stelle zu töten, war glücklicherweise überstanden, die verhängnisvolle Ohnmacht gewichen. Doch litt er an übergroßer Schwäche. Die Wunden selbst sahen sie nicht als lebensgefährlich an. Vielleicht büßte der Arm an Beweglichkeit ein. Wenig Hoffnung aber bot das gebrochene Bein, das höchstwahrscheinlich lahm bleiben würde.

Da erst verlor Don José die bisher bewahrte Fassung.

«Das ist unmöglich! Halten Sie es für logisch, daß Juan lebt und nicht kämpft? Und wer sollte seinen Platz ausfüllen? Das darf nicht sein. Das kann nicht sein! Der erste Matador der Welt, und Sie dekretieren kaltblütig, daß er sich von der Arena zurückzieht?»

Am nächsten Morgen hastete der Bevollmächtigte nach einer an Gallardos Bett verbrachten Nacht zum Bahnhof. Der Schnellzug von Madrid kam an, und mit ihm der Dr. Ruiz. Seinen wabbeligen, von den kurzen Beinchen getragenen Buddhabauch unter der lockeren Weste hin und her schlenkernd, lächelte er freundlich in seinen weißgelben Bart. Ohne Gepäck war er zur Bahn geeilt.

Nachdem ihm die Ärzte in einer Ecke des Krankenzimmers flüsternd Bericht erstattet hatten, trat er mit beherzter Miene zum Bett.

«Mut gefaßt, mein Lieber! An dieser Sache gehst du nicht ein, du Glückspilz.» Dann machte er sich an eine minuziöse Untersuchung. Ein schwerer Fall, kein Zweifel! Aber wie viele derartige konnte er nicht in seiner langen Praxis aufweisen! Bei den gewöhnlichen Krankheiten, von ihm die «üblichen» genannt, schwankte er ungewiß und wagte kaum, eine Diagnose zu stellen. Aber die Verwundungen der Stiergefechte, bei denen er die verblüffendsten Heilerfolge erzielte, gehörten zu seiner Spezialität.

«Wer nicht auf der Plaza selbst stirbt», pflegte er zu äußern, «kann schon beinahe von sich sagen: gerettet! Die Heilung ist nur eine Frage der Zeit.»

Drei Tage lang mußte Gallardo die grausamsten Operationen aushalten – brüllend vor Schmerz, da seine Schwäche eine Narkose nicht zuließ –, bis Dr. Ruiz den letzten Knochensplitter aus dem Bein entfernt hatte.

«Wer wagte, zu behaupten, daß du untauglich bleiben würdest?» rief der Arzt, zufrieden mit seinem Werk. «Du wirst kämpfen, mein Sohn, und dir noch manchen Beifall holen.»

Auf seine Anordnung hin war die Familie des Toreros in Don Josés Haus übergesiedelt. Die Frauen störten, besonders während der Operationen wurde ihre Nähe unerträglich. Ein Ächzen Gallardos genügte, um sogleich im ganzen Haus jammerndes Echo zu erwecken, und Carmen mußte mit Gewalt abgehalten werden, an ihres Gatten Bett zu stürzen.

Der Schmerz hatte sie gänzlich verändert, all ihren Groll ausgelöscht.

«Ich bin schuld, ich weiß es», klagte sie sich vor Nacional an. «Mehrmals hörte ich ihn sagen, wenn doch nur ein Toro mit ihm ein Ende machen würde. Ich war schlecht zu ihm, habe ihm das Leben verbittert!»

Vergeblich schilderte ihr der Banderillero alle Einzelheiten der Corrida, um sie zu überzeugen, daß nur ein unglückseliger Zufall die Ursache sei. Sie blieb bei ihrer Meinung, daß Gallardo den Tod gesucht habe.

Als die Familie zurückkehren durfte, betrat Carmen das Krankenzimmer mit niedergeschlagenen Augen, tiefbeschämt über ihre frühere Feindseligkeit.

«Wie geht es dir?» fragte sie leise, seine Hand umklammernd. Und so blieb sie – stumm, zaghaft – neben ihm sitzen und kniete in Gedanken am Bett nieder, um seine Verzeihung zu erbitten. Der Ärmste! Aber alles sollte jetzt vergessen sein! Und ihre einfache Seele spiegelte sich in ihren Augen mit einem hingebenden Ausdruck, einer Mischung von Liebe und mütterlicher Zärtlichkeit.

Gallardo, der mager und bleich in den Kissen lag, schien kleiner geworden zu sein. Von dem stolzen Matador, dessen Tollkühnheiten das Publikum hinrissen, war nichts übriggeblieben. Er klagte, daß er diese untätige Ruhe nicht aushalten könne, beschwerte sich über das bleierne Gewicht des zur Unbeweglichkeit verurteilten Beins. Die bei vollem Bewußtsein durchgemachten Operationen schienen ihm den Mut genommen und seine frühere Fähigkeit im Ertragen von Schmerzen untergraben zu haben, denn bei dem kleinsten Anlaß hörte man ihn stöhnen.

Sein Zimmer war zu einem Treffpunkt für alle Aficionados geworden. Der Rauch der Zigarren mischte sich mit dem Geruch von Jodoform, und auf den Tischen standen zwischen Medizinflaschen, Wattepaketen und Binden die Weinkaraffen.

«In ein paar Monaten sehen wir dich wieder in der Arena», riefen ihm die Besucher zu, die ihm mit ihrem lauten Optimismus Mut machen wollten. «Gott sei Dank, du bist in gute Hände gekommen! Dr. Ruiz bringt Wunder fertig.»

Auch dieser zeigte eine zuversichtliche Miene.

«Schauen Sie hin: er raucht schon. Und ein Kranker, der rauchen kann...» Bis spät in die Nacht hinein leisteten er, Don José und einige Leute der Cuadrilla dem Verwundeten ständig Gesellschaft. Kam Potaje, so setzte er sich in möglichste Nähe der Flaschen.

Das Gespräch drehte sich immer um Stiere, denn mit Don José von etwas anderem zu reden war unmöglich. Sie diskutierten über die Fehler und Vorzüge der einzelnen Espadas, erörterten ihre Einnahmen, und Gallardo hörte anfänglich regungslos zu, bis ihn allmählich das Summen der Unterhaltung einschläferte.

Meist sprach Ruiz, von dem die ernsten, bewundernden Augen Nacionals nicht abwichen, allein. Was dieser Doktor nicht alles wußte! Und in gläubigem Vertrauen überging der Banderillero seinen Meister Don Rafael, um den Arzt zu fragen, wann die Revolution ausbrechen würde.

«Was hast du dich darum zu kümmern? Lern du die Stiere gehörig kennen, damit dir kein Unglück passiert!»

«Ich glaube, daß ich als Bürger und Wähler ein Recht auf eigene Meinung besitze», protestierte Nacional. «Ich bin Torero, gewiß, und weiß, daß es ein niedriger, reaktionärer Beruf ist. Trotzdem darf ich wohl meine Ideen haben. Die Schuld an allem trifft Ferdinand VII. – jawohl, Señor! –, der die Universitäten schloß und dafür die Stierkämpferschule in Sevilla gründete, wodurch er unsere Kunst verhaßt und lächerlich machte. Verflucht sei dieser Tyrann, Doktor!»

Der Banderillero kannte die Politik der Vergangenheit, soweit sie mit dem Stierkampf in Verbindung stand, und wie er den «Sombrerero» und andere Matadore als Parteigänger des Königs Ferdinand verabscheute, so rühmte er den stolzen Juan León, der es wagte, zu Zeiten des Absolutismus, als man die Liberalen als «Schwarze» bezeichnete, in einem schwarzen Kampfkostüm den Drohungen des Pöbels auf der Plaza die Stirn zu bieten. Doch trotzdem es auch unter den Stierkämpfern zu allen Zeiten achtenswerte Männer gegeben hatte, betrachtete Sebastián ihre Kunst heutzutage als barbarischen Beruf.

«Und wo hast du das Wörtchen ‹reaktionär› ausgegraben?» fragte Ruiz. «Du bist ein guter Kerl, Nacional, und willst zweifellos das Beste. Aber bei alldem bist du ein Dummkopf!»

«Stimmt!» rief Don José. «In seinem Parteivorstand hat man ihm mit lauter Predigten den Kopf verdreht.»

«Der Stierkampf bedeutet einen Fortschritt, Sebastián», sagte der Doktor sehr ernsthaft, «einen Fortschritt in den Sitten unseres Landes, eine mildere Art der öffentlichen Vergnügungen, denen sich die Spanier zu den Zeiten hingaben, von denen dir dein Don Rafael wohl häufig erzählt haben wird.»

Und Ruiz, ein Glas in der Hand, sprach und sprach, nur bisweilen mit einer kurzen Pause, um einen Schluck Wein zu nehmen.

«Daß der Stierkampf aus alter Zeit herstammt ist eine große Lüge. Zwar tötete man auch früher in Spanien zur Belustigung des Volkes wilde Tiere, doch der Kampf, wie wir ihn heute haben, war unbekannt. Der Cid kämpfte mit der Lanze gegen Toros – richtig! Maurische und christliche Caballeros vertrieben sich mit ihnen die Zeit im Zirkus. Aber es gab weder den Berufstorero noch tötete man die Tiere nach bestimmten Vorschriften auf ritterliche Art.

Nur bei ganz besonderen Anlässen – Heirat im königlichen Haus, Friedensschluß oder Einweihung einer neuen Kapelle in der Kathedrale – hielt man Stiergefechte ab, bei denen glänzende Kavaliere in die Arena ritten, um vor den Augen der Damen den Toro mit Lanze oder Wurfspeer anzugreifen. Warf der Stier die Reiter aus dem Sattel, so zogen sie das Schwert und töteten das Tier mit Hilfe ihrer Diener, wie sie konnten. Bei den Volkscorridas dagegen stürzten die Zuschauer haufenweise in die Arena, um den Toro umzureißen und ihm mit Dolchstichen ein Ende zu machen.

Das war also mehr eine Jagd als eine Corrida», erklärte Ruiz. «Übrigens gab es für die Menschen damals andere, ihrer Zeit entsprechendere Feste, die sie nicht daran denken ließen, den Stierkampf weiter auszubilden. Die Kirche veranstaltete häufig aufregende Schauspiele, bei denen außer dem schaurigen Nervenkitzel über anderer Not und Tod noch Ablässe für die sündige Seele geboten wurden. Und diese Autodafés waren so kräftige Kost, daß sie den Geschmack am Spiel mit wilden Tieren nahmen.

Aber der Tag kam», sagte der Doktor mit feinem Lächeln, «an dem die Inquisition anfing, matt zu werden. Alles verbraucht sich eben auf dieser Erde! Schließlich starb sie an Altersschwäche, noch bevor revolutionäre Gesetze sie unterdrückten. Die Welt hatte sich verändert und die Feste der Inquisition machten denselben Eindruck wie etwa eine Corrida unter dem grauen Himmel Norwegens, in Eis und Schnee. Der richtige Rahmen fehlte. Sie schämte sich allmählich, Menschen zu verbrennen, mit diesem ganzen Apparat von Predigten, lächerlichen Ornaten, Beschwörungen und dergleichen. Autodafés wagte sie nicht mehr abzuhalten, und wenn sie mal offenbaren mußte, daß sie immer noch existierte, begnügte sie sich mit Peitschenhieben bei verschlossener Tür. Zur selben Zeit verkrochen wir Spanier – überdrüssig, auf dem ganzen Erdball Abenteuer zu suchen – uns in unser Haus. Es gab keine Kriege mehr in Flandern und Italien; auch die Eroberung der Neuen Welt war durch den ständigen Nachschub von Glücksrittern beendigt. Da erst begann die Kunst der Stierkämpfe; da erst wurden permanente Plazas erbaut, Cuadrillas zusammengestellt, Regeln festgesetzt und die verschiedenen Gänge für Banderilleros und Matadore ausgebildet, so, wie wir sie heute kennen. Der Menge gefiel diese Art Corridas, deren Kunst mit dem Erscheinen der Berufstoreros demokratisch geworden war; denn an Stelle der Kavaliere traten Plebejer, die sich dafür bezahlen ließen, daß sie ihr Leben aufs Spiel setzten.

Das Volk strömte zu den Plazas – alleiniger Gebieter, Herr seiner Aktionen, um, wenn es ihm gefiel, von den Tribünen aus dieselbe Autorität zu schmähen, die ihm auf der Straße Angst einjagte. Und die Söhne derer, die mit stummem, religiösem Enthusiasmus dem Schmoren von Heiden oder Juden beigewohnt hatten, sahen beifalljubelnd dem Kampf zwischen Mensch und Stier zu, in dem der Matador doch nur selten sein Leben einbüßt. Ist das nicht ein Fortschritt?

Damals, in der Mitte des 18. Jahrhunderts, entwickelte sich der Stierkampf zu voller Blüte. Die Wildheit der jahrhundertelang an die Grausamkeit der Autodafés gewöhnten Massen hatte ein Sicherheitsventil nötig, und das Volk, das seine natürlichen Expansionskanäle verschlossen sah, fand in dem neuen Nationalschauspiel einen glorreichen Weg für alle von Mut und Verwegenheit beseelten Ehrgeizigen.

Ein Fortschritt!» wiederholte der Doktor. «Mir scheint, das ist klar. Deshalb schäme ich mich als durch und durch republikanisch gesinnter Mann auch nicht zu sagen, daß mir die Corridas gefallen. Der Mensch braucht übrigens den pikanten Reiz des Schlechten, um die Monotonie seiner Existenz zu beleben. Auch der Alkohol ist von Übel. Wir wissen, daß er uns schadet, dennoch trinkt ihn beinahe jeder. Und etwas Wildheit dann und wann gibt neue Energie. Gefällt es nicht allen, bisweilen den Blick nach rückwärts zu wenden und ein wenig das Leben unserer Vorfahren zu führen? Die Brutalität erweckt nämlich in unserem Innern geheimnisvolle Kräfte wieder, die man nicht sterben lassen soll.»

«Aber geht es bei den Corridas nicht sehr roh zu?» warf Nacional ein.

«Ganz gewiß», nickte Dr. Ruiz. «Aber sie sind nicht das einzige rohe Schauspiel in der Welt. Die Rückkehr zu starken, wilden Lustbarkeiten ist eine menschliche Krankheit, an der alle Völker in gleicher Weise leiden. Deswegen bin ich entrüstet, wenn die Ausländer ihre Augen stets auf Spanien richten, als gäbe es etwas Derartiges nur bei uns. Wie viele Reiter brechen nicht ihr Genick bei den Pferderennen! Und wohin hat der moderne Sport geführt? Sehen Sie sich die eingeschlagenen Nasen, abgehauenen Ohren, zertrümmerten Schädel und gebrochenen Beine der Champions an! Und das Duell? Meist ist doch der Wunsch, von sich reden zu machen, der einzige Grund.

Und weiter! Im Namen der Zivilisation verdammt man die barbarischen, blutigen Stiergefechte, und im Namen derselben Zivilisation hegt und pflegt man die schädlichsten Tiere der Welt. Warum? Die Wissenschaft kennt sie zur Genüge und hat alles Wissenswerte verzeichnet. Wenn ihre Vernichtung auch gewissen Seelen zuwider sein sollte, weshalb erhebt sich keine Stimme gegen die heimlichen Tragödien, die sich jeden Tag in den zoologischen Gärten abspielen? Beobachten Sie, wie sich die Haare des vom Blick der Boa hypnotisierten Kaninchens sträuben, bis es im eisernen Druck ihrer Ringe erstickt. Hunderte von Tieren sterben täglich für die Ernährung wilder, vollkommen nutzloser Bestien, die man mit aller erdenklichen Sorgfalt in Städten pflegt, die sich dünkelhaft an der Spitze der Zivilisation zu marschieren wähnen. Und in diesen selben Städten schmäht man die Spanier Barbaren, weil tapfere, behende Männer einem mutigen, gefährlichen Tier entgegentreten, um es nach Regeln undiskutierbarer Weisheit im strahlenden Sonnenschein, unter dem blauen Himmel, vor einer bunten, bewegten Menge zu töten, wobei die durch die Gefahr erzeugte Erregung noch durch den Zauber malerischer Schönheit gehoben wird. *Vive Dios!*

Man beleidigt uns, weil wir heute wenig bedeuten», rief Ruiz, erbittert über die universelle Ungerechtigkeit. «Die Welt ist wie ein Affe, der die Gesten seines Herrn nachmacht. Heute befiehlt England, und die Menschen beider Erdhälften sehen dem albernen Schauspiel zu, wie ein paar Pferde über eine Bahn laufen. Leider kamen die Stiergefechte erst auf, als unsere Macht schon bröckelte. Hätten sie aber zu Zeiten Philipps II. dieselbe Bedeutung gehabt wie heute, so gäbe es Plazas in vielen Ländern Europas... Sprecht mir nicht von den Ausländern! Ich bewundere sie wegen ihrer Revolutionen und weil wir ihnen auf geistigem Gebiet vieles verdanken. Aber was die Stiere anbelangt, reden sie nichts als baren Unsinn.»

Und der Doktor verwünschte mit fanatischer Blindheit

alle Völker des Planeten, die den spanischen Stierkampf verabscheuen, hingegen ihre eigenen rohen Belustigungen nicht einmal durch den Vorwand der Schönheit rechtfertigen können.

Nach zehntägigem Aufenthalt in Sevilla reiste er ab.

«So, mein Lieber», verabschiedete er sich von dem Kranken, «du brauchst mich nicht mehr, dafür wartet in Madrid viel Arbeit auf mich. Keine Dummheiten! Dann bist du in zwei Monaten ebenso gesund und stark wie vorher. Vielleicht spürst du gelegentlich noch etwas im Bein, aber bei deiner eisernen Natur wird das alles verschwinden.»

Gallardos Heilprozeß nahm den von Ruiz angekündigten Verlauf. Als ein Monat verstrichen war, wurde das Bein aus seiner erzwungenen Ruhe befreit und der Espada konnte zu einem Sessel im Patio hinken, wo er seine Freunde empfing.

Während seiner ganzen Krankheit, sogar wenn ihn das Fieber schüttelte und schweres Alpdrücken seine Phantasie irreführte, hatte er einen einzigen Gedanken, immer denselben, festgehalten: wußte Doña Sol von seinem Unfall?

Als er, noch bettlägerig, sich zufällig mal mit seinem Bevollmächtigten allein befand, faßte er sich ein Herz, nach ihr zu fragen.

«Natürlich hat sie an dich gedacht», antwortete Don José. «Von Nizza erkundigte sie sich telegrafisch nach deinem Befinden.»

Diese Auskunft beruhigte Gallardo. Doch nach einigen Tagen begann er von neuem: «Schreibt sie denn niemandem hier, um zu wissen, wie es mir geht?»

Einen Augenblick hatte Don José den Einfall, ihr Schweigen mit der Unrast ihres Reiselebens zu erklären. Das traurige Gesicht des Espadas jedoch zwang ihn zu einer frommen Lüge. «Gestern erhielt ich einen kurzen Brief aus Italien, in dem sie mich um Nachricht über den Verlauf deiner Krankheit bittet.»

«Zeigen Sie ihn her!» sagte der Torero voller Freude.

Und als Don José vorgab, ihn zu Hause gelassen zu haben, bettelte er:

«Bringen Sie ihn doch, bitte, mit. Ich möchte so gern ihre Schrift sehen und selbst lesen, was sie über mich schreibt!»

Um weitere Verwicklungen zu vermeiden, erfand Don José dann und wann einen an den Marquis gerichteten Brief, der immer einen kleinen Passus mit freundlichen Wünschen für Gallardos Genesung enthielt.

Zufrieden lauschte der Espada solchen Neuigkeiten. Gleich darauf aber wiegte er zweifelnd den Kopf. Würde er sie wirklich wiedersehen, diese kapriziöse Frau?

«Du mußt jetzt mal den ganzen Weiberkram beiseite lassen», meinte eines Tages sein Bevollmächtigter. «Beinahe bist du wieder der alte; außerdem bleibt dir noch der Rest des Winters zur Erholung. Also sag: kann ich Kontrakte annehmen oder verzichtest du dieses Jahr auf Kampf?»

Empört, als schlüge man ihm etwas Unehrenhaftes vor, warf Gallardo den Kopf zurück. Verzichten? Ein Jahr vorübergehen lassen, ohne sich in der Arena zu zeigen?

«Schließen Sie ab, Don José. Bis zum Frühling bin ich stark genug. Ich trete gegen jeden Stier an, den man mir präsentiert. Verpflichten Sie mich ruhig für die Corrida am Ostersonntag. Das Bein wird mir noch allerlei zu schaffen machen, aber – so Gott will soll es bis dahin wie von Eisen sein.»

Zwei weitere Monate dauerte es, bis der Torero wieder bei Kräften war. Er hinkte allerdings noch leicht, vermißte auch die alte Behendigkeit im Arm; was aber besagten diese Beschwerden im Vergleich zu dem Gefühl wiederkehrender Gesundheit? Befand er sich allein in dem mit der Krankenstube vertauschten ehelichen Schlafzimmer, so legte er vor dem Spiegel einen Arm kreuzweise über den andern, als hätte er Degen und Muleta in den Händen. Zas! Ein Stich auf den unsichtbaren Toro! Bis zum Griff... Und zufrieden lächelnd

ZEIT IST GELD

In der Arena und im ganzen Land –
viel Blut auf Spaniens Boden

Als umjubelter Matador verdiente
Juan Gallardo viel Geld . . .

…und so wird auch jenes Goldstück in seiner Börse gewesen sein, das 1897 geprägt wurde und das Porträt des damals elfjährigen Königs Alfonso XIII. zeigt, der 1902 die Regierung in Spanien übernahm. Er wurde ein beliebter und volkstümlicher König, viel Glück hat er bei seiner Regentschaft nicht gehabt.

Die Zeiten waren unruhig, und blutig ging es nicht nur in der Arena zu. Zwar blieben mehrere Attentate auf den Monarchen ohne Erfolg, aber Parteienstreit, die katalonische Autonomiebewegung, die Aufstände der Rifkabylen im damals spanischen Marokko führten dazu, daß 1923 eine Militärdiktatur errichtet und 1931 die Republik ausgerufen wurde. Alfonso XIII. ging ins Exil.

Da er nicht abgedankt hatte, waren ihm Bürgerrecht und Eigentum abgesprochen worden. General Franco gab ihm beides zurück. Als Alfonso XIII. 1941 in Rom starb, war es eher unwahrscheinlich, daß Spanien mit seinem damals dreijährigen Enkel Don Juan Carlos später wieder einen König haben würde.

dachte er an die Enttäuschung seiner Feinde, die bei jedem Unfall seinen definitiven Zusammenbruch prophezeiten.

Die Zeit wurde ihm lang. Mit der Ungeduld eines Anfängers sehnte er sich nach dem Beifall der Menge – als hätte die verhängnisvolle Corrida den alten Ruhm ausgelöscht, als müßte er seine Karriere von neuem beginnen.

Die letzten Wochen vor Ostern beschloß er mit seiner Familie auf der Rinconada zu verbringen und durch Jagd, lange Märsche und Ritte das gebrochene Bein zu kräftigen. Gleichzeitig konnte er die Arbeiten beaufsichtigen sowie seine Viehherden und Pferde auf den Weiden inspizieren, denn mit der Verwaltung des Gutes haperte es sehr. Sein Schwager Antonio, der eine Zeitlang auf der Rinconada mit den Allüren eines Diktators herumgelaufen war, hatte das Getriebe vollends in Verwirrung gebracht und obendrein noch den Ärger der Knechte erregt. Das Gut warf nichts ab; doch Gallardo rechnete auf die Einnahmen aus den Corridas, der unerschöpflichen Quelle des Reichtums.

Die Señora Angustias verlangte, daß, ehe sie nach der Rinconada übersiedelten, ihr Sohn vor der hoffnungsreichen Madonna niederknien sollte, in Erfüllung eines Gelübdes, das sie an dem Abend abgelegt hatte, als man ihn, bleich und starr wie einen Toten, ins Haus trug. Wie oft war sie nicht zu der wunderschönen Himmelskönigin mit den langen Wimpern und braunen Wangen, der Macarena, geeilt, um sie unter Tränen anzuflehen, ihren armen Juanillo nicht zu vergessen!

An diesem Gang nahm die Öffentlichkeit regsten Anteil.

Die Gärtner der Calle de las Sierpes mußten die Kirche von San Gil in einen duftenden Hain verwandeln. Auf den Altären erhoben sich Blumenpyramiden und von Pfeiler zu Pfeiler zogen sich Girlanden, von denen mächtige Sträuße auf die Lampen herabhingen.

Es war ein sonniger Morgen, als die Zeremonie stattfand.

Trotz des Wochentags eilte die Elite des Stadtviertels herbei. Korpulente Frauen mit dunklen Augen und dickem Hals, deren Mieder und Röcke gewaltige Kurven aufwiesen, prunkten in schwarzen Kleidern und Mantillas; frischrasierte Handwerksmeister im Sonntagsstaat hatten zur Feier des Tages die goldene Uhrkette angelegt. Und wie bei einer Hochzeit bildeten die Bettler vor der Tür Spalier.

Ein feierliches Hochamt mit Musik und Sängerchor – etwas ganz Außergewöhnliches wie die große Oper in den Osterfeiertagen – sollte zelebriert und zum Schluß das Tedeum angestimmt werden, genau so, als wäre der König nach Sevilla gekommen.

Langsam bahnte sich der Zug seinen Weg durch die Menge. Mutter und Gattin in knisternder Seide, sanft lächelnd unter der Spitzenmantilla, schritten, von Verwandten und Freundinnen umgeben, voran; hinter ihnen Gallardo mit einem endlosen Gefolge von Toreros in hellen Anzügen und weißen Filzhüten, alle mit funkelnden Brillanten an den klobigen Händen.

Gläubig, wie Gallardo war, erinnerte er sich dennoch nur zuweilen an den lieben Gott und fluchte auch wacker in schwierigen Momenten. Heute aber, wo es sich um die Macarena handelte, erfüllte ihn ganz fromme Stimmung und mit ernster Andacht betrat er die Kirche.

Der Nacional blieb, Frau und Kinder im Stich lassend, draußen.

«Ich bin Freidenker», glaubte er einer Gruppe von Freunden bekennen zu müssen, «respektiere jeden Glauben, doch das da drinnen ist für mich Schwindel. Ich will der Macarena nicht zu nahe treten, aber, bei der blauen Taube, wenn einer, den ich kenne, nicht rechtzeitig dazwischengesprungen wäre, hätte sich der Toro den Juaniyo geholt!»

Durch die offenstehenden Türen drangen die Stimmen

der Sänger – süße, weiche Melodien – und das Schluchzen der Instrumente, wehte der Duft von Blumen und brennenden Wachskerzen.

Die draußen Harrenden rauchten eine Zigarre nach der andern oder gingen bisweilen auch nach der nächsten Taverne, um sich die Zeit nicht lang werden zu lassen.

Als der Zug endlich die Kirche verließ, regnete es Münzen unter die sich balgenden Armen. Keiner kam zu kurz: der Maestro Gallardo zeigte sich splendid.

Señora Angustias weinte, den Kopf auf die Schulter einer Freundin gelehnt. Lächelnd und stattlich stand der Espada unter der Tür, am Arm seine vor Erregung zitternde Frau, an deren Wimpern eine Träne glitzerte.

Carmen war zumute, als sei sie ihm eben zum zweitenmal angetraut worden.

BEIM NAHEN DER KARWOCHE BEREITETE GALLARDO seiner Mutter eine große Freude.

In den letzten Jahren hatte er stets die Prozession der Pfarrei von San Lorenzo mitgemacht und in einer schwarzen Kutte mit hoher Kapuze Unseren Herrn Jesus der großen Macht begleitet.

Diese Brüderschaft bestand nur aus Señores: Grund genug für den Torero, aus den volkstümlichen Brüderschaften, deren Andacht mit Trunkenheit und Tumult Hand in Hand ging, auszutreten und sich, sobald seine Einnahmen ihm einen Anspruch darauf gaben, in diese vornehme Gesellschaft aufnehmen zu lassen.

Gallardo sprach mit Stolz von dem Ernst dieser religiösen Vereinigung, bei der sich alles pünktlich und diszipliniert wie beim Militär abwickelte. Kaum verhallte in der Nacht vom Gründonnerstag um zwei Uhr morgens der letzte Glockenschlag, so öffneten sich die Türen von San Lorenzo, und vor den Augen der Menge, die sich auf dem dunklen Platz staute, erschien in der strahlend erleuchteten Kirche die in Reih und Glied aufgestellte Brüderschaft.

Langsam schritten die Kapuzenträger, stumm und düster, ohne anderes Leben als das Blitzen der Augen hinter der dunklen Maske, zu zweien vorwärts, mit breitem Abstand zwischen den Paaren; sie trugen flackernde Kerzen und ihre langen Schleppen schleiften über den Boden.

Mit seiner Empfänglichkeit für äußere Eindrücke betrachtete das Volk aufgeregt diese geheimnisvollen Kutten – Nazarener nannte es sie –, unter denen vielleicht große Herren steckten, die aus traditioneller Frömmigkeit an dem nächtlichen Zug teilnahmen, der sich erst bei Sonnenaufgang zu zerstreuen pflegte.

Eine Brüderschaft des Schweigens! Die Nazarener durften nicht sprechen und wurden, um vor Belästigungen sicher zu sein, von Polizisten eskortiert, denn es wimmelte von Betrunkenen, die zur Erinnerung an die Passion des Herrn vom Mittwoch der Karwoche ab ihre Pietät von Taverne zu Taverne trugen und ihre Stationen erst am Sonnabend beendigten, nachdem sie in all den engen Straßen – für sie ebenso viele Leidenswege – unzählige Male zu Fall gekommen waren.

Diese Gottlosen, bei denen der Wein alle Bedenken hinwegschwemmte, pflegten sich gern neben einzelnen Mitgliedern der Brüderschaft aufzustellen, um ihnen sehr häßliche Worte über ihre weiblichen Familienangehörigen in das Ohr zu raunen. Der Nazarener schwieg, denn Sprechen bedeutet Sünde, und schluckte ergeben die Beleidigungen herunter – ein Opfer, das er dem Herrn der großen Macht brachte. Doch die Schmeißfliege, angefeuert durch diese Sanftmut, verdoppelte ihr boshaftes Summen, bis die fromme Maske sich sagte, daß ihr wohl das Wort, nicht aber die Tat verboten war, und mit der gewichtigen Kerze ausholte, um dem Liederjan, der die Andacht störte, ein paar kräftige Hiebe zu versetzen.

Mußten sich die Träger der aus getriebenem Metall gearbeiteten Platte, auf der die Statue stand, während der Prozession ausruhen, so genügte ein leises Zischen, um den Zug zum Halten zu bringen. Die beiden Reihen der Kuttenträger machten Front nach innen, stützten die enorme Kerze auf den Fuß und schauten durch den Schlitz ihrer Maske mit mysteriösen Augen auf die Menge – scheußliche Fratzen, deren Schleppen nach Weihrauch und Scheiterhaufen zu riechen schienen. Die langen, kupfernen Trompeten dröhnten klagend durch die Nacht, und über den Kapuzen wehten leise die rechteckigen Banner der Brüderschaft aus schwarzem, goldbefranstem Samt, auf dem zur Erinnerung an die Intervention des Statthalters von Judäa beim Tod des Gerechten die römische Inschrift S. P. Q. R. (Senat und Volk von Rom) eingestickt war.

In den vier Ecken der schweren Platte, von der ringsum dicke Drapierungen auf den Boden fielen, um die Träger – zwanzig schweißtriefende, halbnackte Burschen – zu verbergen, erhoben sich goldene Engel mit brennenden Laternen, in ihrer Mitte, gebeugt unter der Last des Kreuzes, ein blutüberströmter Jesus in goldgestickter Tunika.

Sein Erscheinen löste einen Seufzer aus Hunderten von Herzen.

«Vater Jesus!» murmelten die alten Frauen, ihre Augen wie hypnotisiert auf das Bild gerichtet. «Herr der großen Macht, vergiß uns nicht!»

In der Mitte des Platzes machte die Statue halt, und die Frömmigkeit des andalusischen Volkes, das alle Gemütsbewegungen dem Gesang anvertraut, begrüßte sie mit Trillern und langgedehnten Klagelauten.

Eine süße, zitternde Kinderstimme brach das andächtige Schweigen zuerst. Ein Mädchen hatte sich bis in die erste Reihe gedrängt und richtete an Jesus eine Saeta – drei Strophen, die das Lob des «Herrn der großen Macht», der göttlichen Skulptur, und ihres Schöpfers, des Bildhauers Montañes aus der goldenen Zeit der spanischen Kunst, verkündeten.

Diese Saeta ähnelte dem ersten Schuß in einem Gefecht, der ein ununterbrochenes Feuer entfesselt. Noch war sie nicht beendet, da hub eine andere an, noch eine, und der Platz glich einem Riesenbauer voller Vögel, die, durch die ersten Triller geweckt, alle zu gleicher Zeit in wilder Unordnung zu singen beginnen. In die rauhen, tiefen Töne der Männer mischte sich das Gezwitscher der Frauen, und jeder erhob, die Augen starr zur Statue gewandt, seine Stimme, als stände er ihr ganz allein gegenüber. Taub für die Lieder der anderen mühte er sich, die komplizierten Läufe seiner eigenen Saeta vorzutragen, ohne sich durch die lärmende Dissonanz beirren zu lassen. Derweilen lauschte die Brüderschaft unbeweglich, bis die silberne Glocke ihres Führers das Zeichen zum Weitermarsch gab. Hoch! Der Herr der großen Macht schwankte ein paarmal hin und her, ehe er nach oben kam, und wieder bewegten sich die Füße der unsichtbaren Träger wie Fühlhörner über den Boden hin.

Dann kam die Madonna «Unsere Herrin vom größten Schmerz», denn jede Pfarrei stellte zwei Statuen, den Sohn Gottes und die Jungfrau Maria. Unter dem samtenen Thronhimmel flimmerte ihre von Lichtern umgebene goldene Krone. Viele Meter weit floß die Schleppe des Mantels hinten nach, gestützt durch eine Art Krinoline, um die funkelnde Pracht ihrer kostbaren, schweren Stickereien, an denen sich die Geduld und Geschicklichkeit einer ganzen Generation erschöpft hatten, besser erkennen zu lassen.

Die knisternden Wachskerzen ihrer Eskorte warfen zitternde Reflexe auf diesen königlichen Mantel, der Flammen auszustrahlen schien. Hinterher marschierte im Takt der Trommeln eine Schar Frauen, den Körper im Schatten, das Gesicht vom Schein ihrer Talglichter beleuchtet: alte Weiber mit Mantilla und nackten Füßen; junge Mädchen in dem weißen Gewand, das ihnen einst als Sterbekleid dienen sollte; Frauen, die mühsam ihre von geheimen, schmerzhaften Übeln geschwollenen Leiber vor sich her schoben – ein ganzes Heer siecher, durch die Güte des Herrn der großen Macht und seiner Heiligsten Mutter dem Tod entronnener Menschheit.

Auf dieser Wanderung durch die Straßen der Stadt betrat die fromme Brüderschaft auch die Kathedrale, die ihre Türen die ganze Nacht geöffnet hielt. Langsam ergoß sich der lichterfunkelnde Zug in die gigantischen Schiffe des Doms, dessen Größe ungeheuerlich anmutete, und ließ aus dem Dunkel die riesigen, mit karmesinrotem Samt bekleideten Säulen hervortreten, ohne indes die dichte Finsternis der Gewölbe zerreißen zu können.

Gleich stachligen schwarzen Insekten bewegten sich die Kapuzenträger am Boden, über ihnen die geballte Nacht. Von neuem kehrte die Prozession unter das Licht der Sterne zurück, bis der helle Sonnenschein sie mitten auf der Straße überraschte und den Schimmer der Kerzen zum Verlöschen brachte.

Gallardo war sowohl ein begeisterter Verehrer des Herrn der großen Macht als auch des majestätischen Schweigens seiner Brüderschaft. Bei den anderen wurde man durch das liederliche Treiben der Brüder zum Lachen gereizt, aber hier? Eine durchaus ernsthafte Sache. Und nur vornehme Leute!

Trotzdem entschloß er sich, in diesem Jahr mit der Brüderschaft der Macarena zu ziehen, um die wundertätige «Jungfrau der Hoffnung» zu geleiten.

«Recht so, Juaniyo!» stimmte Señora Angustias hocherfreut zu. «Jeder mit seinesgleichen. Ganz schön, daß du mit den vornehmen Herren verkehrst, aber vergiß nicht, daß die einfachen Leute, die dich immer gern gehabt haben, schon anfingen, gegen dich zu tuscheln, weil sie glaubten, sie wären dir nicht mehr gut genug.»

Das wußte der Torero zur Genüge. Das ungestüme, lärmende Volk auf der Sonnenseite der Plaza hatte ihm seine Animosität klar zu erkennen gegeben! Und mit skrupelloser, knechtischer Unterwürfigkeit gegenüber der Meinung der Masse lud er die einflußreichsten Brüder der Macarena zu sich ein und verkündete ihnen sein Vorhaben, allerdings mit der Bitte, nichts verlauten zu lassen.

«Was ich tue, tue ich als frommer Christ, nicht aber, um Staat damit zu machen.» Doch schon nach wenigen Tagen sprach das ganze Stadtviertel von nichts anderem.

«Die Señora Angustias will wenigstens 100 Duros für Blumenschmuck ausgeben, und Juaniyo wird der Jungfrau all seine Juwelen anhängen. Ein Vermögen!»

So war es auch. Gallardo sammelte seine und seiner Frau Brillanten, die Madonna zu schmücken. An den Ohren sollte sie Carmens Ohrgehänge tragen – in Madrid für den Ertrag mehrerer Corridas erstanden – und auf der Brust die goldene Doppelkette des Toreros mit all seinen aufgereihten Ringen, dazu die beiden riesigen Brillantknöpfe.

«Wunderbar wird unsere braune Jungfrau aussehen», frohlockte die ganze Nachbarschaft. «Señor Juan bezahlt alle Kosten. Paßt mal auf, halb Sevilla wird vor Neid platzen.»

Fragte man den Espada, so lächelte er bescheiden. War die Macarena nicht die Madonna seines Stadtviertels? Und hatte sein Vater es auch nur einmal sich nehmen lassen, ihre Prozession als «Bewaffneter» mitzumachen? Eine Ehre, die der Familie zukam! Am liebsten würde er selbst mit Helm und Lanze als römischer Legionär ausziehen wie so viele Gallardos vor ihm. Er sonnte sich behaglich in seiner Popularität als guter Christ, und dieses Behagen wurde nur durch den Gedanken an seine Freunde in den Cafés und Clubs der Calle de las Sierpes etwas geschmälert.

«Sie werden mich gehörig hänseln, wenn sie mich in der Prozession erkennen! Aber was tun? Ich muß mich mit jedermann gut stellen!»

Am Gründonnerstag ging er mit seiner Frau zur Kathedrale, um das Miserere zu hören. Hinter den Gittern der Seitenkapellen saßen die wohlhabenden Familien, sicher vor jedem Kontakt mit der schwitzenden, in den Längsschiffen zusammengepferchten Menge. Vereinzelt an den Pfeilern brennende Kerzen verbreiteten eine spärliche Helligkeit, gerade genügend, daß man nicht im Dunkeln zu tappen brauchte, und hoch oben auf dem finsteren Chor blitzten wie ein rötliches Sternenbild die für Musiker und Sänger aufgestellten Lichter.

In dieses geheimnisvolle, beklemmende Dunkel sandte das Miserere von Eslava seine heiteren Weisen. Ein andalusisches Miserere – tändelnd und graziös gleich dem Flügelschlag eines Vogels –, dessen Melodien wie Liebesserenaden anmuteten, dessen Chöre Rundgesängen fröhlicher Zecher glichen: der Ausdruck der Freude, in einem schönen Land zu leben, das den Gedanken an den Tod selbst vor den düsteren Bildern der Passion zu bannen weiß.

Als die Stimme des Tenors mit dem anklagenden Ruf an die gottesmörderische Stadt «Jerusalem, Jerusalem» verklang, strömte alles eiligst auf die hell erleuchteten Straßen, die mit ihren Stuhlreihen längs der Bürgersteige und den auf allen größeren Plätzen erbauten Tribünen den Eindruck eines Riesentheaters machten.

Gallardo kehrte nach Hause zurück, wo die Señora Angustias die letzten Stiche an seinem Nazarenerkostüm nähte, dabei liebevoll des Flickschusters gedenkend, der an solchem Abend in kriegerischem Schmuck sein Heim verließ, um erst am nächsten Mittag mit zerbeultem Helm und arg mitgenommener Tunika zurückzukehren, nachdem er mit seinen Waffenbrüdern in allen Tavernen Sevillas gelagert hatte.

Der Espada kleidete sich mit der gleichen peniblen Umständlichkeit wie zum Stiergefecht an: seidene Strümpfe, Lackschuhe; dann das von seiner Mutter genähte weiße Atlaskleid und darüber eine Art Kutte aus grünem Samt, die oben in einer hohen, spitzen Kapuze endigte, unten wie ein

Chorrock bis zum Knie herabfiel und auf der linken Brustseite das Wappen der Brüderschaft trug. Weiße Handschuhe und das Zeichen der Würdenträger, ein langer, samtumwickelter Stab mit gebogener, silberner Krücke vervollständigten den Anzug.

Es hatte längst Mitternacht geschlagen, als Gallardo den Weg nach San Gil einschlug. Ehe er die Kirche erreichte, traf er schon auf die «Kompanie der Juden», grimme Schwerbewaffnete, die, ungeduldig, ihren kriegerischen Geist zu zeigen, bei Trommelschlag auf der Stelle marschierten: junge und alte Leute, das Gesicht von den Schuppenketten der Helme eingerahmt, in kurzem weinrotem Rock, an den Beinen fleischfarbene, baumwollene Trikots und hohe Sandalen. Am Gürtel hing das römische Schwert und über einer Schulter, wie ein Gewehrriemen, die Schnur zum Tragen der Lanze.

Den blanken Degen in der Faust reckte sich eine martialische Persönlichkeit vor der Front der Legionäre.

«Donnerwetter!» sagte Gallardo hinter seiner Maske. «Auf mich wird kein Mensch achten. Dieser Kerl sticht alle aus!»

Der imposante Centurio war der «Hauptmann» Chivo, ein Zigeuner, der, treu der militärischen Disziplin, vor zwei Tagen Paris verlassen hatte, um sich an die Spitze seiner Kohorte zu stellen.

Ein Verstoß gegen diese Pflicht hieß für ihn auf den Hauptmannstitel zu verzichten, der auf den Plakaten aller Pariser Tingeltangel prunkte, in denen der Chivo und seine Töchter tanzten. Die älteste dieser graziösen Eidechsen mit großen schwarzen Augen und überschlanken Gliedern, deren diabolische Gelenkigkeit den Männern den Kopf verdrehte, machte ihr Glück, indem sie mit einem russischen Fürsten durchging, was die Pariser Zeitungen veranlaßte, tagelang von der Verzweiflung des «tapferen spanischen Offiziers» zu sprechen, der seine Ehre blutig rächen wollte, während man gleichzeitig in einem Boulevardtheater eine Operette mit dem Raub der Zigeunerin, Stierkämpfertänzen, Mönchschören und all den anderen obligaten Zutaten von echt spanischem Lokalkolorit inszenierte. Der Chivo einigte sich schließlich mit seinem Schwiegersohn zur Linken auf barer Grundlage und tanzte weiter in der Erwartung eines anderen Russen.

Doch immer wieder stimmte sein Hauptmannsrang sogar Menschen nachdenklich, die sonst über alles, was in der Welt vorgeht, genau orientiert waren. «Ah, so weit ist dieses Spanien also heruntergekommen, daß es seine alten Offiziere hungern läßt und seine Hidalgos dazu treibt, ihre Töchter auf den Brettern zur Schau zu stellen!»

Nahte der Gründonnerstag, so verabschiedete sich der Hauptmann Chivo von seinen Töchtern mit der Miene eines unnachsichtigen strengen Vaters.

«Mädchen, ich fahre! Die Kompanie wartet auf mich. Bleibt brav! Vor allem Sittsamkeit und Anstand...»

Als er einmal in der Nationallotterie 10000 Pesetas gewonnen hatte, verwendete er das ganze Geld für die Anschaffung einer würdigen Uniform, und das halbe Stadtviertel lief zusammen, um den Hauptmann zu sehen in seinem goldstrotzenden Waffenrock, fein ziselierten Harnisch und blinkenden Helm, von dem weiße Federn wie ein Wasserfall herabfluteten – ein fürstliches Kostüm, wie es sich eine betrunkene Rothaut ausdenken mochte. Bewundernd betastete man die goldenen Stickereien: Nägel, Hammer, Dornen, alle Attribute der Passion. Sogar die Schuhe waren mit unechten Steinen benäht.

Waffenklirrend rückte die Kompanie endlich unter Trommelwirbel ab. Vor allen Tavernen saßen mit offener Weste, den Hut weit zurückgeschoben, fröhliche Zecher, die den Hauptmann zum Trinken einluden. Ha! wenn er sich nicht im Dienst befände! Irgendeiner der Kneipbrüder eilte wohl auch auf den Damm, um ihm keck ein volles Glas unter die Federbuschkaskade zu halten. Doch der unverführbare Hauptmann wich zurück und setzte dem anderen die Degenspitze auf den Leib. Pflicht war Pflicht! In diesem Jahr sollte die Kompanie nicht schwanken!

Aber es wurde dem Hauptmann Chivo warm unter der Rüstung. Ein bißchen Wein konnte doch schließlich nicht die ganze Disziplin über den Haufen werfen. So nahm er ein Glas an, dann wieder eins, und nach kurzer Zeit marschierte seine Truppe in aufgelösten Reihen, bei jeder Kneipe einige Nachzügler zurücklassend.

Auch die Prozession zog ihren Weg mit althergebrachter Langsamkeit. Erst am nächsten Tag, mittags zwölf Uhr, kehrte die Macarena nach San Gil zurück, und so gebrauchte man für das Durchziehen der Stadt ebensoviel Zeit wie für eine Eisenbahnfahrt von Sevilla nach Madrid.

Als erste Gruppe kam die «Verurteilung unseres Herrn Jesus Christus»: Pilatus auf goldenem Thron, umringt von buntscheckigen Henkersknechten, die den traurigen Jesus bewachten, dessen Dornenkrone drei goldene Federn – Strahlen der Göttlichkeit – überragten. Doch trotz der Mannigfaltigkeit der Figuren fand diese Gruppe wenig Beachtung, denn hinter ihr nahte, von ohrenbetäubendem Beifallsjauchzen begrüßt, die Königin der Kleinen-Leute-Viertel, die wundertätige Jungfrau der Hoffnung, die Macarena.

Ihr riesiger, netzartig ganz mit Gold bestickter Mantel breitete sich nach rückwärts aus wie der gesenkte Schweif eines gigantischen Pfaus. Die Glasaugen blitzten und auf ihrem Körper gleißten Hunderte, vielleicht Tausende von Juwelen, ein Tau leuchtender Tropfen in allen Farben der Iris. Am Hals hingen zwischen Perlenschnüren goldene Ketten mit Dutzenden von Ringen, während auf das Obergewand goldene Uhren, Ohrgehänge aus Smaragden und prachtvolle Spangen mit wertvollen Edelsteinen aufgesteckt waren. Alle Frommen liehen der Macarena ihren Schmuck, um den Glanz ihrer Prozession zu erhöhen, und das Publikum, das genaue Rechnung über die jährlich wiederkehrenden Pretiosen führte, machte sich freudig auf neues Geschmeide aufmerksam.

Hinter der Jungfrau gingen die Macarener der Vorstädte und ihre ganze Sippschaft, vermengt mit jungen Burschen, die drohend derbe Knüttel schwangen, als müßten sie die Heilige gegen Respektlosigkeiten in Schutz nehmen.

Alle 50 Schritt wurde gerastet. Es eilte nicht und das Tagewerk war lang. Auch verlangten viele Bürger – besonders die Schankwirte –, auf ihr Recht als Einwohner des Macarena-Viertels pochend, einen kleinen Aufenthalt, um die Jungfrau genau betrachten zu können.

Ein Mann drängte sich atemlos durch die Menge bis zu den stabtragenden Würdenträgern der Brüderschaft.

«Macht halt! Hier ist der größte Sänger der Welt, der an die Jungfrau eine Saeta richten will.»

Auf einen Freund gestützt schwankte der größte Sänger der Welt vor die Statue, räusperte sich und begann mit rauher Stimme ein Lied, dessen Text jedoch in seinen Trillern unterging. Nur das Wort Mutter war bisweilen zu verstehen, und jedesmal, wenn er es sang, bebte seine Stimme vor Rührung, schluchzte mit dieser Sentimentalität volkstümlicher Poesie, die in der Mutterliebe ihre innigste Anregung findet.

Noch hatte er seine Saeta nicht zur Hälfte beendet, als sich schon andere Stimmen erhoben, bis die ganze Straße zum Schauplatz eines musikalischen Wettstreits wurde. Die meisten Sänger blieben in frommer Demut in der Menge verborgen, andere aber, stolz auf ihren «Stil», pflanzten sich direkt vor der Macarena auf.

Magere, ärmlich gekleidete Mädchen mit öltriefendem Haar falteten die Hände auf dem eingesunkenen Leib, um mit dünnem Stimmchen die Ängste der Mutter um ihren Sohn zu verherrlichen. Wenige Schritte weiter pries ein nach schmutziger Wäsche riechender bronzefarbener Zigeuner, den Hut mit beiden Händen vor sich hin haltend, verzückt das «Mütterchen seiner Seele», ermuntert von dem beifälligen Kopfnicken seiner andächtig lauschenden Kameraden.

Trommeln wirbelten, Trompeten gellten, Weingläser kreisten unaufhörlich zu Füßen der Macarena – der Schönen, der Einzigen –, der ungestüme Verehrer den Hut zu Füßen warfen, als huldigten sie einem hübschen Mädchen; und zweifelnd konnte man sich fragen, ob die gläubige Inbrunst überwog, mit der die Jungfrau besungen wurde, oder die heidnische Orgie, die ihren Umzug umbrauste.

Vor der Madonna schleppte ein stämmiger, barfüßiger Bursche ein drei Meter langes Kreuz. Setzte sich der Zug nach längerer Pause wieder in Bewegung, so halfen ihm mitleidige Seelen beim Aufladen seiner Bürde, während die Frauen gefühlvoll seufzten. Der Ärmste! Mit welch frommem Eifer erfüllte er sein Bußgelübde!

Alle erinnerten sich an sein ruchloses Verbrechen. Als vor drei Jahren am Karfreitagmittag die Jungfrau im Begriff stand, zur Kirche zurückzukehren, ließ dieser Sünder – sonst ein braver Bursche, aber seit 24 Stunden mit seinen Freunden beim Wein – die Statue vor einer Taverne auf dem Marktplatz halten. Erst sang er ihr sein Lied, brach dann aber, vom Enthusiasmus fortgerissen, in zärtliche Beteuerungen aus:

«Olé, die hübsche Macarena! Lieb hab ich dich; viel, viel lieber als meine Braut!»

Und um seine Worte zu bekräftigen, wollte er ihr den

Hut zuwerfen, wobei er jedoch vergaß, daß er statt seiner ein volles Weinglas in der Hand hielt, das klirrend am Gesicht der Madonna zerschellte.

Bitterlich weinend wurde er ins Gefängnis gebracht. Verfluchter Wein, der den Männern die Besinnung raubt! Zitternd dachte er an die Zuchthausstrafe, die ihn wegen Lästerung erwartete, doch seine tiefe Reue verschaffte ihm gewichtige Fürsprecher, und man gab sich mit seinem Gelöbnis zufrieden, eine außergewöhnliche Buße als abschreckendes Beispiel für andere Sünder verrichten zu wollen.

Keuchend wechselte er bisweilen das schwere Kreuz von einer geschwollenen Schulter zur andern, aber den Weinkrug, den man ihm als Labung bot, schlug er aus. Seine Augen flüchteten von dem duftenden Trank zur Jungfrau, der Zeugin seines Martyriums. Am nächsten Tag, wenn sie wieder in San Gil stand, ja, dann wollte er trinken, ohne Furcht und Zagen!

Endlich bog die Prozession in die berühmte Calle de las Sierpes ein. Zahllose elektrische Girlanden zogen sich quer über die Straße; alle Häuser waren strahlend erleuchtet, Balkone und Fenster schwarz von Köpfen.

Es war drei Uhr morgens. Doch wer dachte in dieser Nacht an Schlaf? Aus den Türen der Tavernen drang der leckere Geruch in Öl gebackener Fische und überall hörte man die fliegenden Händler Gebäck und Limonaden anpreisen. Die sittsamsten Frauen, die nach der Rosenkranzstunde nie mehr ihre Wohnungen verließen, ja, ganze Familien, die sonst kaum ans Licht kamen, hockten hier seit zwei Uhr nachmittags mit Kind und Kegel, um Prozession nach Prozession, schwarze und weiße, rote und grüne, blaue und violette Nazarener vorbeiziehen zu sehen.

Wenn die Statuen dann am Ende der langen Calle de las Sierpes die vor dem Rathaus errichteten Ehrentribünen erreicht hatten, begrüßten sie dort durch eine Kniebeuge ihrer Träger die nach Sevilla gekommenen Mitglieder des königlichen Hauses.

Neben jeder Tragbahre marschierten Burschen mit Wasserkrügen. Wurde angehalten, so hob sich sofort ein Zipfel der Drapierung, und zwanzig, dreißig purpurrote Köpfe erschienen, um der Reihe nach zu trinken. Es waren die muskelstarken Träger, die «Galicier», wie man in Sevilla jeden bezeichnete, der schwere Arbeit verrichtet, ganz gleich, ob die geographische Bezeichnung stimmt. Da sie viele, viele Stunden unter ihrer Bahre ausharren mußten, konnte es nicht ausbleiben, daß sie auch gewisse Bedürfnisse dort verrichteten, und manchmal, nach langem Halt, sah man die städtischen Angestellten schleunigst mit Sägemehl und Schaufeln herbeieilen.

Jesus war gestorben. Seinetwegen gingen die Frauen schwarzgekleidet, maskierten sich die Männer in abenteuerlichen Kapuzen. Die Kirchen kündeten es mit ihrer düsteren Stille, mit ihren Trauerschleiern an den Türen. Doch vergeblich klagten die kupfernen Trompeten über die größte aller Ungerechtigkeiten, den schimpflichen Tod des Gottessohnes. Die Natur ließ sich nicht bewegen, an diesem traditionellen Schmerz teilzunehmen. Sanft murmelte der Fluß weiter, ein schimmerndes Band zwischen schweigenden Feldern; die Orangen, Räucherschalen der Nacht, öffneten tausend weiße Kelche, um die Luft mit schwülem Duft zu tränken; die Palmen wiegten ihre Wedel über den maurischen Zinnen des Alcázar; die Giralda reckte sich, ein blaues Riesenphantom, nach den Sternen haschend, gen Himmel, und der Mond, trunken von der wonnigen Nacht, schien der von Frühlingstrieben und Säften schwellenden Erde zuzulächeln und dem flimmernden Netzwerk der Stadt, auf deren rötlichem Grund ein Ameisenhaufen kribbelte, der trank und sang, sich seines Lebens freute und einen weit, weit zurückliegenden Tod als Vorwand seines endlosen Festes nahm.

Vergeblich dröhnten die Tubas. Die Frühlingsnacht lachte und die Orangen dufteten verführerisch, als gäbe es nur eines: die Macht der Liebe, die das Leben schafft und es zu etwas Köstlichem gestaltet.

Vor einem Café saß Nacional mit seiner Familie. «Aberglaube und Rückschritt», grollte er. Aber von der Gewohnheit, alljährlich der Überschwemmung der Calle de las Sierpes durch die lärmenden Macarener beizuwohnen, konnte er doch nicht los.

Als er Gallardo an seinem Gang und der hohen, schlanken Figur erkannte, rief er ihm zu:

«Juaniyo, laß doch halten! Hier sind einige ausländische Damen, die sich die Jungfrau gern mal mit Muße ansehen möchten.»

Die geheiligte Plattform blieb stehen. Die Kapelle ging in einen flotten Marsch über, und sofort hoben die unsichtbaren Träger das eine Bein und dann das andere zum Tanz. Und die Madonna samt ihren Schmucksachen und Blumen, samt Laternen und dem gewichtigen Thronhimmel, tanzte mit im Takt der Musik. Wie viele mühsame Proben hatte diese Vorführung gekostet! Auf allen Seiten der Platte klammerten sich kräftige Burschen an, um sie bei allzu stürmischem Schwanken zu stützen, wobei sie, von ihrer eigenen Kraft und Geschicklichkeit begeistert, laut schrien:

«Hierher geschaut, ganz Sevilla! So etwas können nur die Macarener!»

Unter brausendem Beifall und Vivas auf die Heiligste Madonna setzte die Prozession ihren Triumphzug fort, nicht ohne bisweilen einige glorreiche Schlachtopfer auf dem Pflaster zurückzulassen.

Fern der Pfarrkirche, am anderen Ende der Stadt, überraschte sie die aufgehende Sonne. Ihre ersten Strahlen trafen unter der hochgeschlagenen Kapuze auf die fahlen Gesichter der Nazarener, deren beschmutzte weiße Gewänder und Handschuhe einen traurigen Anblick boten.

Ungesäumt setzte man die beiden Tragbahren mitten auf der Straße nieder und eilte in die benachbarten Wirtshäuser, um den Morgentrunk zu nehmen: keinen Wein, sondern den scharfen Schnaps von Cazalla.

Von der trutzigen Schar der Juden existierten nur noch elende Trümmer, und mit trüber Miene suchte der Hauptmann, dem der zerzauste Federbusch melancholisch herunterhing, seine Goldstickereien vor freundschaftlichen Berührungen zu wahren. «Respekt, bitte, vor der Uniform.»

Gallardo ging heim. Er hatte genug getan, und die Jungfrau würde es ihm sicher anrechnen. Außerdem bedurfte er dringend der Ruhe für die Ostercorrida.

Als ihn am Sonntagvormittag viele von außerhalb gekommene Aficionados besuchten, brachten sie eine interessante Neuigkeit mit. In einem Wald bei Córdoba hatten Gendarmen eine halbverweste Leiche mit zertrümmertem Kopf aufgefunden. Die Ladung Rehposten mußte aus nächster Nähe abgegeben sein, so daß nur Kleidung und Karabiner den Plumitas erkennen ließen.

Der Matador hörte schweigend zu. Von seinen Leuten wußte er, daß der Bandit zweimal während seines Krankenlagers in der Rinconada aufgetaucht war, um sich nach Gallardos Befinden zu erkundigen.

Armer Kerl! Also nicht im Kampf gefallen, sondern, wie er voraussagte, heimtückisch von einem seinesgleichen ermordet!

Als nachmittags der Wagen mit der Cuadrilla vorfuhr, zeigte Carmen ein tapferes Gesicht. Sie sah jetzt in der schweren Verwundung nichts als Gottes Fügung, die beiden Ehegatten wieder zusammenzubringen. Und ohne Tränen rief sie ihm zu: «Viel Glück!»

Mit finsterer Miene saß Nacional neben dem Maestro. An diesem Ostersonntag fanden die Wahlen statt, und bis zur letzten Minute hatte der Banderillero «für die Idee» gearbeitet. Oh, diese verfluchte Corrida, die die Ausübung seiner Staatsbürgerpflicht unterbrach und ihn hinderte, noch soundso viele Freunde zur Urne zu schleppen! Überdies war Don Rafael, als er mit der Beredsamkeit eines Tribunen gegen die betrügerischen Wahlmanöver der Gegenpartei heftig protestierte, samt dem Vorstand kurzerhand ins Gefängnis gesteckt worden. Wollte sich das Volk so etwas bieten lassen?

In der Nähe der Campana sahen die Toreros eine wilderregte Menschenmenge, mit drohend geschwungenen Stöcken, und Polizisten, die, den Säbel in der Faust, gegen sie vorrückten.

«Ah! Endlich! Die Revolution!» Schon erhob sich Nacional, um aus dem Wagen zu springen.

«Mach dich nicht lächerlich, Sebastián!» Halb belustigt, halb ärgerlich zog ihn der Espada gewaltsam auf seinen Sitz zurück. «Sicherlich ein ganz gewöhnlicher Krakeel.»

Er behielt recht. Das edle Volk von Sevilla, empört, weil es am Schalter der Campana keine Billetts mehr für die Corrida gab, bekundete Neigung, das Gebäude zu stürmen und in Brand zu stecken.

Rauschender Applaus begrüßte Gallardos Erscheinen in der Arena. Noch nie war ihm das Publikum so zugetan gewesen, und sogar seine Feinde wurden von dieser Woge der Sympathie mitgerissen. Armer Junge! Hatte soviel aushalten müssen!

Nach der Widmung vor der Präsidentenloge entfaltete er die Muleta, blieb aber in einiger Entfernung vom Toro stehen, anstatt ihm wie sonst das rote Tuch beinahe vor das Maul zu halten. Das Schweigen der Plaza verriet deutlich ihre Betroffenheit, trotzdem keine Bemerkung fiel. Wieder und wieder stampfte der Espada auf den Boden, um den Stier zu reizen, der schließlich ziemlich träge angriff, aber kaum das rote Tuch streifte, da der Torero mit offensichtlicher Übereilung beiseite sprang.

Das Publikum war verwundert. Was bedeutete das?

Neben Gallardo stand Nacional, ein paar Schritte weiter noch ein zweiter Mann aus seiner Cuadrilla. Doch vergeblich wartete man auf den Ruf: «Alles zurück.»

Auf den Tribünen entspannen sich erregte Diskussionen, so daß die Freunde des Matadors es für angebracht hielten, zugunsten ihres Idols einzuspringen. «Sehen Sie denn nicht, daß er noch immer mit dem Bein behindert ist? Eigentlich dürfte er überhaupt nicht kämpfen.»

Die Mäntel der beiden Banderilleros sicherten Gallardo bei jedem Gang. Ganz verwirrt stürmte der Toro zwischen den beiden Capas umher, und kaum nahm er die Muleta des Matadors an, so lenkte ihn auch schon der Mantel des einen oder des anderen ab.

Als wollte er diese peinliche Situation möglichst schnell beenden, stürzte sich Gallardo jetzt mit hocherhobenem Degen auf den Stier.

Ein mißmutiges Gemurmel wurde laut: nur zu einem Drittel eingedrungen, pendelte die Klinge haltlos hin und her.

«Ein guter Stich», lobten seine Anhänger, lebhaft klatschend. Doch die Kenner lächelten mitleidig. Der Junge war ja im Begriff, das einzige zu verlieren, was ihn vor den anderen auszeichnete: seine Verwegenheit. Hatten sie nicht gesehen, wie er beim Zustoßen instinktiv den Arm zurückzog? Das Gesicht abwandte, aus dem Gefühl heraus, sich vor der Gefahr verstecken zu wollen?

Der Degen fiel zu Boden. Einen anderen in der Hand ging der Matador, von seinen Banderilleros begleitet, wieder auf den Stier los.

Ein zweiter Stich derselben Art. Diesesmal blieb die Hälfte der Klinge draußen.

«Tatsächlich, er wagt sich nicht an die Hörner heran!» entrüstete man sich auf den Tribünen.

Umsonst kreuzte Gallardo die Arme, um dem Publikum zu verstehen zu geben, daß der zweite Stich genügte und der Stier jeden Augenblick zusammenbrechen müßte.

Der Toro blieb, den Kopf hin und her schüttelnd, auf den Beinen.

Jetzt griff Nacional ein. Das Tier fortgesetzt mit seiner Capa reizend, brachte er es in wilden Lauf, wobei er jede Gelegenheit benutzte, mit dem schweren Mantel auf den Nacken zu schlagen.

Erbost protestierten die Zuschauer gegen dieses Verfahren, den Degen tiefer hineinzubohren, schimpften den Banderillero einen niederträchtigen Schuft und belegten nach südlicher Art ihn und seine Mutter mit häßlichen Worten, die Zweifel an seiner ehelichen Geburt ausdrückten. Knüppel wurden geschwungen, Flaschen und Orangen nach dem Nacional geschleudert. Doch der, taub und blind für diesen Hagel von Schmähungen und Wurfgeschossen, trieb den Toro weiter, zufrieden, seinem Maestro helfen zu können.

Plötzlich brach ein Blutstrom aus dem Maul des Stiers. Schwerfällig legte er sich nieder, hielt aber den Kopf hoch, bereit, zu neuem Angriff aufzustehen. Doch schon näherte sich der Puntillero, um ihm mit dem Messer den Gnadenstoß zu geben, während Nacional sich scheinbar unabsichtlich auf den Degen stützte und ihn bis zum Griff eindrückte.

Außer sich vor Empörung sprang die ganze Sonnenseite von den Sitzen auf. «Schurke! Mörder!» gellte es, als wäre dem Toro nicht doch auf die eine oder andere Weise der Tod beschieden gewesen.

Geballte Fäuste drohten dem Banderillero, der schleunigst hinter die Schranken flüchten mußte.

«Ein übler Stier! Mit dem waren keine Lorbeeren zu holen», brachten Gallardos Anhänger vor. «Und jedenfalls hat er beide Male den Stich ausgezeichnet angesetzt.»

Der an die Barriere gelehnte Matador hörte diese Erklärungen. Aber in seinem Innern keimten grausame Zweifel auf, ein ihm bisher fremdes Mißtrauen gegen sich selbst.

Die Toros kamen ihm größer vor als sonst, sträubten sich außerdem mit unerhörter Zähigkeit, zu sterben. Vielleicht eine Intrige seiner Feinde? Hatte der Züchter seine schlechtesten Tiere ausgesucht?

Oder lag es an seinem Arm, der ihm im Moment des Zustoßens seltsam kurz vorkam? Früher traf er schnell wie ein Blitz auf den Nacken des Stiers – jetzt gähnte zwischen ihm und dem Toro eine schauerliche Leere, die er nicht zu überwinden vermochte. Auch seine Beine waren andere. Wie gelöst von dem übrigen Körper lebten sie ganz unabhängig ihr eigenes Leben. Vergeblich befahl ihnen sein Wille, ruhig und fest zu bleiben. Sie gehorchten nicht... schienen Augen zu haben, die die Gefahr sahen, und sprangen mit übertriebener Hurtigkeit davon, als spürten sie die Luftwelle, die der heranbrausende Stier verursachte.

Wut und Scham über sein Versagen richteten sich jetzt feindselig gegen das Publikum. Was wollten diese Leute von ihm? Sollte er sich zu ihrem Vergnügen töten lassen? Pah, er brauchte seinen Mut nicht mehr zu beweisen. Sein Körper trug genug Male blinder Tollkühnheit. Der Knochenschädel des Todes hatte ihm neulich zugegrinst, und er wußte nun – besser als andere –, was das Leben wert ist.

«Nach eurer Pfeife tanzen, he?» murmelte er höhnisch, die überfüllten Tribünen mit finsterem Blick betrachtend.

Nein, in Zukunft würde er kämpfen wie die meisten anderen Toreros: mal gut, mal schlecht. Unter den Espadas stand er an erster Stelle, also kam es für ihn nur noch darauf an, seine Chancen in jeder Corrida möglichst auszunutzen, aber – und das vor allem – sein Leben zu wahren.

Als das Signal für ihn ertönte, seinen zweiten Toro zu töten, wirkten diese Gedanken irgendwie beruhigend, und mit der alten Arroganz rief er seiner Cuadrilla zu: «Alles zurück!»

Doch das Publikum, das seine Worte mit beifälligem Gemurmel aufnahm, sah nicht, was es erwartete. Ebensowenig ließ sich Nacional abhalten, ihm auf den Fersen zu bleiben. Er hatte, an die theatralischen Posen der Matadore gewöhnt, gespürt, wie wenig ernst der Befehl gemeint war.

Von dem Mantel Sebastiáns gedeckt, machte der Espada verschiedene Pas, die deutlich seine Besorgnis zeigten. Als er nun einen Augenblick die Muleta senkte, beugte der Toro den Kopf wie zum Angriff, blieb aber dann auf derselben Stelle stehen. Der Matador jedoch ließ sich in übergroßer Vorsicht beirren und sprang eiligst einige Schritte – schon mehr Sätze – nach rückwärts.

So grotesk war die durch diesen unnötigen Rückzug geschaffene Situation, daß sie das Publikum zum Lachen reizte.

«Kss, kss, er faßt dich!» schrie eine ironische Stimme.

«Ach, jemine!» seufzte eine andere mit weiblicher Betonung.

Gallardo wurde zornrot. Das ihm! Und in der Arena von Sevilla! Er spürte ein wildes Verlangen, über den Stier herzufallen, mochte es ausgehen, wie Gott wollte. Aber Arm und Beine spotteten rebellisch seines Willens. Ein großer Teil des Publikums, dem diese Beleidigungen zu weit gingen, kam ihm zu Hilfe.

«Einen Mann, der von einem schweren Krankenlager kommt, behandelt man nicht derart. Das ist der Plaza von Sevilla unwürdig. Anstand, Caballeros!»

Der Matador nutzte diese Welle mitleidiger Sympathie schleunigst aus. Von der Seite gegen den Toro anlaufend, versetzte er ihm einen schrägen, verräterischen Stich, unter dem das Tier wie ein Stück Schlachtvieh zusammenbrach. Einige Zuschauer applaudierten, ohne zu wissen warum; andere pfiffen, während die große Masse in Schweigen verharrte.

«Hinterlistige Kanaillen hat man auf ihn losgelassen!» eiferte in seiner Loge Don José, obwohl er wußte, daß die Stiere aus der Zucht des Marquis stammten. «Abwarten, bis ihm wieder edle Toros vor die Klinge kommen!»

Zum erstenmal kostete Gallardo die Bitterkeit einer Niederlage. Kein froher Zuruf, keine Ovationen grüßten ihn. Nicht einmal der gewohnte Schwarm von Gassenjungen und Eckenstehern, die draußen das Ergebnis der Corrida erwarteten, folgte seinem Wagen, in dem die Cuadrilla trübselig, wie geschlagene Soldaten, saß.

Während der nächsten Tage hielt er es für richtig, sich möglichst viel in den Cafés und Clubs der Calle de las Sierpes zu zeigen, um durch seine Gegenwart jede Kritik verstummen zu lassen, und ganze Nachmittage verbrachte er auch in den so lange gemiedenen Lokalen, wo sich die einfachen Aficionados trafen.

Am wohlsten fühlte er sich in dieser Zeit am Spieltisch unter der «goldenen Jugend» Sevillas, die ihm, dem vornehmen Torero, sein Versagen nicht anrechnete.

Einmal nahmen ihn einige Clubmitglieder zu einem kleinen Fest in der *Eritaña* mit, das sie zu Ehren ihrer aus Paris eingetroffenen Freundinnen arrangiert hatten. Es lag diesen sehr eleganten Damen, die ihre etwas welke Schönheit künstlich außerordentlich zu heben wußten, viel daran, festzustellen, ob der berühmte Torero in Wirklichkeit so hübsch war wie auf den bunten Postkarten.

Man traf sich in dem großen Salon der *Eritaña*, deren arabischer Stil die Pracht der Alhambra nachzuahmen sucht. Sowohl politische Bankette als auch intime Orgien fanden in diesem, inmitten des Gartens erbauten Saal statt, wo man heute mit feuriger Beredsamkeit auf die Wiedergeburt des Vaterlandes anstieß, um sich morgen zur Begleitung der Gitarren im Tango zu wiegen, während in den Ecken Zärtlichkeiten ausgetauscht und Flaschen im Übermut zerschlagen wurden.

Die drei Damen, die Gallardo wie einen Halbgott empfingen, liebkosten ihn mit ihren Blicken und machten sich die Ehre streitig, neben ihm zu sitzen. Wie erinnerten sie ihn an die andere, die ferne! Dasselbe goldblonde Haar, dieselbe Eleganz, auch dieser verführerische Duft von parfümiertem Fleisch, der ihn wie eine Wolke einhüllte.

Wie immer bei solch nächtlichen Festen, die man mit der Absicht besucht, in allem über das Maß hinaus zu gehen, wurde unsinnig getrunken, um schnell in eine ausgelassene Stimmung zu kommen.

Als die Zigeuner von ihren melancholischen Volksliedern in andalusische Tänze übergingen, sprang eine der Damen auf den Tisch, um zu zeigen, was sie innerhalb weniger Tage in Sevilla gelernt hatte.

«Asaúra! Malaje ...» spotteten die ihren Tanz mit rhythmischem Händeklatschen begleitenden Señoritos, bewunderten aber gierigen Auges den eleganten Körper. Und sie, stolz auf ihre neue Kunst, nahm die unverständlichen Zurufe für Lob, bewegte die Hüften und hielt, nach oben blickend, ihre Arme wie die Henkel einer Amphora über dem Kopf.

Nach Mitternacht befand sich alles im Rausch. Die Frauen setzten jedes Schamgefühl beiseite und küßten den Espada nach Herzenslust ab. Auch Gallardo war trunken, doch seine Seele, trotz Trunkenheit, voll Trauer. Ah, die andere! Die mit dem echten Blond! Das künstliche Gold dieser Frisuren hier um ihn herum bedeckte ein sprödes, hartes Haar. Die Lippen schmeckten nach parfümiertem Fett, und seine Phantasie glaubte auf der duftenden Haut den Geruch gemeiner Abkunft zu wittern. Ah, die andere!

Ohne zu wissen wie, stand Gallardo draußen zwischen Lauben und dichtem Gebüsch. Feierliches Schweigen, das sich von den Sternen herabzusenken schien, füllte den Garten. Höllenschlünden gleich blitzten die rotleuchtenden Fenster des Salons, hinter denen Schatten wie schwarze Teufel hin und her huschten.

Eine Frau preßte seinen Arm zärtlich an sich, und er überließ sich – mit seinen Gedanken weit, weit fort – ihrer Führung, ohne sie auch nur anzusehen.

Eine Stunde später kehrte er in den Salon zurück, wo seine Begleiterin, in den Augen ein feindseliges Funkeln, mit ihren Freundinnen eifrig zu tuscheln begann. Geringschätzig wies ihr Finger auf ihn, und schließlich brachen alle drei in ein schallendes Gelächter aus. Oh, Spanien! Land der Enttäuschungen, in dem alles ein Märchen ist, sogar der Mut seiner Helden!...

Gallardo trank und trank – allein, denn die vorher so stürmischen Frauen drehten ihm jetzt den Rücken zu –, bis ihm ein sehr jugendlicher Graf, der zu Hause sein mußte, ehe seine Mutter zur Frühmesse ging, einen Sitz in seinem Wagen anbot.

Doch die frische Nachtluft ernüchterte ihn nicht, und als sein Freund ihn an seiner Straße absetzte, ging er taumelnden Schritts auf sein Haus zu. Schon nahe beim Tor stützte er sich mit beiden Händen gegen die Wand und legte den Kopf auf seinen Arm, als wäre die Bürde seiner gewichtigen Betrachtungen zu schwer geworden.

Seine Freunde, das Fest in der *Eritaña*, die drei Französinnen – alles hatte er vergessen. Von der anderen haftete noch etwas in seiner Erinnerung, aber unbestimmt, in irgendeinem dunklen Winkel vergraben. Und plötzlich, mit einem dieser kapriziösen Gedankensprünge, wie sie die Trunkenheit gebiert, füllten einzig und allein die Corridas sein Hirn.

War er nicht der tapferste Torero der Welt? So beteuerten Don José und alle seine Freunde, folglich mußte es wahr sein. Am Ostersonntag? Pech! Scheußliches Pech! Doch das konnte jedem passieren. Aber beim nächstenmal, ah! Stolz auf die allmächtige Kraft, die ihm der Rausch verlieh, sah er in allen Stieren, ob andalusischen, ob kastilischen, nichts als erbärmliche Ziegenböcke, die er mit einem Hieb seiner Hand abtun konnte.

Die Sache am Sonntag? Sch...windel, wie sich Nacional auszudrücken pflegte. «Dem besten Sänger entschlüpft mal ein Mißton!»

Und dieser aus dem Mund ehrwürdiger Patriarchen der Stierfechtkunst an unglücklichen Corridatagen oft gehörte Aphorismus machte ihm Lust, zu singen. Noch immer den Kopf auf den Arm gestützt, begann er:

«Juan Galla-a-ardo ist ein Held,
Der erste Ma-a-atador der Welt!»

Da er nichts weiter zu improvisieren vermochte, wiederholte er mit heiserer Stimme immer dieselben Worte, die das Schweigen der einsamen Straße empfindlich störten und ein paar Wachhunde zum Bellen reizten.

Das väterliche Erbe wurde in ihm lebendig: die Manie zu singen, die der selige Flickschuster zeitlebens von seiner wöchentlichen Kneipfahrt heimgebracht hatte.

Jetzt öffnete sich das Haustor, und Garabato steckte, noch halb schlafend, den Kopf heraus, um den Betrunkenen zu sehen, dessen Stimme ihm so bekannt klang.

«Ah, bist du es?» rief Gallardo. «Geh schlafen, Garabato. Ich habe noch viel zu erledigen.»

Was, wußte er selbst nicht. Doch sein Arbeitszimmer mit all den Zeugen seines Ruhms zog ihn an.

Die elektrischen Birnen flammten auf, und der in der Mitte des Raums auf schwankenden Füßen stehende Espada ließ seinen Blick bewundernd über die Wände schweifen.

«Sehr gut... aber ausgezeichnet!» lallte er. «Dieser tapfere Bursche da bin ich... da auch... dort nochmals... und überall Juan Gallardo. Verdammt noch mal! Bin ich nicht der erste Torero der Welt?»

Taumelnd ging er bis zum Schreibtisch. Sein starrer Blick fiel auf den riesigen Stierschädel.

«Holla! 'n Abend, mein Lieber! Was machst du da? Muh... Muh!»

Er hatte vergessen, wie der zottige Kopf mit den drohenden Hörnern dorthin gekommen war. Erst allmählich erkannte er ihn wieder.

«Ha, du bist es, Kanaille! Deinetwegen pfiffen mich die Leute aus, warfen mit Flaschen nach mir, sprachen sogar schlecht von meiner armen Mutter. Und du freutest dich darüber, nicht wahr, du Schamloser?»

Blinzelten die Glasaugen nicht spöttisch zu ihm herunter? Zuckte nicht ein boshaftes Lächeln um das lackierte Maul?

In dem bisher gutmütig polternden Betrunkenen stieg die Wut auf. Das elende Vieh wagte noch, ihn auszulachen? Diese Sorte perverser Stiere, verschlagen und voller Berechnung, die sich über den Matador lustig zu machen schienen, waren schuld daran, wenn ein anständiger Torero in den Dreck gezogen wurde. Ah, wie Gallardo sie haßte!

«Du lachst immer noch, Sohn einer Hündin? Verflucht sollst du sein! Verflucht auch die Kuh, die dich warf, und der Schuft von deinem Herrn, der dir zu fressen gab! Hoffentlich sitzt er im Zuchthaus. Wie? Du schneidest mir weiter Fratzen?»

Er öffnete eine Schublade und hob den Arm.

Päng! Päng!

Eines der Glasaugen spritzte in Splitter, und auf der Stirn wurde zwischen versengten Haaren ein rundes schwarzes Loch sichtbar.

MITTEN IM FRÜHLING SCHLUG DAS WETTER MIT der launischen Unbeständigkeit des Madrider Klimas plötzlich um. Kälte trat ein. Vom grauen Himmel goß es, in die heftigen Regenschauer mischten sich vereinzelte Schneeflocken, und die schon sommerlich leicht gekleideten Menschen öffneten Schränke und Truhen, um die warmen Wintermäntel wieder hervorzuholen. Trübselig ließen die neuen weißen Sommerhüte ihre vom Regen aus der Form gebrachten Krempen hängen.

Seit vierzehn Tagen hatte kein Stiergefecht mehr stattgefunden. Der Pächter der Arena, das Heer von Angestellten der Plaza und unzählige Aficionados spähten nach dem Himmel mit der Unruhe des Bauern, der für seine Ernte fürchtet. Blinzelten um Mitternacht, wenn sie ihr Café verließen, einige Sterne am dunklen Himmel, so meinten sie zuversichtlich: «Es klärt sich auf. Übermorgen haben wir Corrida!» Doch die Wolken ballten sich, Grau in Grau, von neuem zusammen – es triefte weiter. Unglückseliges Land! Sogar die Stierkämpfe wurden ihm unmöglich gemacht!

Gallardos Cuadrilla beklagte sich bitter über diese erzwungene Untätigkeit. An irgendeinem anderen Ort Spaniens hätten sie sich gleichmütig damit abgefunden, denn überall, außer in der Residenz, mußte der Espada ihre Hotelunkosten bezahlen. So aber drückten sich Banderilleros und Picadores in der armseligen Pension einer Torerowitwe herum, sparten am Tabak, mieden die Cafés und dachten bekümmert, daß die Handvoll Duros, die sie für die drei Corridas in Madrid erhielten, bis dahin längst aufgezehrt sein würden. Auch der Espada war schlecht gelaunt, aber nicht wegen des Wetters. Sein erstes Auftreten in Madrid hatte einen kläglichen Verlauf genommen. Noch blieben ihm Anhänger mit unerschütterlichem Glauben, doch – bisher laut und aggressiv in ihren Beifallsäußerungen – applaudierten sie jetzt nicht ohne eine gewisse Zaghaftigkeit. Dafür behandelte ihn die große, blutdürstige Masse des Publikums mit schreiender Ungerechtigkeit. Was man bei anderen Matadoren duldete, war ihm untersagt.

Zu oft hatte sie ihn gesehen, wie er, den Tod verachtend, auf die Toros losging. So sollte er bleiben – um jeden Preis! –, und die Menge, nicht gewillt, sich mit seiner Vorsicht abzufinden, kritisierte unnachsichtig jede Bewegung, bei der sie Mangel an Bravour vermutete. Hielt er dem Stier die Muleta aus einiger Entfernung entgegen, hieß es sofort: «Er wagt sich nicht ran, hat Angst.» Und ein einziger Schritt nach rückwärts genügte, um einen Schwall niederträchtiger Redensarten zu entfesseln.

Sein Mißerfolg bei der Ostercorrida in Sevilla schien in ganz Spanien bekanntgeworden zu sein. Jetzt rächten sich seine Feinde für lange Jahre stummen Neides, und Rivalen, die, um ihm nicht nachzustehen, so häufig gezwungen waren, sich gleichfalls blindlings in die Gefahren zu stürzen, verbreiteten mit heuchlerischem Mitleid die Kunde von Gallardos Zusammenbruch. Vorbei der große Mut! Und das leicht beeinflußbare Publikum empfing den Torero, sobald er die Arena betrat, mit scheelen Blicken, besessen von dem Vorurteil, alles bei ihm schlecht zu finden, genau wie es früher sogar für seine Mängel Applaus gehabt hatte.

Auch wenn es ihm gelang, einen Toro wie in früheren Zeiten niederzustrecken, ertönte der Beifall schwächer. Die Fühlung mit dem Publikum war zerrissen, und selbst seine seltenen Triumphe brachten ihm versteckt Verweise ein:

«So solltest du es immer machen! Nur nicht betrügen...»

«Er läßt sich bisweilen etwas gehen», entschuldigten ihn seine Anhänger.

«Aber wenn er will!»

Ach, Gallardo wollte immer. Doch die Erfolge, die seine Freunde seinem Willen zuschrieben, verdankte er dem Zufall oder glücklichen Umständen.

Ingrimmig dachte er an die ihm zuteil gewordene Behandlung auf verschiedenen Plazas der Provinz. Jedesmal, wenn er den Degen nicht gänzlich in den Stier versenkte, rasselten Kuhglocken, wurden Hörner geblasen – ein wahrer Höllenlärm, von dem ihm noch die Ohren gellten.

Das Publikum von Madrid hatte seinem Kommen mit gemischten Gefühlen entgegengesehen. Doch gleich in der ersten Corrida brach der Skandal los. War das Gallardo? War das der «Knabe von Sevilla», der es jetzt nicht fertigbrachte, den Stier festen Fußes zu erwarten?

In seiner Eigenliebe empfindlich verletzt, wünschte der Matador ungeduldig die zweite Corrida herbei, denn ohne einen Erfolg in Madrid konnte er sich nicht mehr in der Provinz sehen lassen. Er mußte sich das nächste Mal zusammenreißen, mußte unbedingt dieses Gefühls Herr werden, das ihn die Stiere größer, fürchterlicher als früher sehen ließ.

Mit der Angst des populären Mannes, der seinen Nimbus verblassen sieht, zeigte sich Gallardo überall, wo die Aficionados zusammenkamen. Im Café *Inglés*, dem Stammlokal aller Anhänger der andalusischen Toreros, schnitt er selbst das heikle Thema an und äußerte mit einer Demut, die sogar unerbittliche Kritiker entwaffnete:

«Es stimmt, ich war neulich miserabel. Aber warten Sie die kommende Corrida ab. Ich werde alles tun, was in meinen Kräften steht.»

In etliche Cafés an der Puerta del Sol wagte er sich nicht hinein, denn hier trafen sich die gebürtigen Madrider, Gegner der andalusischen Schule und seit vielen Jahren darüber erbittert, daß alle Matadore von Córdoba oder Sevilla stammten, ohne daß die Hauptstadt ihnen einen Repräsentanten gegenüberzustellen vermochte, der wie Frascuelo seligen Angedenkens diesen andalusischen Affen mit ihren Tanzschritten zeigen konnte, was es heißt, den Toro «anzunehmen».

Ab und zu winkte ihnen eine leise Hoffnung: ein echter Madrider, der sich im Kampf mit Jungstieren auf den kümmerlichen Plazas der spanischen Marokkoküste einige Lorbeeren gepflückt hatte, sollte die Arena der Hauptstadt betreten.

Sein Name ging von Mund zu Mund. In den Barbierstuben der unteren Stadt prophezeite man ihm die größten Triumphe, und der kommende Mann mußte in jeder Taverne ein Gläschen nehmen. Die unbegüterten Aficionados aber, denen das Eintrittsgeld der Plaza unerschwinglich war und die statt dessen ihre Weisheit aus dem sofort nach jeder Corrida erscheinenden Fachblatt *El Enano* saugten, hielten es für ihre Pflicht, ihm mit ihrer Erfahrung zur Seite zu stehen.

«Halte dich an uns», redeten sie ihm zu. «Wir sind es, die immer zuerst den neuen Maestro entdecken!»

Doch die Zeit verging, ohne daß sich die Weissagungen erfüllten. Der Held blieb entweder als Leiche in der Arena, mit vier Zeilen als ganzem Nachruf, oder versagte vollkommen nach der ersten Verwundung, um dann die Schar der Tagediebe zu vermehren, die an der Puerta del Sol mit dem Zopf paradieren und angeblich auf Engagements warten. Und von neuem erhofften die Aficionados – wie die Juden den Messias – das Kommen von Madrids glorreichem Matador.

Schlenderte Gallardo abends durch die Calle de Sevilla, so wurde er häufig von den Vagabunden der Zunft angeredet, die dort in Grüppchen herumstehen, sich ihrer Heldentaten rühmen und untereinander von den Matadoren mit der Erbitterung Enterbter sprechen.

Sie nannten ihn Maestro oder Señor Juan, baten aber fast alle nach allerhand Winkelzügen um einige Pesetas. Ohne Ausnahme sauber und nett gekleidet, mit einer Pose, als wären sie übersättigt von jedem Vergnügen der Welt, trugen sie einen geradezu skandalösen Schmuck unechter Ringe und Ketten. Unter ihnen gab es anständige, biedere Burschen, die in der Arena weiterzukommen hofften, um so für ihre Familien etwas mehr zu erübrigen. Andere, mit wenig Skrupeln behaftet, besaßen treue Freundinnen, die einem schwer zu bezeichnenden Gewerbe nachgingen und gern für einen hübschen Burschen, der möglicherweise eines Tages berühmt war, sorgten.

All ihr Hab und Gut am Leib, stolzierten sie vom Morgen bis zum Abend im Zentrum Madrids umher, faselten von abgelehnten Kontrakten und suchten herauszubekommen, wer über genügend Geld verfügte, um die anderen einladen zu können. Gelang es einem, für eine Provinzcorrida mit Jungstieren verpflichtet zu werden, so mußte er zunächst sein Kampfkostüm im Pfandhaus einlösen: meist ein ehrwürdiges Stück, das schon vielen Helden gedient hatte, mit verblaßtem, grünspanüberzogenem Gold – Theatergold nennen es die Kenner – und vielfachen Flicken auf der schillernden Seide. Manche genossen einen besonderen Respekt. Einer, der vor jedem Stier auskniff, warf mit tödlicher Sicherheit sein Messer. Einem anderen war es eingefallen, eine Diskussion durch einen Fausthieb zu beenden, der seinem Widerpart das Leben kostete. Und der berüchtigte Tragasombreros machte von sich reden, als er eines Abends in einer Kneipe von Vallecas einen in Stücke geschnittenen, dann in Öl gebackenen korduanischen Filzhut verspeiste, mit Wein nach Belieben, um die einzelnen Häppchen hinunterzuwürgen.

Drei oder vier mit gewandten Manieren, besonders gut angezogen und stets frisch rasiert, begleiteten Gallardo in der Hoffnung, zum Essen eingeladen zu werden, manchmal auf seinen Spaziergängen.

«Mir geht es ganz gut, Maestro», flunkerte ein hübscher Junge. «Man kommt ja wenig in die Arena bei den schlechten Zeiten, aber mir hilft mein Gönner, der Marquis von Moraima. Sie kennen ihn wohl.»

Und während Gallardo etwas eigentümlich lächelte, suchte der niedliche Torero in seinen Taschen.

«Er schätzt mich sehr. Sehen Sie sich mal an, was er mir aus Paris mitgebracht hat», renommierte er weiter und hielt ihm ein Zigarettenetui hin, auf dessen Deckel über einer zärtlichen Widmung zwei Emailleengel ihr rosiges Fleisch zeigten.

Andere wieder, stattliche, arrogante Burschen mit dreisten Augen, sprachen dem Espada ganz ungeniert von ihren Liebesabenteuern.

Bei schönem Wetter gingen sie auf Raub aus – vormittags, wenn die Erzieherinnen der vornehmen Häuser ihre Zöglinge auf der Castellana-Promenade spazieren führten. Englische Misses und deutsche Fräuleins, die nach Madrid ekommen waren, den Kopf voll phantastischer Ideen über dieses romantische Land und jeden hübschen, glattrasierten Mann im breitkrempigen Hut für einen Torero hielten.

«Wissen Sie, Maestro, diese Mädchen sind so fade wie Brot ohne Salz. Und wenn Sie ihre großen Füße und das flachsgelbe Haar sähen! Kein Wort verstehen sie von unserer Sprache, und was man auch sagen mag, sie lachen unausgesetzt, zeigen schneeweiße Zähne und reißen die Augen auf. Aber das Zeichen des Geldzählens kennen sie, und da man Caballero ist, sich auch, Gott sei Dank, immer gut benimmt, so geben sie einem gern das Geld für Zigaretten und kleine Ausgaben. Ich habe jetzt drei an der Hand.»

Dann gab es noch eine Kategorie, die sich den ausländischen Varietékünstlerinnen widmete, lebhaften Französinnen mit Stupsnäschen, deren ätherische Schlankheit unter den wippenden Rüschen ihres Röckchens kaum etwas Greifbares bot; massiven Deutschen, blond und imposant wie Walküren; Italienerinnen mit schwarzem, öligem Haar, brünettem Teint und tragischem Blick.

«Sie ahnen nicht, Maestro, was das für Weiber sind! Die ganze Nacht scharmutzieren sie mit dem Zöpfchen, als ob man nicht etwas Besseres hätte. Und Kapricen! Man muß aus dem Bett heraus, einen Stuhl als Toro mitten im Zimmer aufstellen und ihn dann mit einem Laken reizen, schließlich auch noch mit dem Finger Banderillas setzen. Und da sie aus Gewohnheit jeden Christenmenschen, der in ihre Nähe kommt, ausplündern, so geht es in ihrem Kauderwelsch, das der liebe Gott verstehen soll, gleich los: ‹Liebster Torerobräutigam, schenkst du mir auch eine deiner Capas? So eine von oben bis unten mit Gold bestickt? Denk mal, wie fein ich beim Tanz darin aussähe!› Als kaufte unsereins die Capas wie Zeitungen und hätte sie dutzendweise herumliegen!»

Natürlich versprach der generöse kleine Torero die Capa. Und in Erwartung des prunkvollen Geschenks wurde die Intimität enger und enger. Der «Bräutigam» machte Anleihen bei seiner Freundin, versetzte, falls sie kein Geld hatte, eins ihrer Schmuckstücke und beschlagnahmte, was nur irgend erreichbar war. Protestierte sie aber gegen derartige Freiheiten und versuchte sie, den Liebestraum zu beenden, so demonstrierte ihr der Held die Heftigkeit seiner Gefühle durch eine derbe Tracht Prügel.

«Richtig», pflichtete Gallardo bei. «Je härter die Hand, desto lieber wirst du ihr sein. Das Schlimmste, was einem passieren kann, ist, sich vor den Frauen zu demütigen.»

Wie eine Klette aber hing an dem Espada ein Wirt aus der Vorstadt, ein untersetzter, muskulöser Galicier mit kurzem Hals und rotem Gesicht, dem sein sonntags von Dienstmädchen und Soldaten besuchtes Tanzlokal ein kleines Vermögen eingebracht hatte.

Sein Ehrgeiz war, aus dem einzigen, bleichsüchtigen, schwächlichen Sohn einen großen Matador zu machen.

«Der Kleine hat Anlagen, Señor Juan, darin kenne ich mich aus. Einen ganzen Haufen Geld verausgabte ich schon, um ihn vorwärtszubringen; aber was ihm fehlt ist ein berühmter Protektor. Wenn Sie einer Corrida mit Jungstieren, in der mein Junge einen oder zwei Stiere töten dürfte, präsidieren wollten, strömte ganz Madrid zur Plaza. Für die Unkosten käme ich natürlich auf.»

Aus dieser Bereitwilligkeit, für alle Unkosten aufzukommen, waren dem braven Schankwirt zwar schon große Verluste erwachsen, doch sein Geschäftssinn tröstete sich mit Rieseneinnahmen der Zukunft.

Der arme Bengel, der wie alle Jungens für Stierkämpfe geschwärmt hatte, wurde zu einem Opfer des väterlichen Enthusiasmus, dessen unerschütterlicher Glaube an die Berufung seines Sohns zum Torero jeden Tag neue Fähigkeiten bei ihm entdeckte. Seinen Kleinmut nahm er für Faulheit, seine Angst für fehlenden Ehrgeiz. Ständig umwimmelte den Kneipenwirt ein Schwarm von Parasiten, die ihn mit guten Ratschlägen überhäuften, um dafür gratis zu trinken und ihn gelegentlich anzupumpen.

Ohne den Sohn nach seiner Meinung zu fragen, organisierte er Corridas für obskure Plazas wie Tetuán und Vallecas, wo jeder, der Lust verspürte, sich vor ein paar hundert Zuschauern von einem Stier auf die Hörner nehmen oder unter die Füße treten lassen konnte. Aber nicht etwa umsonst! Der Pächter der Arena stellte sie nur gegen Vorausbezahlung aller Sitze zur Verfügung.

Der wackere Vater verteilte die Billette unter seinem Anhang, formierte auch eine Cuadrilla aus den Zopfträgern an der Puerta del Sol, die in ihren Straßenanzügen auftraten, während sein Sohn in einem blendenden Torerokostüm paradierte.

«Siebentausend Reales hat es gekostet, vom besten Schneider Madrids gearbeitet! Darin muß der Junge doch etwas leisten können.»

Während der Corrida blieb der tüchtige Wirt in dem Gang hinter der Barriere, um den Torero durch seine Gegenwart und einen mächtigen Knüppel anzufeuern. Ruhte der Junge mal an den Schranken aus, so reckte sich über ihm sofort das rote, gedunsene Gesicht seines Vaters und der Knopf des dicken Spazierstocks.

«Gebe ich dafür mein Geld aus, daß du dir zufächelst wie eine Señorita? Marsch in die Mitte und leiste was! Ah, wenn ich jünger und leichter wäre!»

Aber das Schlimmste sollte für den armen Torero noch kommen: die Rückkehr nach Hause.

«Hier hast du deinen Lümmel!» fuhr der Alte seine ängstlich herbeieilende Frau an. «Wie ein Klotz stand er in der Arena.»

Wieder hob sich der schreckliche Knüppel, so daß der in Seide und Gold gekleidete Jüngling, der noch vor kurzem zwei Jungstiere ermordet hatte, einen Arm schützend vor den Kopf legte. Die Mutter trat dazwischen.

«Aber siehst du nicht, daß er verwundet ist?»

«Verwundet!» wiederholte ihr Mann mit Bitterkeit. «Das gibt es nur bei echten Toreros. Wasch dem Ferkel die Hose aus, dann weißt du, was ihm passierte.»

Doch nach wenigen Tagen kehrte sein Vertrauen in die

Zukunft zurück. Sogar berühmte Matadore hauten mal daneben. Also weiter in der Karriere. Und schließlich gelang es ihm, seinen Sohn in einer Corrida mit Jungstieren auf der Plaza von Madrid auftreten zu lassen, wo der Zufall es wollte, daß der Junge recht und schlecht zwei Tiere tötete, vom Publikum, dank den Freibilletts, warm applaudiert.

Als der frischgebackene Espada die Plaza verließ, erschien sein Vater an der Spitze einer lärmenden Schar. Alles, was draußen herumlungerte, hatte er zusammengetrommelt. Eine halbe Peseta pro Kopf – dafür mußten sie schreien: *«Viva el Manitas!»*

Der Manitas, noch bebend von der eben erst überstandenen Gefahr, wurde im Triumph heimgebracht. Doch wehe, wenn die Ovationen abschwächten! Sofort eilte der Alte, erbost wie ein Käufer, der schlechte Waren erhält, an die Spitze des Zugs, um die Begeisterung von neuem zu entfachen. *Viva el Manitas!*

«Auf den Schultern trugen sie ihn nach Hause, gerade wie es Ihnen, Señor Juan, so oft passiert, womit ich aber bei Gott keinen Vergleich anstellen will. Ach, wenn Sie ihn doch ein wenig protegieren wollten!»

Und um ihn loszuwerden, gab Gallardo vage Versprechen für den Herbst.

Eines Abends, als der Espada in die Calle de Alcalá einbog, prallte er überrascht einen Schritt zurück. Aus einem Wagen vor dem *Hotel de Paris* stieg eine blonde Dame. Doña Sol! Ein Herr, anscheinend ein Ausländer, reichte ihr helfend die Hand, wechselte noch einige Worte mit ihr und ging dann weiter, während sie das Hotel betrat.

Kein Zweifel, es war Doña Sol! Und kein Zweifel hinsichtlich der Art ihrer Beziehungen zu jenem Fremden! So hatte sie auch ihn angesehen, so auch ihm zugelächelt bei ihrem Ritt über die stillen, von dem sanften Rot des Sonnenuntergangs beleuchteten Weiden Andalusiens.

In sich gekehrt, verdrossen, saß der Matador noch einige Stunden mit seinen Freunden zusammen. Er verbrachte eine unruhige Nacht. Als er aufstand, drang durch die Balkonfenster das graue Licht eines trüben Tages. Mit Schneeflocken gemischter Regen fiel. Alles schwarz: der Himmel, die Hauswände gegenüber mit den tropfenden Regentraufen, unter ihm das schmutzige Straßenpflaster, die wie Spiegel blitzenden Verdecke der Wagen und die eilenden Kuppeln der Regenschirme.

Elf Uhr. Ob er Doña Sol besuchte? Warum nicht? Am vergangenen Abend hatte er diese Idee als eine Erniedrigung zornig zurückgewiesen, aber über Nacht war sein Wille schwach geworden.

«Warum nicht?» wiederholte er laut und fuhr, seine Inkonsequenz entschuldigend, fort: «Was kann ich für meine Treue?»

Ah, diese Frau! Als er sie verlor, zerbrach sein Leben. Sie, nur sie, trug die Schuld an seinem Versagen in der Arena. Mit ihr mußten die Zeiten des Ruhms wiederkehren. Aber würde sie zu ihm zurück wollen?

Vielleicht war sein Wunsch, sich ihr zu nahen, eine jener spontanen Eingebungen, die ihn so oft in der Arena gerettet hatten. Wenn Doña Sol ihn jetzt nach so langer Trennung sehen würde, wer weiß!... Und Gallardo ging, auf sein gutes Glück bauend, zu dem nahe gelegenen *Hotel de Paris*.

Mehr als eine halbe Stunde mußte der Matador in einem Sessel des Vestibüls unter den neugierigen Blicken der Angestellten und Hotelgäste warten, bis ihn ein Page zum Fahrstuhl bat und zu einem Salon im ersten Stock führte. Durch die Fenster sah er auf die düstere Puerta del Sol und den weiten Platz, dessen blinkenden Asphalt endlose Reihen Autos und Straßenbahnwagen mit lärmenden Signalen kreuzten, um die regengepeitschten Fußgänger zu warnen.

Eine Tapetentür öffnete sich. Seidenrauschend, in einem

exotischen Kimono und goldenen Pantoffeln, ganz wie bei seinem ersten Besuch in ihrem Haus, erschien Doña Sol. Schön wie in Sevilla! Nein, noch schöner, noch verführerischer nach dieser langen Trennung.

«Wie geht es Ihnen, Gallardo? Ich sah Sie neulich.»

Sie! Dieses kalte, höfliche «Sie», das ihn mit irgendeinem ihrer Bekannten auf die gleiche Stufe stellte, brachte den Espada zur Verzweiflung.

Doña Sol erzählte, daß sie mit einem Ausländer, dem sie Spanien zeigen wollte, seine erste Corrida in Madrid besucht hätte.

Dann saßen beide da, ohne zu wissen, wovon sie reden sollten.

«Ihr Unfall damals war wohl nicht schlimm?» brach Doña Sol nach einer Weile das Schweigen.

Gallardo empörte der gleichgültige Ton, mit dem sie fragte. Und er? Er hatte in jener Zeit, als er zwischen Leben und Tod schwebte, nur an sie gedacht. Unwirsch berichtete er von seiner schweren Verwundung und von der langen, den ganzen Winter währenden Rekonvaleszenz.

Mit gemachtem Interesse hörte sie zu, doch die Augen verrieten ihre Teilnahmslosigkeit. Was gingen sie auch die Unfälle dieses Toreros an? Das brachte schließlich sein Metier mit sich.

Als Gallardo auch auf die in der Rinconada verlebte Erholungszeit zu sprechen kam, trat ein Bild der Vergangenheit vor seine Augen, das Bild eines Mannes, den sie zusammen dort gesehen hatten.

«Plumitas! Erinnern Sie sich seiner noch? Er wurde erschossen.»

«Ah, dieser plumpe Bauer, der mit uns frühstückte? Im Grunde weiter nichts als ein gemeiner Wegelagerer! Erst aus der Entfernung erkennt man den wahren Wert von allem.»

«Armer Plumitas!» meinte Gallardo. «Mit welcher Rührung nahm er beim Abschied Ihre Rose entgegen!»

In Doña Sols Augen trat aufrichtiges Erstaunen.

«Sind Sie sicher? Ganz sicher? Ich schwöre Ihnen, daß ich nichts mehr davon weiß. Oh, dieses sonnige Land mit seinem berauschenden Zauber! Die Torheiten, die man dort begeht!»

Ihre Stimme klang, als schämte sie sich ein wenig. Doch gleich darauf lachte sie:

«Wahrscheinlich verwahrte dieser arme Bursche meine Rose bis zum letzten Moment, nicht wahr, Gallardo? Sagen Sie nicht nein. Die einzige Blume, die man ihm in seinem ganzen Leben schenkte. Und möglicherweise fand man auf seiner Leiche die vertrocknete Rose, ein mysteriöses Andenken, das niemand erklären konnte. Wissen Sie darüber nichts, Gallardo? Stand nichts in den Zeitungen? Schweigen Sie, zerstören Sie mir nicht meine Illusionen. So war es! Ich will, daß es so war. Armer Plumitas! Welch interessanter Mann! Wie konnte ich nur die Rose vergessen! Ich muß es meinem Freund erzählen, der über Spanien zu schreiben beabsichtigt.»

Die Erinnerung an Plumitas stimmte den Espada traurig. Mit Augen, die um Mitleid flehten, blickte er die schöne Frau an.

«Doña Sol! Doña Sol!» murmelte er, als wollte er ihr die Grausamkeit ihres Handelns vorwerfen.

«Was gibt's, mein Freund?» fragte sie lächelnd. «Was haben Sie?»

Durch die Ironie, die in ihren Augen aufflackerte, eingeschüchtert, senkte Gallardo den Kopf. Plötzlich aber richtete er sich auf wie jemand, der einen Entschluß gefaßt hat.

«Wo waren Sie während all dieser Zeit, Doña Sol?»

«In der Welt herum. In einer Unzahl von Städten, die Sie nicht einmal dem Namen nach kennen.»

«Und dieser Ausländer, der Sie begleitet, ist...?»

«Ein Freund», antwortete sie kühl. «Ein Freund, der so gütig ist, mich zu begleiten und dabei die Gelegenheit wahrnimmt, Spanien kennenzulernen – ein Mann, der sehr viel gilt und einen berühmten Namen trägt. Sobald er die hiesigen Museen besichtigt hat, gehen wir nach Andalusien. Was wünschen Sie noch zu wissen?»

Aus dieser in hochmütigem Ton gestellten Frage klang ihr rücksichtsloser Wille, den Torero in geziemender Distanz zu halten, die soziale Kluft zwischen ihnen beiden zu betonen.

«Doña Sol!» seufzte Gallardo verwirrt. «Was Sie mir antaten, wird Ihnen Gott nie verzeihen. Sie handelten schlecht an mir, sehr, sehr schlecht. Warum reisten Sie so fluchtartig ab, ohne ein Wort zu sagen?»

Seine Augen wurden feucht und voller Verzweiflung ballte er die Fäuste.

«Regen Sie sich nicht auf, Gallardo. Was ich tat war ein großes Glück für Sie. Kennen Sie mich noch nicht zur Genüge? Wenn ich ein Mann wäre, würde ich vor Frauen meiner Art fliehen. Der Unglückliche, der sich in mich verliebt, ist ein Selbstmörder.»

«Doch warum gingen Sie fort?» beharrte Gallardo.

«Weil ich mich langweilte. Ist das deutlich gesprochen? Und ein Mensch, der sich langweilt, hat, so glaube ich wenigstens, das Recht, neue Zerstreuungen zu suchen. Übrigens langweile ich mich überall tödlich – haben Sie also Mitleid mit mir.»

«Aber ich liebe Sie, liebe Sie von ganzer Seele», rief der Torero vollkommen erschüttert.

«Liebe Sie von ganzer Seele!» wiederholte Doña Sol, seinen Ton nachahmend. «Und was heißt das? Ah, diese Egoisten, denen die Leute zujubeln und die sich deshalb einbilden, daß alles nur für sie geschaffen ist! Ich liebe dich von ganzer Seele – und das genügt, damit auch du mich lieben mußt! Aber nein, Señor. Ich liebe Sie nicht. Sie sind mir ein Freund, Gallardo, und weiter nichts. Das andere in Sevilla war ein Traum, eine Laune, deren ich mich kaum noch erinnere und die auch Sie vergessen müssen.»

Der Espada erhob sich. Mit ausgestreckten Armen ging er auf die Dame zu. Worte – das erriet er – vermochten diese Frau nicht zu überzeugen. Nur der Kontakt konnte die trennende Kälte überwinden.

«Doña Sol!» flehte er.

Doch mit einem flachen Hieb ihrer behenden Rechten schlug sie die Arme des Toreros beiseite. Ihre Augen blitzten zornig auf.

«Ruhig, Gallardo! Noch eine solche Bewegung, dann ist es aus mit unserer Freundschaft und ich setze Sie vor die Tür.»

Beschämt blieb der Matador in demütiger Haltung vor ihr stehen. Eine ganze Weile verging, bis Doña Sol sich schließlich seiner erbarmte.

«Seien Sie kein Kind, Gallardo! Warum Unmögliches wünschen? Sie haben in Ihrer Frau, die, wie man mir sagte, schön und gut ist, einen treuen Kameraden. Und wenn gerade sie es nicht sein sollte, gibt es noch so viele andere. Denken Sie an die hübschen Mädchen in Sevilla im Mantón, mit Blumen im Haar, die glücklich wären, von Gallardo geliebt zu werden. Mein Gefühl ist tot. Das verletzt Ihre an Erfolge gewöhnte Eigenliebe; aber es ist so: tot. Freund, und weiter nichts! Meine Illusionen dauern nur kurze Zeit und verschwinden, ohne eine Spur zurückzulassen. Glauben Sie mir, ich bin bedauernswert.»

In ihre Augen kam jetzt ein Ausdruck neugierigen Mitleids, als sähe sie ihn plötzlich mit all seinen Mängeln, in seiner ganzen Ungeschliffenheit.

«Sie scheinen mir übrigens anders zu sein, verschieden

von dem Gallardo in Sevilla. Wie soll ich Ihnen das erklären? In London kannte ich einen Radscha. Wissen Sie, was ein Radscha ist?»

Gallardo schüttelte, über seine Unwissenheit errötend, den Kopf.

«Ein indischer Fürst.»

Vor der ehemaligen Botschafterin stieg das Bild des indischen Magnaten auf, sein dunkles Bronzegesicht, der mächtige weiße Turban mit dem funkelnden Brillanten über der Stirn und die zarten, hellen Schleier, die, wie Blütenblätter eine Knospe, seinen Körper umhüllten.

«Er war schön, er war jung und betete mich an mit seinen großen Augen, den rätselhaften Augen der Tiere des Waldes. Trotzdem fand ich ihn lächerlich und verspottete ihn jedesmal, wenn er auf englisch eines seiner orientalischen Komplimente stammelte. Er zitterte vor Kälte, der Nebel ließ ihn husten, und im Regen trippelte er unter seinen feuchten Schleiern traurig wie ein Vöglein mit nassen Flügeln. Wenn er mich aus seinen weichen Gazellenaugen anschaute und von Liebe sprach, so bekam ich Lust, ihm Mantel und Mütze zu kaufen, damit er nicht friere. Trotzdem hätte er eine Frau eine Zeitlang glücklich machen können, aber es fehlte die richtige Umgebung – Stimmung, Harmonie... Doch ich glaube, Gallardo, Sie wissen nicht, was ich damit meine.»

Und Doña Sol sah den fröstelnden Radscha in seinem eigenen Land, mit der Majestät der Macht unter einer leuchtenden Sonne, auf einem seiner Staatselefanten, dessen lange goldene Schabracken den Boden fegten, um ihn herum kriegerische Reiter und Sklaven, die duftende Becken trugen – den gewaltigen Turban von weißen Federn und Edelsteinen gekrönt, auf der Brust Sterne von Brillanten, um die Hüfte einen Gürtel von Smaragden, an dem ein goldener Dolch hing. Sie sah ihn umringt von Bajaderen mit gemalten Augen und festen Brüsten, umringt von gezähmten Tigern und einem Wald starrender Lanzen: sah Pagoden mit zahllosen aufeinandergesetzten Dächern und Glöckchen, die beim leisesten Windhauch seltsame Weisen flüsterten; stille, geheimnisvolle Paläste, grüne Dickichte, in deren Dunkel wilde, bunte Tiere krochen und sprangen. Ah, die Umgebung! Hätte sie den Radscha so erblickt, herrlich wie ein Gott, unter einem wolkenlosen tiefblauen Himmel, einer glühenden Sonne, nie wäre ihr der Gedanke gekommen, ihm einen Mantel kaufen zu wollen. Mit offenen Armen – fast war sie dessen gewiß – würde sie, seine Sklavin, ihm ihre Liebe geboten haben.

«Sie erinnern mich an den Radscha, Freund Gallardo. Dort in Sevilla in Ihrer malerischen Tracht, die Garrocha auf der Schulter, waren Sie sehr gut, eine Ergänzung der Landschaft. Aber hier! Seien Sie nicht beleidigt, doch Sie erinnern mich irgendwie an den Inder.»

Ihr Blick schweifte durch das Fenster über den trüben Himmel, den nassen Platz und die hastende Menge triefender Regenschirme, kehrte zu dem Espada zurück und haftete befremdet an dem nach vorn über den Kopf gelegten Haarschopf, der auffallenden Frisur und dem breiten Hut, diesen Zeichen des Berufs, die mit seiner modernen, eleganten Kleidung so stark in Widerspruch standen.

Dem Matador – fand Doña Sol – fehlte hier der Rahmen. Ach, dieses regnerische, traurige Madrid! Ihr mit der Hoffnung auf einen ewig blauen Himmel gekommener Freund sah sich bitter getäuscht. Und sie selbst dachte beim Anblick der jungen Toreros, die dem Hotel gegenüber auf dem Trottoir herumstanden, unwillkürlich an exotische, aus ihren sonnigen Ländern in die trüben, kalten zoologischen Gärten gebrachten Tiere. Dort unten in Andalusien war Gallardo ein Held, ein echtes Produkt dieses Bodens der Tierzucht. Hier mutete er sie mit seinem glattrasierten Gesicht und seiner für die Öffentlichkeit berechneten Pose wie ein Schauspieler an, der die Schauer der Tragik statt mit Worten durch seinen Kampf gegen den Stier erregte.

Oh, dieser trügerische Rausch von Licht und Farbe! Und sie hatte monatelang Liebe empfinden können für diesen plumpen, täppischen Burschen, hatte seine groben Schnitzer für geniale Urwüchsigkeit genommen, ja, sogar verlangt, er solle nach Stier und Pferden riechen.

Sie dachte an die durchlebte Gefahr, von den Hörnern eines Toros zerrissen zu werden, an das Frühstück mit einem Straßenräuber, dem sie voller Bewunderung eine Rose schenkte. Torheiten! Wie weit das alles zurücklag! Nichts blieb davon übrig als dieser unbeweglich vor ihr stehende Hüne mit bittenden Augen, der, eigensinnig wie ein Kind, die Vergangenheit durchaus wieder auferstehen lassen wollte. Armer Kerl! Als könnte man Dummheiten bei kühlem Denken wiederholen – ohne die Illusion, die bezaubernde Blindheit des Lebens.

«Man muß vergessen, was war. Vergangenes, kehrt es zurück, hat nicht mehr dieselben Farben. Was gäbe ich dafür, könnte ich alles mit den Augen von früher sehen! Ich finde Spanien verändert. Auch Sie, Gallardo. Neulich auf der Plaza schien es sogar, als wären Sie weniger verwegen.»

Sie sagte das ganz einfach, ohne Bosheit, doch Gallardo glaubte aus ihrer Stimme etwas wie Spott herauszuhören. Das Blut stieg ihm zu Kopf.

Verflucht! Alles Übel kam davon, daß er sich nicht ordentlich an die Toros heranwagte. Sagte sie es nicht mit klaren Worten? Den Gallardo der früheren Zeiten würde sie wohl besser empfangen. Frauen lieben tapfere Männer.

Und der Torero, der eine auf immer begrabene Kaprice für ein momentanes Erkalten ihrer Gefühle hielt, glaubte ernstlich, sie durch eine kühne Tat in der Arena von neuem in seine Arme zwingen zu können.

Doña Sol erhob sich.

«Entschuldigen Sie mich jetzt, Gallardo. Ich bin im Pradomuseum verabredet und muß mich beeilen. Kommen Sie morgen zu Tisch. Mein Freund wird sich freuen, einen Torero kennenzulernen.»

Der Matador drückte ihre Hand, murmelte etwas Unverständliches und ging hinaus. Seine Ohren sausten, die Wut trübte seinen Blick.

So verabschiedete sie ihn, kalt, wie einen lästigen Bekannten! Und lud ihn ein, damit ihr Freund ihn wie ein seltenes Biest aus der Nähe angaffen könnte.

Hölle und Tod! Das sollte er sich bieten lassen... Aus! Nie würde sie ihn wiedersehen.

In diesen Tagen erhielt Gallardo verschiedene Briefe aus Sevilla.

Don José gab gute Ratschläge. «Einfach drauflos! Zas! Ein Stich und er ist erledigt.» Doch aus seinen Zeilen sprach eine gewisse Verzagtheit, als wäre sein Glaube an den ersten Matador der Welt erschüttert. Er wußte von der feindseligen Unzufriedenheit des Publikums, und die erste Corrida in Madrid hatte ihn vollends entmutigt.

Nein! Gallardo war nicht wie andere Toreros, die sich, vollkommen zufrieden damit, Geld zu verdienen, um das Zischen der Zuschauer nicht kümmern. Sein Matador besaß Ehrgeiz – Mittelmäßigkeit bedeutete für ihn Niederlage. So suchte Don José zu ergründen, was mit seinem Espada vorging. Mangel an Mut? Niemals. Ehe er das von seinem Helden glaubte, ließ er sich töten! Gallardo mußte erschöpft sein, unter den Nachwirkungen seiner Verwundung leiden.

«Und deswegen», riet er in all seinen Briefen, «ist es besser, daß du dich ein Jahr ausruhst. Ich werde alles in Ordnung bringen. Durch ein ärztliches Attest lassen wir deine vorübergehende Untauglichkeit bescheinigen, und dann komme ich mit den Unternehmern der Plaza überein, ihnen statt deiner einen tüchtigen Anfänger zu schicken. Der kostet uns wenig Geld, so daß wir auf diese Weise noch mit Gewinn abschneiden.»

Carmen dagegen bestürmte ihn, ohne euphemistische Worte wie sein Bevollmächtigter zu gebrauchen.

«Du mußt dir jetzt den Zopf abschneiden, um fortan mit deiner Familie ein friedliches Leben in der Rinconada zu führen. Ich finde keine Ruhe mehr; mein Herz sagt mir, daß Unheil droht. Nachts schlafe ich kaum aus Furcht vor diesen Schreckensbildern.»

In anderen Briefen grollte sie dem Publikum, diesen Undankbaren, die so schnell seine früheren Taten vergessen hatten; diesen herzlosen Menschen, die zu ihrem Vergnügen seinen Tod sehen möchten, als wäre sie gar nicht vorhanden, als bangte sich nicht eine Mutter um ihren Sohn.

«Juan, Mütterchen und ich, wir bitten dich innigst: gib es auf. Warum willst du weiterkämpfen? Wir haben genug, und mir tut es weh, daß dieses Gesindel, das so tief unter dir steht, dich beleidigt. Und wenn dir nochmals etwas zustieße? Heilige Mutter Gottes! Ich glaube, ich würde wahnsinnig.»

Diese Briefe machten Gallardo nachdenklich. Seinen Beruf aufgeben? Welch ein Unsinn! Das sah einer Frau ähnlich. So etwas ließ sich leicht aus Liebe vorschlagen, aber schwer ausführen. Mit 30 Jahren den Zopf abschneiden! Ha, wie würden seine Neider lachen! Hatte er ein Recht, sich zurückzuziehen, solange er noch heile Glieder besaß? Absurde Idee! Das Geld allein machte es nicht. Es blieb der Ruhm, der Ehrgeiz. Was sollten die Tausende und Tausende seiner Anhänger entgegnen, wenn seine Feinde ihnen ins Gesicht höhnen durften, daß Gallardo sich aus Angst davongemacht hätte?

Und außerdem erwog der Matador, ob sein Vermögen ihm diesen Entschluß erlaubte. Er war reich und war es nicht, seine finanzielle Lage eher ungefestigt. Was er besaß, verdankte er der ersten Zeit seiner Ehe, als es ihm die größte Freude bereitete, Carmen und seine Mutter durch Käufe von Grundbesitz zu überraschen. In den folgenden Jahren verdiente er zwar ungeheuer viel Geld, aber es rieselte auseinander und verschwand durch unzählige Löcher, die seine neuen Gewohnheiten mit sich brachten. Karten, dazu ein luxuriöses Leben. Für Spielschulden und die letzten Landkäufe zur Arrondierung seines Guts hatte er bei reichen Anhängern schon beträchtliche Summen aufnehmen müssen. Gewiß, er konnte sich für vermögend halten, doch ohne die riesigen Einnahmen aus den Corridas – 200000, auch 300000 Pesetas im Jahr – war er gezwungen, nach Bezahlung seiner Schulden als einfacher Gutsbesitzer von dem Ertrag der Rinconada zu leben, die Arbeiten selbst zu beaufsichtigen und mit peinlicher Sparsamkeit zu wirtschaften.

Vor dieser obskuren Existenz mit ihrem Kampf gegen die Geldknappheit schreckte Gallardo zurück. Früher hätte er sich mit einem kleinen Teil von dem, was er besaß, für schwerreich gehalten. Heute dünkte er sich ohne die Einkünfte aus den Stierkämpfen arm. Sich zurückziehen! Das hieß, Verzicht leisten auf die teuren Marken der andalusischen Weine, auf die guten Havannazigarren, die er verschwenderisch verteilte; hieß, seiner Freigebigkeit Einhalt tun, nicht mehr in Cafés und Tavernen rufen «Alles ist bezahlt», mit der generösen Geste des Mannes, der, gewohnt dem Tod ins Auge zu sehen, lebt und leben läßt; hieß, das Heer von Schmeichlern, deren weinerliche Bittgesuche ihn zum Lachen brachten, abweisen. Kam ein hübsches Mädchen zu ihm – ob dann aber noch eines kommen würde? –, so konnte er die Schöne nicht mehr vor Erregung blaß werden sehen, wenn er ihr ein Paar goldene Perlenohrringe anhängte; mußte sich das Vergnügen versagen, über ein Spitzentaschentuch Wein zu verschütten, um mit einem viel schöneren zu überraschen.

So hatte er gelebt, und so wollte er weiterleben – ein Torero vom alten Schlag, wie sich die Leute den Matador vorstellen: prunkvoll, arrogant, generös und stets bereit, Unglücklichen mit fürstlichen Summen zu helfen. Anders als so manche Espadas der neuen Art, die, schlimmer als knickerig, nicht nur alle Einladungen annahmen, ohne sich jemals zu revanchieren, sondern überdies noch ihre Cuadrillas Hunger leiden ließen.

Auch an seine Familie dachte Gallardo. Sollte sein altes Mütterchen nicht mehr die Freude haben können, mildtätige Gaben unter die Armen des Stadtviertels zu verteilen, um dann wie ein beschämtes Kind dazustehen, wenn er mit geheucheltem Unmut fragte, ob denn die letzten 100 Duros schon wieder zu Ende seien? Sollte seine sparsame Carmen darauf verzichten müssen, sich für ihn schön zu machen?

Verdammt auch! Das durfte er ihnen nicht antun, er, der sie erst an den Wohlstand gewöhnt hatte. Aber wie konnte er es vermeiden? Ganz einfach: sich auf die Toros stürzen wie früher!

Ungesäumt setzte er sich an die mühselige Arbeit des Briefschreibens, um Don José mitzuteilen, daß er seinen Rat beherzigen wollte. «Zas, ein Degenstich – erledigt!» Und wie er so seinem Herzen Luft machte, fühlte er sich wirklich fähig, es mit allen, auch den größten Stieren aufzunehmen.

Carmen bekam Vorwürfe, daß sie an seinem Können zweifelte. Die nächste Corrida würde sie ja eines Besseren belehren. Das Publikum sollte staunen – wenn er nur brave Toros vor die Klinge bekäme.

Brave Toros! Das war Gallardos große Besorgnis. Bisher hatte es sein Dünkel nicht erlaubt, sich vorher um die Stiere zu kümmern.

«Ich töte, was kommt», pflegte er voll Anmaßung zu sagen. Und wirklich sah er die Toros bei ihrem Eintritt in die Arena zum erstenmal.

Doch jetzt wollte er sie aus nächster Nähe beobachten, ihre Eigenschaften einer eingehenden Prüfung unterziehen, um daraufhin einige für sich auszusuchen und so den Erfolg zu sichern. Die Sonne schien; am folgenden Tag sollte die zweite Corrida stattfinden.

Nachmittags ging Gallardo allein zur Plaza. Einsam reckte sich der Riesenbau aus roten Backsteinen mit seinen weiten maurischen Fensterbogen aus den monotonen grünen Hängen, an deren Ende etwas weiß wie eine ferne Schafherde schimmerte: ein Friedhof.

Im Hof der Plaza sah eine Gruppe von Aficionados den Picadores zu. Potaje, eine Lanze in der Rechten, stieg gerade zu Pferde. Stallknechte mit aufgekrempelten Ärmeln hielten eine Reihe von Gäulen, die schon seit Tagen zugeritten wurden und an den Weichen noch die roten Male der großen Sporen zeigten. Manche waren von unerhörter Magerkeit. Skelette, deren scharfe, hervorspringende Knochen die Haut zu durchstoßen schienen; andere mit blankem Fell und blitzenden Augen tänzelten aufgeregt schnaubend hin und her, so daß man sich verwundert fragte, wie diese prächtigen Pferde unter die zum Tod ausersehenen Ruinen kamen. Doch gerade sie gehörten zu den schlimmsten: unheilbare Tiere, die an Koller oder anderen Krankheiten litten, plötzlich zusammenbrachen und dabei den Reiter über ihren Kopf weg zu Boden schleuderten. Hinter der ersten Reihe standen die Invaliden der Arbeit aus Fabriken und Mühlen, Ackergäule und Droschkenpferde, die alle, zermürbt von der jahrelangen Arbeit vor Pflug und Karren, den Kopf hängen ließen: unglückliche Parias, die man bis zum letzten Moment ausbeutete.

Potaje, der auch im Namen seiner Kameraden sprach, behandelte den Pferdehändler, einen Fettwanst mit riesigem Kalabreser, sehr von oben herab.

«Was soll das?» fuhr er den Roßkamm, der einen elenden Klepper vorführen ließ, an. «Auf diese magere Ratte soll ich mich setzen? Verwahre sie für deine Mutter!»

Doch der Händler, an das anzügliche Gerede der Lanzenreiter gewohnt, ließ sich nicht aus der Ruhe bringen.

«Du hast Angst aufzusteigen. Mit solch bravem, willigem Pferdchen hätten in der guten alten Zeit berühmte Leute wie Calderón oder der Trijo zwei Corridas hintereinander ohne einen einzigen Sturz, ohne eine Schramme mitgemacht. Aber die Picadores von heutzutage! Viel Angst und wenig Schamgefühl.»

«Und du bist ein fauler Fisch», entgegnete Potaje, «ein gewissenloser Räuber. Auf diesem Schinder laß deine dürre Großmutter reiten, dann braucht sie sonnabends um Mitternacht keinen Besen.»

Mit freundschaftlicher Gelassenheit tauschten sie ihre Beleidigungen zum Gaudium der Umstehenden.

«Aber was hast du nur gegen das Rößlein?» fragte der Dicke gleichmütig. «Es ist gesünder als ein frischer Apfel, hat 28 Jahre anständig seine Pflicht in einer Selterswasserfabrik erfüllt, ohne daß man ein Fehlerchen an ihm entdekken konnte. Und jetzt kommst du häßlicher Krakeeler und reißt es herunter, als hättest du es mit einem Ungläubigen zu tun.»

«Ich will den Gaul nun einmal nicht! Geh damit zum Teufel!»

Langsam näherte sich der in solchen Transaktionen erfahrene Händler dem halsstarrigen Potaje, um ihm etwas ins Ohr zu flüstern.

«Gut, ich werde ihn mal probieren», meinte der Picador merklich nachgiebiger. «Man ist ja schließlich kein Unmensch, der einen Kameraden schädigen möchte.»

Er setzte einen Fuß in den Bügel, ließ seinen massigen Körper wie einen Sack in den Sattel fallen und trabte an. Mehrere Male stieß er die Lanze mit aller Wucht in einen Balken der Bretterwand, wobei der Klepper wohl etwas zusammenknickte, sich aber doch auf den Beinen hielt.

«Das Pferdchen ist besser als ich dachte, weich im Maul und gesunde Beine. Ich behalte es.»

Und der Picador stieg ab, nach dem kleinen, geheimnisvollen Tuscheln mit dem Roßkamm bereit, jeden Schinder anzunehmen, den ihm dieser vorführen würde.

Gallardo, der lächelnd zugesehen hatte, ließ sich jetzt zu den Toros bringen. Auf drei Seiten wurde der weite Corral von einer breiten, nicht ganz mannshohen Mauer aus Bruchsteinen eingefaßt, hier und da mit Durchgängen, doch so schmalen, daß ein Mensch sich nur schräg hindurchwinden konnte. Drinnen befanden sich acht Stiere, schnüffelten an dem duftenden Heu oder lagen faul in der Sonne.

An der Außenseite entlanggehend prüfte der Matador die einzelnen Tiere, zwängte sich auch manchmal durch die engen Öffnungen, um die Toros mit erhobenen Armen und wildem Kampfruf zu reizen. Einige stürzten, die Hörner gesenkt, sofort auf ihn los; andere warteten, einen tückischen Blick in den Augen, ob der Störenfried näher kommen würde.

So machte sich Gallardo, immer rechtzeitig Deckung hinter der Mauer suchend, allmählich mit dem Charakter sämtlicher Tiere vertraut, konnte sich aber trotzdem nicht entschließen, zwei für sich auszuwählen.

Neben ihm stand der Aufseher des Corrals, ein Athlet in Gamaschen und Sporen, das Sturmband seines Huts unter dem Kinn. Das «Wölfchen», wie alles ihn nannte, war ein rauher Reitersmann, für den die Hauptstadt Spaniens aus der Plaza und dem angrenzenden unbebauten Land bestand. Weiter fort lag noch ein mysteriöses Häusermeer, das kennenzulernen er aber niemals Verlangen spürte. Wichtig erschien ihm nur noch die *Taverne zum Huhn*, direkt an der Plaza gelegen, wo er mit den Kellnern Händedrücke austauschte, die ihnen Schmerzensschreie entrissen, und sich vor einen mit Braten und Kartoffeln gefüllten Teller von der Größe einer Waschschüssel setzte, ehe er, die Schlafdecke über dem Sattelknopf und die kurze Lanze auf der Schulter, zu seiner Herde zurückkehrte.

Auf den Weiden von Muñoza oder – bei starker Hitze – in den Bergen von Guadarrama hütete er die vom Unternehmer der Corridas angekauften Stiere, um sie, unterstützt von seiner Eskorte berittener Hirten, auf einsamen Wegen zwei Tage vor dem Kampf zur Plaza zu bringen.

Langsam in seiner Rede und schwerfällig von Gedanken, wurde dieser Zentaur nur warm, wenn er von seinem Hirtenleben sprach. Liebevoll beschrieb er, dem der enge Himmel Madrids weniger Sterne zeigte, die Nächte auf der Weide, die unter den flimmernden Gestirnen schlafenden Stiere, das tiefe, dann und wann von einem rätselhaften Geräusch im Dickicht unterbrochene Schweigen.

«In dieser Stille singen die Schlangen des Waldes mit ganz seltsamer Stimme. Singen – jawohl, Señor.»

Niemand wagte dem Wölfchen gegenüber, der es tausendmal vernommen hatte, einen Zweifel zu äußern. Hieße das nicht, ihn einen Schwindler nennen? Das Gewicht seiner Fäuste zu spüren zubekommen?

«Und wie die Schlangen singen, sprechen die Stiere.» Nur war es ihm noch nicht gelungen, in alle Geheimnisse ihrer Sprache einzudringen.

«Ihr müßtet sie sehen, wenn sie beim Morgenrot erwachen! Wie mutwillige Kinder tollen sie umher, fassen sich zum Scherz gegenseitig mit den Hörnern, versuchen übermütig einer auf den andern zu steigen – alles in einer ausgelassenen Freude, als begrüßten sie die Gegenwart der Sonne, die Gottes Ruhm ist.»

Dann wieder sprach er von seinen langsamen Streifzügen durch die Sierra Guadarrama, immer dem Lauf der Bäche folgend, die mit dem kristallklaren Schneewasser der Höhen zu den Flüssen eilen; von den blumenbesäten Wiesen;

vom Flügelschlag der Vögel, wenn sie sich zutraulich zwischen die Hörner der schlafenden Stiere setzten; von den Wölfen, die während der Nacht heulten – aus der Ferne, immer aus weiter Ferne, als entsetzten sie sich über die Prozession wilder Tiere, die der Leitglocke folgten, um ihnen die Einsamkeit streitig zu machen.

Ah, ihm sollte man nicht Madrid rühmen, wo die Leute erstickten, wo es nichts Gutes gab außer dem Wein und dem leckeren Braten im *Huhn*.

Das Wölfchen, das den Espada bei der Wahl der beiden Toros durch seine Auskünfte unterstützte, zeigte nicht den geringsten Respekt vor diesen vielbewunderten Matadoren. Schöne Kunst, so edle Tiere mit allerlei Listen zu töten! Der Tapfere war er, der in der Einsamkeit unter ihnen lebte, vor ihren Hörnern vorbeiging ohne andere Waffe als seine Arme und ohne allen Beifall von Zuschauern.

Ein weißhaariger Mann näherte sich, um den Matador ehrerbietig zu grüßen. Seit vielen Jahren mit der Säuberung der Plaza betraut, hatte er alle berühmten Matadore seiner Zeit gekannt. Er ging ärmlich gekleidet, doch manchmal blitzten an seinen Fingern echte Ringe, und um sich zu schneuzen, holte er aus seiner Bluse ein kleines Spitzentaschentuch hervor, dem noch ein letzter feiner Duft entströmte.

Niemals klagte er über die gewaltige Arbeit, zu der er nur ein halbes Dutzend Gassenjungen heranzog, die dafür am Sonntagnachmittag hinter einem zum Patio führenden Gitter der Corrida zusehen durften.

Bei der Verteilung der Arbeit ging der Alte sehr geschickt vor. Die kleinen Bengel mußten die von Apfelsinenschalen und Papierhüllen überschwemmten Tribünen auf der Sonnenseite säubern.

«Vorsicht mit dem Tabak!» ermahnte er sie. «Wer einen einzigen Zigarrenstummel behält, darf am Sonntag nicht zur Corrida.»

Er selbst aber widmete sich geduldig wie ein Schatzgräber den Logen, um manchen schönen Fund in seine Tasche verschwinden zu lassen – Fächer, Ringe, Taschentücher, Münzen, alles, was eine Invasion von 14000 Menschen zurückläßt. Eine Gevatterin, die eine kleine Pfandleihe in der Vorstadt besaß, besorgte alles weitere. Indes auch die Zigarrenstummel wurden zu Geld. Zerschnippelt und an der Sonne getrocknet, verkaufte er sie als «Sonderauslese» an feste Abnehmer.

Gallardo, der für seinen Gruß mit einem freundlichen Nicken gedankt hatte, schenkte ihm eine seiner Havannas und verabschiedete sich vom Wölfchen.

Als der Espada in den Hof zurückkehrte, bemerkte er einen hochgewachsenen, mageren Mann von dunkelbrauner Gesichtsfarbe, dessen Haar schon weiße Fäden durchzogen.

«Pescadero! Was machst du denn hier?» rief Gallardo, aufrichtig erfreut die Hand des ehemaligen Toreros schüttelnd, der in seiner Jugend glorreiche Stunden erlebt und sich, auf den südamerikanischen Plazas mehrfach verwundet, mit seinem ersparten Geld eine Weinschenke in der Hauptstadt gekauft hatte.

«Was soll man machen?» antwortete der Angeredete melancholisch. «Die alte Liebe zum Handwerk treibt mich manchmal her.»

Und das war der große Pescadero, der so oft des kleinen Gallardos Bewunderung erregt hatte, wenn er im Samthut, weinfarbenem Jäckchen und bunter Seidenbinde, unter dem Arm einen elfenbeinernen Stock mit goldenem Knauf, durch die Straßen Sevillas schritt? Ein gewöhnlicher, von allen vergessener Kneipwirt!

«Komm und sieh dir mein Lokal an, wenn du nichts anderes vorhast», bat er Gallardo, der ihm bereitwillig folgte.

Wie alle anderen zeigte seine Taverne eine rotangestrichene Front und Vorhänge von der gleichen Farbe. Ein Fenster war mit panierten Koteletts, kaltem Geflügel und Essiggurken dekoriert. Drinnen standen vor einem mit Flaschen und Fäßchen beladenen Schanktisch aus Zink runde Tische und hölzerne Schemel. An den Wänden hingen zahlreiche Buntdrucke, aufregende Kampfszenen berühmter Toreros.

«Bring zwei Glas Montilla!» rief Pescadero einem jungen, hinter dem Ladentisch stehenden Mann zu, der Gallardo vertraulich zulächelte.

«Den kenne ich doch», meinte der Matador, aufmerksam das Gesicht und den leer von der Schulter herabbaumelnden rechten Ärmel musternd.

«Natürlich kennst du ihn», unterbrach der Wirt. «Es ist Pipi.»

Mit dem Spitznamen kam Gallardo sofort die Erinnerung, wie diesem tapferen Burschen, der seine Banderillas meisterhaft anbrachte, eines Tages auf der Plaza von Madrid ein Toro den rechten Arm zerschmettert hatte.

«Da ich kinderlos bin», fuhr Pescadero fort, «habe ich ihn nach dem Tod meiner Frau zu mir genommen und betrachte ihn als meinen Sohn. Auch im Unglück kann man sich ja ein bißchen Herz bewahren, stimmt's? Aber glaube nur nicht, daß es uns besonders gut geht. Schlecht und recht schlagen wir beide uns durch, dank den alten Kameraden, die hier nachmittags ihr Spielchen machen. Am meisten hilft uns noch die Schule.»

Gallardo lächelte. Er hatte von dieser Stierkampfschule des ehemaligen Espadas schon reden hören.

«Was willst du, mein Junge!» meinte der, sich halb und halb entschuldigend. «Man muß sich zu helfen wissen. Meine Schüler verzehren mehr als alle meine Stammgäste zusammen. Und feine Leute kommen: Señoritos, die sich als Amateure ausbilden wollen; Ausländer, die in der Begeisterung für Corridas glauben, zum Torero berufen zu sein.

Augenblicklich habe ich einen Franzosen, der jeden Nachmittag Unterricht nimmt. Willst du mal zusehen?» Neugierig geworden, folgte ihm Gallardo quer über die Straße zu einem eingezäunten Grundstück, über dessen Tor ein mit Teer beschriebenes Schild hing: «Escuela de Tauromaquia.»

Das erste, was Gallardos Aufmerksamkeit erregte, war der Stier: ein auf Rädern laufendes Tier aus Holz und Weidengeflecht, mit einem aus Werg fabrizierten Schwanz, strohgeflochtenem Kopf, einem runden Stück Kork an Stelle des Halses und ein paar echten Riesenhörnern, vor denen die Schüler sich entsetzten.

Inmitten des Hofs stand in Hemdsärmeln, hochrot im Gesicht, ein korpulenter Herr mit gesträubtem weißem Schnurrbart. Seine Hände umkrampften zwei Banderillas. Seitwärts saß eine umfangreiche Dame, die nach jedem Gang so lebhaft applaudierte, daß die Rosen auf ihrem Hut zusammen mit den falschen Locken mutwillig hin und her tanzten.

«Die beiden sind schon überall in der Welt herumgekommen», klärte Pescadero seinen Freund auf. «Wie er mir erzählte, hat er in Afrika Bergbau betrieben, auf den Südseeinseln Plantagen bearbeitet und in Amerika wilde Pferde mit dem Lasso eingefangen. Jetzt will er mit Gewalt Torero werden. Mit der Figur! Und dabei ist er gut und gern seine 50 Jahre alt. Aber er zahlt anständig!»

Als der Schüler die beiden Männer bemerkte, ließ er die erhobenen Arme sinken. Auch die Dame im Rosenhut zupfte schnell das Kleid zurecht.

«Oh, cher maître!»

«Guten Tag, Mossiú, schönen guten Tag, Madame», begrüßte sie, den Hut lüftend, der Maître. «Bitte weiter, Mossiú, aber vergessen Sie nicht, was ich sagte: ganz ruhig stehenbleiben, den Stier zum Anlauf reizen und kommen lassen. Steht er vor Ihnen, werfen Sie den Körper zur Seite, wobei Sie ihm gleichzeitig die Banderillas rechts und links in den Nacken stoßen. Sind Sie fertig? Achtung!»

Das letzte Wort galt dem Toro, oder vielmehr dem Burschen, der, mit den Händen am Hinterteil des fürchterlichen Stiers, bereitstand.

«Eeeeh! Vorwärts, Brauner!»

Mit schauerlichem Gebrüll und wütendem Stampfen reizte der Pescadero das wilde Tier, das räderrasselnd näher brauste. Und auch die berühmteste Zucht hatte noch nie einen Toro erzeugt, der sich mit diesem hier an Intelligenz messen konnte. Beim Schüler angelangt, schwenkte er ein wenig zur Seite, um ihn ja nicht mit den Hörnern zu berühren, und zog sich dann mit den beiden Banderillas im Korkhals langsam wieder zurück.

Lauter Beifall ertönte, während der Banderillero, der auch nicht einen Zoll breit zur Seite gewichen war, sich Hosenträger und Manschetten wieder in Ordnung brachte.

«Meisterhaft, Mossiú!» rief sein Lehrer. «Kein Matador könnte es besser machen.»

«Ich habe eben das, worauf es ankommt: Mut, ungemein viel Mut», antwortete Mossiú bescheiden und ließ eine neue Flasche Wein – die vierte – bringen.

«Salud! Noch ehe zwei Monate um sind», sagte der Pescadero ernst, «stehen Sie auf der Plaza von Madrid, und Beifall, Geld und – mit Ihrer Erlaubnis, Madame – Frauen, alles gehört Ihnen.»

Gallardo brach auf, von seinem Freund bis ans Ende der Straße begleitet.

«Adiós, Juan», verabschiedete sich der Pescadero. «Jetzt weißt du, wohin es mit mir gekommen ist. Von solchem Schwindel und Hanswurstereien muß man leben!»

In tiefes Grübeln versunken schritt Gallardo weiter. Drohte ihm nicht ein ähnliches Schicksal, wenn er seinen Beruf aufgab? Und da wagte man noch, ihm mit solch irrsinnigen Bitten zu kommen? Niemals! Aber drauf auf die Stiere wie früher!

So stark wurde der Gedanke in ihm, daß er am nächsten Tag ohne die abergläubische Unruhe zur Plaza fuhr, fest entschlossen, das Publikum durch seine alte Verwegenheit wieder zu erobern.

Die Corrida war von Anfang an sehr bewegt. Wie ein Wirbelwind stürzte sich der erste Stier auf die Reiter und warf die drei Picadores, die ihn mit gefällter Lanze erwarteten, in den Sand. Zwei Pferde blieben, die Brust durchbohrt, tot liegen, während das dritte, sinnlos vor Schmerz, mit aufgerissenem Bauch, aus dem die bläulichroten Eingeweide hingen, ziellos durch die Arena jagte, wobei es immer wieder auf den wirren, am Boden schleifenden Knäuel trat und die Gedärme noch weiter hervorzerrte. Hinter ihm her raste der Toro, hob den offenen Leib auf seine Hörner und schleuderte ihn zu Boden, um schnaubend in der blutigen, zerfetzten Masse herumzuwühlen. Als er sich endlich abwandte, eilte ein Stallknecht herbei, das Messer für den Gnadenstoß in der Hand. Doch beim Fühlen der Klinge warf das Pferd noch in seiner Agonie den Kopf herum und biß. Aufschreiend hob der Mann die blutüberstömte Hand, stieß dann zu und versenkte den Stahl tief im Genick. Ein letztes Zucken, die Glieder wurden starr.

Das über die Wildheit des Stiers entzückte Publikum entrüstete sich, daß kein Picador mehr zu sehen war.

«Pferde! Pferde!» dröhnte der Ruf über die Plaza.

Allein stand, mitten in der Arena, der brüllende Toro, am zerstochenen Hals das wehende Band seines Züchters. Andere Reiter galoppierten auf, und das widerwärtige Schauspiel begann von neuem. Kaum näherte ein Picador sein Pferd seitlings mit dem zugebundenen Auge dem Stier, so hörte man das Krachen von splitterndem Holz, das dumpfe Aufschlagen der Reiter mit den eisenbeschienten Beinen.

Manche kamen wieder hoch, andere blieben bewußtlos liegen und mußten ins Verbandszimmer getragen werden.

Gallardo war überall, mit der Capa die Aufmerksamkeit des Stiers von den gestürzten Picadores ablenkend. Einmal klammerte er sich sogar, um einen am Boden liegenden Mann vor den drohenden Hörnern zu retten, an den Schwanz des Tieres und wurde mit Beifall überschüttet.

Während die Banderilleros ihre Kunst zeigten, schweiften Gallardos Blicke über die Logen, bis er Doña Sol fand – aber eine andere Doña Sol als in Sevilla, die damals in ihrer weißen Spitzenmantilla wie ein Bild Goyas wirkte. Ah, Doña Sol! In Gegenwart dieses verhaßten Fremden neben ihr sollte sie ihm zujubeln, sollte ihn – und wäre es gegen ihren Willen – bewundern!

Als der Moment kam, daß Gallardo seinen ersten Toro töten sollte, begrüßte das Publikum den Matador mit Wohlwollen. Vergessen war der frühere Ärger, und durch die Bravour der Stiere in gute Laune versetzt, zeigte es sich geneigt, in dieser so lange erwarteten Corrida alles gut zu finden!

Die Muleta vor sich hinhaltend, schritt Gallardo auf den Toro zu, hinter ihm, wenn auch in einem gewissen Abstand, Nacional mit einem anderen Banderillero.

«Was sollen all diese Chorknaben?» kamen Protestrufe. «Als ob die hohe Geistlichkeit zum Begräbnis geht!»

Der Espada drehte sich um.

«Alles zurück!» Und die beiden machten halt, da der Ton des Befehls keinen Zweifel aufkommen ließ.

Gallardo näherte sich dem Stier, entfaltete kurz vor ihm die Muleta und rückte dann, wie in seinen guten Zeiten, noch weiter vor, bis er das rote Tuch dicht vor das geifernde Maul hielt. Der Stier raste los, unmittelbar an dem zur Seite gebogenen Körper des Matadors vorbei.

Olé! Ein Murmeln der Anerkennung lief durch die Tribünen: der «Knabe von Sevilla» machte von neuem seinem Namen Ehre. Das kecke Spiel mit der Muleta begleitete rauschender Beifall, und seine Anhänger wagten es wieder, öffentlich für ihn zu demonstrieren.

«He, was sagt ihr dazu? Das soll mal ein anderer leisten!»

Es schien ein guter Tag für Gallardo. Als der Toro einmal regungslos dastand, machte ihn das wohlwollende Publikum selbst auf seine Chance aufmerksam.

«Jetzt! Stoß zu!»

Gallardo stürzte vor und entwich ebenso schnell wieder dem Bereich der drohenden Hörner.

Beifall ertönte, der aber bald in drohendes Gemurmel umschlug. Die Freunde des Matadors blickten von der Arena fort, um sich unwillig an das übrige Publikum zu wenden.

«Was soll diese Ungerechtigkeit? Hat er sich nicht direkt zwischen die Hörner geworfen?»

Jedoch die Finger der Gegner wiesen auf den Stier, und die ganze Plaza brach in betäubendes Pfeifen aus.

Der Degen des Espadas hatte das Tier in schräger Richtung durchbohrt, so daß die Spitze neben dem linken Vorderfuß heraustrat.

«Ein Skandal! Das macht nicht einmal ein Anfänger!»

Der Anblick des schwerfällig hinkenden Stiers erregte das Mitleid der empörten Zuschauer, von denen viele mit dem ganzen Oberkörper über die Brüstung hingen, als wollten sie sich in die Arena stürzen.

«Du Schurke! Du Sohn einer Hündin! Einen edlen Toro so zu quälen!»

Völlig verblüfft über sein Werk, senkte Gallardo unter diesem Hagel von Injurien den Kopf. «Verfluchtes Pech!» Wie hatte er sich zusammengerissen, um den tödlichen

Stich wie in alter Zeit zu führen! Aber der Trieb, so schnell wie möglich von den Hörnern fortzukommen, war übermächtig gewesen.

Er ließ sich einen anderen Degen geben und stellte sich unmittelbar vor dem Stier auf, den die Schmerzen am Laufen hinderten.

Das Publikum erriet seine Absicht. Er wollte den Stier durch einen Stich ins Genick töten, das einzige, was ihm nach seinem Verbrechen übrigblieb. Und während er die Muleta mit der Linken ganz tief hielt, damit das Tier den Kopf senkte, suchte er mit der Spitze des Degens die tödliche Stelle und drückte nach.

Doch der Toro schleuderte die Klinge, sobald er sie spürte, zur Seite.

«Einmal!» spottete die Galerie.

Von neuem versuchte der Matador, doch wieder schüttelte der Stier den Stahl ab.

«Zweimal!» höhnte jetzt die gesamte Plaza.

Nochmals setzte er an, ohne anderes Resultat als ein wildes Aufbrüllen des gepeinigten Tiers.

«Dreimal!»

Aber jetzt wurde es dem Publikum zuviel. Pfeifend, johlend, zischend sprangen die Männer von den Sitzen auf, um mit den Fäusten zu drohen. Da endlich gelang es Gallardo, den Anfang des Rückenmarks zu treffen. Augenblicklich brach der Stier zusammen.

Der Espada wischte sich den Schweiß ab und schritt langsam, mit keuchender Brust, unter dem verächtlichen Schweigen der Zuschauer, zur Loge des Präsidenten, um sich zu verneigen. Dann versteckte er sich wie ein beschämter Schuljunge hinter den Schranken, wo ihm Garabato ein Glas Wasser reichte. Aufblickend begegnete er den Augen Doña Sols, die ihm gefolgt waren. Was mochte sie wohl von ihm denken?

Ein neuer, für einen anderen Espada bestimmter Stier brach in die Arena, und Gallardo benutzte die Zeit, um sich hinter der Barriere auszuruhen. Vom vielen Laufen schmerzte sein Bein empfindlich. Auch sein alter Aberglaube brach wieder durch und peinigte ihn mit grausigen Bildern.

«Es ist aus. Der nächste Stier faßt mich, da gibt's keine Rettung. Heute verlasse ich die Arena mit den Füßen voran.» Nichtsdestoweniger war Gallardo sofort bereit, seinem zweiten Stier die Capa entgegenzuhalten. Aber was für ein Tier?... So ganz anders als das von ihm am vorherigen Tag ausgesuchte. Zweifellos hatte man die Reihenfolge beim Loslassen der Stiere geändert! Und die Angst sang weiter in den Ohren des Toreros. «Er faßt mich, er faßt mich!»

Trotzdem gab sich der Matador die größte Mühe, das Tier von bedrohten Picadores abzulenken, erzielte auch von dem etwas milder gestimmten Publikum schwachen Beifall.

Doch als er mit dem Degen vor dem Toro stand, konnte jeder seine Befangenheit bemerken. Er machte regellose, völlig unsinnige Bewegungen und sprang, sobald der Stier nur den Kopf senkte, in großen Sätzen nach rückwärts. Die Galerie heulte: «Hui! Hui! Er packt dich!»

Um irgendwie ein Ende zu machen, warf er sich plötzlich halb schräg auf den Stier, doch der Stahl drang nur einige Zentimeter tief ein. Dem Koloß genügte ein einziger Ruck, den Degen weit fortzuschleudern.

Gallardo nahm ihn auf. Und wieder stellte er sich dem Toro gegenüber. Aber als er den Degen hob, tobte der Stier auf ihn los. Der Matador wollte fliehen, doch seine Beine waren nicht behende genug: er rollte in den Sand. Seine Banderilleros eilten zu Hilfe, und Gallardo stand auf, staubbedeckt, mit einem großen Riß im Hosenboden. Außer einem Schuh hatte er auch die Zopfschleife verloren.

Der stolze Torero, dessen Eleganz ganz Spanien bewunderte, bot mit dem hervorquellenden Hemd und dem zerzausten, wie ein strubbeliger Schwanz herabhängenden Zopf einen jämmerlichen Anblick.

Mitleidige Kampfmäntel wehten zu seinem Schutz um ihn herum, während die anderen Espadas in hochherziger Kameradschaft den Toro in eine für den Todesstich günstige Stellung brachten. Aber Gallardo schien blind und taub. Bei der kleinsten Bewegung des Stiers flüchtete er, sinnlos vor Angst. Blaß wie der Tod, mit gerunzelten Brauen stammelte er – ohne zu wissen, was er sagte – unausgesetzt: «Alles zurück! Laßt mich allein!» In seinem Hirn jedoch kreiste der eine Gedanke: Heute stirbst du! Dies ist deine letzte Corrida…

Sein verstörtes Benehmen verriet dem Publikum, was in ihm vorging.

«Ha! Ekelt er dich, der Toro? Du Angsthase!»

Jetzt schwiegen sogar seine feurigsten Anhänger, beschämt über diesen unerklärlichen Vorgang. Und mit dem Mut von Menschen, die ihrer eigenen Gefahrlosigkeit gewiß sind, weidete sich das Publikum an seiner Furcht. Andere dachten an ihr Eintrittsgeld und schrien: «Betrug!»

Derweile benutzte Gallardo jede Ablenkung des Stiers durch die Capas seiner Gefährten zu immer neuen Versuchen, ihm die tödliche Wunde beizubringen, doch die Degen blieben im Knochen stecken oder drangen so wenig ein, daß sie wieder abfielen.

Den mächtigen Schädel gesenkt, ging der Toro, brüllend über die unnütze Qual, an den Schranken entlang, hinter ihm der Matador, umringt von der ganzen Schar der Helfer, die unentwegt ihre Mäntel schwangen, als wollten sie den Toro dadurch überzeugen, daß es an der Zeit sei, endlich zusammenzubrechen. Dieser Vorbeimarsch mit dem blutüberströmten Stier, dessen Hals von Degen gespickt war, entfachte einen neuen Ausbruch von Spott und Beleidigungen bei den Zuschauern.

«Betrüger! Sieh dir das arme Nadelkissen an, du Stümper!»

Andere machten ihn in ihrer Bosheit zur Frau.

«Juanita! Nimm dein Kleidchen in acht!»

Aber ihr Hohn steigerte sich allmählich zur Wut, und nach der Loge des Präsidenten gewandt, brüllten sie:

«Señor Presidente! Wie lange soll dieser Skandal noch dauern?»

Dieser nickte und erteilte einen Befehl. Sofort eilte ein Alguacil im Federhut und kurzem Mäntelchen außen an den Schranken entlang bis an Gallardos Nähe, wo er die geschlossene Hand mit dem nach oben gerichteten Zeigefinger gegen ihn hob.

Die erste Warnung! Noch zwei, und der Stier wurde – eine unerhörte Schande für den Matador – in den Corral zurückgeführt.

Als weckte ihn diese Warnung aus seinem Somnambulismus, warf sich Gallardo mit waagerechtem Degen auf den Toro.

Umsonst! War diese Bestie unsterblich? Und völlig mutlos ließ er die Arme sinken, während das Publikum drohend zum Präsidenten schaute. Warum zögerte er mit der zweiten Mahnung?

Apfelsinen, Brotstücke, Sitzkissen flogen in die Arena. Kuhglocken wurden geläutet, und das gellende Pfeifen schwoll derartig an, daß die Frauen sich die Ohren zuhielten. Dazu intonierte ein kräftiger Chor von Bässen einen Sterbegesang.

Ratlos schaute der Espada nach allen Seiten, blickte auch zur Loge Doña Sols. Sie hatte der Arena den Rücken zugekehrt. Empfand sie Mitleid? Oder schämte sie sich jetzt der Vergangenheit?

Nochmals stürmte er auf den Stier los, ohne daß man sehen konnte, was er tat, da die unaufhörlich geschwenkten Capas ihn verbargen. Der Toro stürzte zusammen, und ein Strom von Blut schoß aus seinem Maul.

Endlich!

Stallknechte zogen die Degen aus dem Körper, den das Maultiergespann im Galopp hinausschleifte. Eine breite, blutgetränkte Furche blieb in dem Sand der Arena zurück.

Keuchend, mit schmerzendem Bein saß Gallardo hinter der Schranke und empfand trotz seiner infamen Niederlage eine grenzenlose Genugtuung, der Gefahr entronnen zu sein. Also doch nicht auf den Hörnern der Stiere geblieben! Aber das verdankte er nur seiner Vorsicht. Das Publikum? Ah, eine Masse von Mördern, die vor allem den Tod eines Mannes zu sehen wünschten!

Die Rückkehr von der Plaza durch die sich drängende Menge, Kutschen, Automobile und die langen Reihen haltender Straßenbahnwagen wurde zu einer Marter.

Bereitwillig machten die Leute seinem Gespann Platz; doch sobald sie den Espada erkannten, zogen sie höhnische Gesichter, und Gallardo erriet aus der Bewegung ihrer Lippen neue Schmähungen. Equipagen trabten an ihm vorbei, auf den Polstern schöne Damen in weißen Mantillas. Manche drehten den Kopf fort, um ihn nicht zu sehen; andere blickten ihn mitleidig an.

Zusammengeduckt verkroch sich der Espada halb hinter dem breiten Rücken des düster vor sich hinbrütenden Nacional.

Die Nachricht von Gallardos Fiasko hatte sich schnell verbreitet, und ein Haufen dieser Gassenjungen und Bummler, die während der Corridas draußen herumlungern, folgte dem Wagen des Matadors mit wüstem Gejohle.

Das riß ihn endlich aus seiner stummen Resignation.

«Verflucht noch mal! Was soll das? Habt ihr die Corrida vielleicht gesehen? Hat sie euch Geld gekostet?»

Der erste Stein flog gegen ein Wagenrad. Doch da nahten zwei berittene Polizisten, die die Manifestanten zerstreuten. Und durch die ganze Calle de Alcalá eskortierten sie den berühmten Juan Gallardo, «den ersten Matador der Welt».

Die Cuadrillas waren gerade in die Arena eingezogen, als am Tor zu den Pferdeställen wiederholt stark geklopft wurde.

«Hier ist kein Eingang zur Plaza!» rief ein Angestellter ärgerlich von drinnen.

Da das Klopfen jedoch nicht aufhörte, öffnete er. Ein Mann im weißen Córdóbahut und eine dunkelgekleidete Frau mit schwarzer Mantilla traten ein. Der Mann schüttelte dem Aufseher die Hand, wobei etwas hineinglitt, das dessen üble Laune besänftigte.

«Sie kennen mich nicht? Ich bin Gallardos Schwager und dies hier ist seine Gattin.»

Carmen spähte in dem weiten, menschenleeren Hof nach allen Seiten. Von fern, hinter den hohen Backsteinmauern, ertönte Marschmusik: die Cuadrillas defilierten vor dem Präsidenten.

«Aber wo ist er denn?» fragte sie ängstlich.

«Wo soll er sein?» brummte der Sattler. «In der Arena natürlich, bei seiner Pflicht. Dieser Unsinn, hierherzukommen! Warum war ich auch so gutmütig, dir nachzugeben!»

Eingeschüchtert durch seine groben Worte, blickte Carmen ratlos vor sich hin. Was tun?

Doch Antonios Händedruck sowie die nahe Verwandtschaft der beiden mit dem berühmten Matador hatten den Aufseher gefällig gemacht.

«Señora, Sie können ja bis zum Schluß in der Wohnung

des Portiers warten. Wenn Sie aber die Corrida sehen möchten, will ich Ihnen gern noch zwei gute Plätze verschaffen.»

Carmen überlief ein Schauer bei diesem Vorschlag. Der Corrida beiwohnen? Ihren Gatten in der Arena kämpfen sehen? Unmöglich!

«Meinetwegen, bleiben wir hier», versetzte Antonio mürrisch, «obschon ich nicht weiß, was wir gerade bei den Pferdeställen zu suchen haben!»

Carmen hatte aus den Zeitungen von Juans völligem Versagen am vergangenen Sonntag erfahren und ahnte, daß er nicht gleichmütig darüber hinwegkommen würde. Auch deutete der letzte Brief seinen Vorsatz an, durch ein unerhörtes Bravourstück die Gunst des Publikums erzwingen zu wollen. Und mit diesem hingebenden Gefühl, das glaubt, die Gefahr für eine geliebte Person durch die eigene Anwesenheit vermindern zu können, entschloß sie sich, an die Seite ihres Mannes zu eilen.

«Ich fahre heute nachmittag nach Madrid», erklärte sie dem Sattler am Sonnabend. «Wenn du willst, begleite mich; sonst reise ich allein. Aber kein Wort zu Don José – er würde mir Schwierigkeiten machen. Nur Mütterchen soll es wissen.»

Antonio sagte ja. Eine Reise nach Madrid, die ihn keinen Centavo kostete, mußte er mitnehmen!

«Ich will bei Juan so lange betteln», erzählte Carmen unterwegs, «bis er verspricht, sofort mit mir nach Sevilla zurückzukehren. Entweder gibt er jetzt endgültig seinen Beruf auf oder ich gehe zugrunde. Gut, daß ich noch rechtzeitig genug in Madrid eintreffe, um sein Auftreten am Sonntagnachmittag zu verhindern.»

Der Sattler geriet außer sich vor Empörung.

«Das ist ja geradezu ungeheuerlich! Aber das sieht euch Frauen ähnlich. Was ihr euch in den Kopf setzt, ist das einzig Richtige und muß gemacht werden. Für dich gibt es wohl keine Behörden, keine Gesetze, kein Plaza-Reglement! Oder bildest du dir ein, es genüge, daß eine ängstliche Frau sich ihrem Mann an den Hals hängt, um eine Corrida abzusagen und das Publikum mit langen Gesichtern abziehen zu lassen? Verlange von Juan, was du willst – aber erst nach der Corrida. Mit der Behörde ist nicht zu spaßen; die läßt uns allesamt verhaften.»

Und er sah sich schon im Gefängnis, als Komplice einer Tat, die er in seiner Einfalt für ein Verbrechen hielt.

Bei der Ankunft in Madrid bedurfte es neuer Überredung, damit Carmen nicht sofort das Hotel ihres Mannes aufsuchte.

«Was kommt dabei heraus? Du regst ihn nur auf, wenn ihm nachher auf der Plaza etwas zustößt, bist du schuld.»

Diese Mahnung machte Eindruck auf Carmen. Gehorsam ließ sie sich zu einem anderen Hotel führen, wo sie zum großen Ärger ihres Begleiters, der sich in Madrid sehr wohl fühlte, den ganzen Vormittag weinend in ihrem Zimmer verbrachte.

«O je, o je! Man könnte glauben, du wärst schon Witwe, und dabei ist dein Juan gesund wie der leibhaftige Cid! Wirklich, du bist albern!»

Nach dem Mittagessen, bei dem sie, taub für das Lob, das Antonio der Küche des Hotels spendete, nur ein wenig auf ihrem Teller herumstocherte, verschwand jedoch ihre Fügsamkeit.

Das Hotel lag nicht sehr weit von der Puerta del Sol, so daß der Lärm der Menschenmassen, die zur Corrida strömten, bis zu ihr herüberdrang. Nein, wie konnte sie ruhig in ihrem Zimmer sitzen, während Juan sein Leben riskierte! Wenigstens in seiner Nähe wollte sie sein, irgendwo da draußen bei der Plaza.

Der Sattler, der sich schon ein Billett gekauft hatte und

seine Hoffnungen, allein der Corrida beiwohnen zu können, vereitelt sah, protestierte unmutig gegen ihre Idee.

«Was in aller Welt willst du dort anfangen, du Kindskopf? Meinst du vielleicht, du könntest irgend etwas ändern, wenn du dort herumstehst?»

«Wenn du nicht mitkommst, gehe ich allein!» Das war Carmens einzige Antwort auf alle seine Einwände.

Schließlich nahmen sie eine Droschke und fuhren zur Plaza, wo sie dank seiner Taktik bis zum Hof gelangten.

Mißmutig schaute Antonio jetzt auf Carmens rotgeweinte Augen. Wollte sie wirklich stundenlang hier im Hof warten? Da kam ihm der Aufseher mit einem guten Einfall zu Hilfe.

«Señora, möchten Sie nicht die Kapelle besuchen?»

Der Aufmarsch der Cuadrillas war vorüber. Durch das zur Arena führende Tor trabten die bei dem ersten Toro nicht zur Verwendung kommenden Picadores zurück. An den Ringen längs der Mauer band man sechs gesattelte Pferde an, den sofortigen Ersatz für die Verluste in der Arena. Hinter ihnen vertrieben sich die Picadores die Zeit damit, ihre Gäule kurze Schwenkungen ausführen zu lassen, und mitten zwischendurch galoppierte ein Stallknecht auf und ab, um sein Tier, eine aufgeregte, schreckhafte Stute, müde zu machen.

Carmen, die unter die Arkaden flüchten mußte, nahm jetzt dankbar den Vorschlag des Aufsehers an. In der stillen Kapelle konnte sie wenigstens für ihren Juan beten.

Drinnen fiel ihr gleich die Dürftigkeit des Altars auf. Vier Kerzen brannten vor dem Bild «Unserer Jungfrau mit der Taube». Welch kläglicher Tribut!

«Würden Sie mir wohl noch einige Kerzen besorgen?» bat sie den Aufseher und holte einen Duro aus der Tasche.

Der Mann rieb sich verlegen die Stirn. Kerzen? Die gehörten nicht zum Inventar der Plaza. Doch dann erinnerte er sich, daß die Schwestern eines Matadors jedesmal, wenn ihr Bruder auftrat, Lichter brachten. Einige mußten noch übriggeblieben sein.

Nach langem Suchen fand man sie, doch nun fehlten Kerzenständer. Aber der Aufseher wußte Rat. Er holte leere Flaschen, pfropfte die Kerzen hinein und stellte sie so neben die anderen.

Als Carmen jetzt andächtig niederkniete, benutzten die beiden Männer die günstige Gelegenheit, um zur Arena zu rennen.

Neugierig betrachtete die Kniende das verschwommene, rötlich beleuchtete Bild über dem Altar. Eine ihr unbekannte Madonna! Aber sie mußte süß und gütig sein wie die in Sevilla, zu der sie so oft gefleht hatte. Außerdem war sie die Jungfrau der Toreros, deren letztes Gebet sie anhörte, wenn die nahe Gefahr diese rauhen Männer mit aufrichtiger Frömmigkeit erfüllte. Wie oft mochte ihr Juan wohl hier auf den Knien gelegen haben! Und dieser Gedanke genügte, daß sie mit gläubiger Zuversicht zur Santísima aufblickte, als wäre sie ihr seit der Kindheit vertraut.

Ihre Lippen wiederholten mit automatischer Schnelligkeit Gebete, aber ihre Gedanken wurden durch den Tumult draußen abgelenkt.

Oh, dieses dumpfe, manchmal aussetzende Getöse eines Vulkans – dieses Brüllen ferner Wogen, ab und zu von tragischem Schweigen unterbrochen! Carmen glaubte die Corrida vor Augen zu haben, erriet aus all den Geräuschen die einzelnen Vorgänge. Bald war es eine Explosion empörter, mit gellendem Pfeifen gemischter Rufe – bald das Rauschen vieler, vieler Stimmen, die unverständliche Worte sprachen. Dann ertönte ein langgezogener Schreckensschrei, so schneidend, so stark, daß er bis zum Himmel aufzusteigen schien – ein Schrei der Angst, der sie Tausende von bleichen Gesichtern sehen ließ, die dem wilden Lauf des hinter einem

Menschen herjagenden Toros folgten. Und dann plötzlich, wie er gekommen, verstummte er: die Gefahr war vorüber.

Langes Schweigen breitete sich aus, ein absolutes Schweigen, in dem das Summen der Fliegen lauter wurde – das Schweigen der Leere, als wäre das riesige Gebäude öde und verlassen, als säßen die 14 000 Menschen unbeweglich, atemlos ... als existiere kein lebendes Wesen außer ihr.

Und plötzlich brach in diese Stille ein endloses Dröhnen, ein Beifallssturm, von dem die Plaza erzitterte.

Aus dem Hof ertönten Peitschenhiebe, Hufgeklapper, und eine herrische Stimme fragte: «Wer ist an der Reihe?»

Neue Picadores wurden in die Arena geschickt.

Zu diesen Geräuschen gesellten sich andere, ganz in ihrer Nähe. Schritte hallten in den benachbarten Räumen, Türen knallten, und Carmen hörte das mühsame Atmen mehrerer Männer, keuchend wie unter einer schweren Last.

«Es hat nichts zu bedeuten, nur eine Quetschung. Nicht ein Tropfen Blut zu erblicken. Vor Schluß der Corrida sitzt du wieder im Sattel.»

Und eine schwache Stimme, pfeifend, als käme sie aus dem tiefsten Innern der Lunge, seufzte mit einem Akzent, der Carmen an ihre Heimat erinnerte:

«Heilige Madonna der Einsamen, hilf! Ich glaube, ich habe inwendig etwas gebrochen. Sehen Sie gut nach, Doktor!»

Eisig rieselte es Carmen über den Rücken. Die Nase zwischen den eingefallenen Wangen wurde weiß, ganz spitz, und ihre verstörten Augen suchten die Madonna. Vergeblich nahm sie ihre Zuflucht zum Gebet, um diesen entsetzlichen Lauten zu entgehen. Plätschern von Wasser und die Stimmen der Männer drangen immer wieder an ihr Ohr.

«Heiligste Jungfrau, erbarme dich! Was sollen meine Kinder essen, wenn ihr Vater keine Lanze mehr führen kann?»

Carmen erhob sich. Sie fühlte sich in ihrem dunklen Winkel, in dem das Stöhnen dieses Unbekannten noch qualvoller hallte, einer Ohnmacht nahe, brauchte Luft, mußte die Sonne sehen.

Sie ging auf den Hof hinaus. Überall Blut! Blut auf dem Boden und rings um die großen Kübel, deren Wasser sich rot färbte.

Die Picadores waren bei dem Signal für die Banderilleros auf zerschundenen Pferden aus der Arena zurückgekehrt, und Carmen sah, wie Potaje schwerfällig seinen gewaltigen Körper aus dem Sattel hob, wobei auf den Stalljungen, der ihm etwas ungeschickt beistand, ein Hagel von Kraftworten niederprasselte. Unter schmerzhaftem Zusammenzucken rieb sich der Hüne die linke Schulter, zeigte aber gleich darauf lachend sein gelbes Pferdegebiß.

«Habt ihr gesehen, wie Juan sich heute macht? Fabelhaft, was?»

Als sein Blick jetzt auf die einzige Frau im Patio fiel, zeigte er nicht das geringste Erstaunen.

«Auch hier, Seña Carmen? Wie geht's?» fragte er gelassen in seinem ständigen, von Wein und Stumpfsinn erzeugten Dämmerzustand, der keinerlei Beunruhigung aufkommen ließ.

«Sie müßten Juan gesehen haben!» fuhr er fort. «Vor den Stier hat er sich gelegt, direkt vor die Hufe. Das macht ihm keiner nach.»

In diesem Moment rief man ihm von der Tür des Verbandszimmers zu, daß der verunglückte Picador ihn vor seinem Transport ins Spital noch sprechen möchte.

«Adiós, Seña Carmen», verabschiedete er sich. «Muß hören, was dieser arme Kerl will. Es soll schlimm mit ihm stehen.»

Und Carmen verkroch sich hinter einem Pfeiler, um diese rote, schwindelerregende Flut nicht mehr vor Augen zu haben.

«Hurtig, ihr Burschen!» schrie ein Aufseher die Stallknechte an. »Fest zugepackt und auf den Boden damit!»

Vorsichtig nahmen seine Leute den auskeilenden Gäulen den Sattel ab und zogen ihnen die Beine mit Lassos zusammen, so daß die Tiere zu Boden stürzten. Und während der rohe Fuß eines Knechts ihren Kopf niederhielt, nähten andere das aufgerissene Fell wie einen alten Schuh zusammen.

War ein Pferd «in Ordnung», so stürzte man ihm einen Eimer Wasser über den Kopf, löste die Riemen und brachte es mit Peitschenhieben hoch. Ein übel zugerichtetes Tier hielt zwischen den Zähnen noch Stücke Haut und einen Büschel roter Haare. Als es die Hörner in seinem Leib spürte, hatte es mit der Wut eines verzweifelten Schafs in den Hals des Toros gebissen. Einige Schinder, denen man die herausgequollenen Eingeweide wieder in den Leib stopfte, überstanden diese mörderische Kur nicht, sondern brachen nach ein paar torkelnden Schritten tot zusammen. Die meisten jedoch erfüllten ihre Pflicht, sich noch so lange auf den Beinen zu halten, bis die Picadores von neuem in die Arena ritten, wo der Toro schon den Rest besorgte.

Verzweifelt blickte Carmen um sich. Nur fort von hier!

Nie in ihrem Leben hatte sie einer Corrida beigewohnt, viel jedoch davon erzählen hören – aber nur das, was alle Welt sah: den Kampf in der Arena unter der leuchtenden Sonne, mit seinem Gefunkel von blitzender Seide und glitzernden Stickereien, das ganze glänzende, farbenbunte Schauspiel. Von all dem Scheußlichen, das sich hinter den Kulissen abspielte, wußte sie nichts. Und davon hatten sie gelebt? Dadurch ihr Vermögen errungen?

Rauschender Applaus in der Plaza, laute Befehle im Hof. Der erste Stier war getötet. Das Tor zur Arena flog auf, Musik und das Brausen der Menge wogte näher, und die Maultierdreigespanne galoppierten hinein, um den Toro und die Pferdekadaver herauszuschleppen.

Antonio, noch trunken vor Begeisterung über das, was er gesehen, kam auf Carmen zu. «Juan, einfach kolossal! Hab nur keine Angst! Der Junge frißt die Stiere lebendig!»

«Führ mich fort, schnell!» gab Carmen zitternd zur Antwort. «Mir ist übel. Bring mich zur nächsten Kirche!»

Der Sattler zog ein schiefes Gesicht. Beim Cid Campeador! Diese wunderbare Corrida im Stich lassen? Und während er zur Tür schritt, überlegte er schon, wo er sich am besten drücken könnte, um eiligst zurückzukommen.

Der zweite Toro stand schon in der Arena, und immer noch nahm Gallardo Glückwünsche entgegen. Die gesamte Plaza, ohne Ausnahme, hatte ihn mit Ovationen überhäuft. Als ein Picador bewußtlos am Boden lag, war er mit seiner Capa unmittelbar vor die Hörner der rasenden Bestie geeilt. Durch musterhafte «Verónicas» – selbst Madrid sah selten derartig hinreißendes Spiel mit dem Mantel – brachte er den durch das nutzlose Stoßen nach dem betrügerischen Tuch verwirrten Toro so weit, regungslos in der Mitte der Arena stehenzubleiben, wo ihm der Espada, zwei Schritte entfernt, herausfordernd seinen Bauch entgegenreckte. Ah, er fühlte den Impuls seiner großen Tage! Langsam kniete er vor den Hörnern nieder.

Der Stier bewegte sich nicht. Behutsam hob der Torero seine Hand, bis er beinahe das Maul berührte. Der Stier bewegte sich nicht. Da tat der Espada etwas, was dem Publikum den Atem nahm. Ganz allmählich streckte er sich, den Mantel als Kissen zwischen den Armen, auf dem Sand aus, unter die Nüstern der Bestie, die mißtrauisch schnüffelte, als witterte sie eine Gefahr in diesem bunten Bündel, das sich so verwegen vor ihre Hörner legte.

Als der Toro, wieder in wilder Angriffslust, endlich zum Stoß ausholte, rollte sich der Espada vor seine Hufe, und das Tier raste über ihn weg, in seiner blinden Wut vergeblich nach dem aufreizenden Bündel suchend.

Diese tollkühne Tat wie auch der sichere Stoß, mit dem der andere Matador den Stier erledigte, lösten Stürme der Begeisterung aus. Allein der zweite, für Gallardo bestimmte Stier versetzte das Publikum in schlechte Laune. Ein Riese, tadellos gebaut, lief er, ganz verstört infolge des Geschreis, mit dem ihm die Menge zu reizen suchte, ziellos durch die Arena – sprang sogar argwöhnisch vor seinem eigenen Schatten zurück. Capas wurden ihm entgegengehalten: er machte ein paar Sätze, schnaubte verwundert und galoppierte ab.

«Das soll ein Toro sein, dieser lächerliche Affe?» protestierte die Plaza.

Schließlich gelang es Gallardo im Verein mit den beiden anderen Espadas, ihn bis zu den Schranken zu locken, wo drei Picadores, die Lanze gefällt, unbeweglich im Sattel saßen. Wildschnaubend stürzte sich der Stier mit gesenkten Hörnern auf den ersten, sprang aber, ehe das Eisen ihn berührte, zur Seite, um quer durch die wehenden Mäntel der Banderilleros und Peones fortzurasen. Bei dieser Flucht traf er auf den zweiten Lanzenreiter: wieder das wütende Schnauben, der gewaltige Satz seitwärts und das Davonlaufen. Nur dem dritten Picador glückte es, ihn in den Hals zu stechen, was seine Scheu und Hast noch vermehrte.

«Solch ein Greuel! Ein zahmer Toro!» heulte die gestikulierende Menge.

«Señor Presidente, wollen Sie so etwas zugeben?»

Und von den Tribünen tönte ein monotoner Chor:

«Feuer! Feuer!»

Der Herr Präsident schien im Zweifel zu sein. Doch wie vor den Lanzen schreckte der Stier jetzt vor den Mänteln der Espadas zurück. Empört sprangen die Zuschauer auf und wandten sich zur Präsidentenloge.

«Bis wann bleiben Euer Gnaden blind? Ein Skandal, Schlachtochsen auf der Plaza von Madrid! Feuer! Feuer!»

Schließlich winkte seine Gnaden mit einem roten Taschentuch, und eine Beifallssalve begrüßte diese Bewegung.

Feuerbanderillas sind etwas so Außergewöhnliches, daß alles vor höchster Spannung in die Arena schaute. Ah, dieser Feigling von Stier! Bei lebendigem Leib sollte er geröstet werden!

Als erster rannte Nacional, in jeder Hand eine unförmige schwarze Banderilla, auf den Toro los – ganz unbekümmert, als verdiente diese Memme keinerlei Vorsicht – und stieß ihm die beiden höllischen Stäbe in den Nacken.

Ein Knistern wurde hörbar, zwei weiße Rauchwolken stiegen auf. Die Flamme blieb unsichtbar im Sonnenlicht, aber die verbrannten Haare verschwanden und zwei schwarze Flecken breiteten sich über den Hals aus.

Der Toro tobte davon, als könnte er sich durch Schnelligkeit der Marter entziehen. Doch da knallte es an seinem Nacken, scharf und kurz wie Flintenschüsse. Außer sich vor Entsetzen sprang der Stier mit allen vieren gleichzeitig hoch und drehte den Schädel nach beiden Seiten in dem vergeblichen Bemühen, sich mit dem Maul von diesen Dämonen in seinem Fleisch zu befreien. Und das Publikum freute sich über die komischen Sätze und Verdrehungen des schwerfälligen Kolosses, die fast den Eindruck machten, als führte sie ein abgerichtetes Tier aus.

«Ha! Das spürst du!» lachte man wild auf den Galerien.

Das Zischen, das scharfe Knallen nahm ein Ende. Auf dem verkohlten Hals blähten sich dicke Blasen und keuchend ließ der Stier die trockene Zunge lang heraushängen.

Der zweite Banderillero wiederholte das Manöver. Nach ihm der dritte. Ein Geruch von verbranntem Fett stieg aus der Arena auf, und die Bewegungen des Toros wurden immer langsamer, demütiger...

Gallardo erwartete an der Schranke sein Signal, um von Garabato Degen und Muleta in Empfang zu nehmen.

Verflucht! Wie prächtig war die Corrida bisher verlaufen, und da wollte es sein Unstern, daß dieser von ihm selbst wegen seines blendenden Äußern ausgesuchte Stier sich als feige erwies!

Im voraus entschuldigte er sich bei den Sachverständigen im Parterre wegen etwaiger Unschönheiten beim Todesstich.

«Ich werde mein möglichstes tun, aber...» meinte er achselzuckend.

Dann schaute er noch einmal hinauf zur Loge Doña Sols, die ihm vorhin bei seiner Waghalsigkeit lebhaft applaudiert hatte. Wieder blickten ihre Augen zu ihm hin – ein liebenswürdiges Lächeln grüßte ihn, während gleichzeitig ihr Begleiter, dieser unausstehliche Ausländer, eine Verbeugung machte, als knickte sein Körper in der Taille zusammen.

«Caramba! Ein mutiger Bursche hat doch Chancen bei ihr! Morgen werde ich sie besuchen», murmelte Gallardo hoffnungsvoll.

Das letzte Signal. Der Matador schritt auf den Toro zu.

«Mach's kurz! Dieser Ochse verdient nichts Besseres!» riet man ihm wohlwollend.

Aber sobald er die Muleta entfaltete, griff ihn der Stier an, langsam, doch mit der deutlichen Absicht, zu kämpfen, zu zerreißen, zu zermalmen, als hätte dieses lange Martyrium seine Wildheit geweckt.

Die Abneigung des Publikums gegen den Toro schwand. Ah, endlich ging er los! «Olé!» Und der Beifall galt ebensosehr dem Tier wie dem glänzenden Spiel des Matadors mit der Muleta. Müde, unterwürfig senkte der Stier schließlich den Kopf.

Die Plaza erstarrte in dem Schweigen, das dem tödlichen Stoß vorangeht, diesem Schweigen – tiefer als die tiefste Einsamkeit –, das Tausende verhaltener Atemzüge hervorbringen.

Ein leises Klappern: Gallardo legte mit der Degenspitze die halbverbrannten Schäfte der zwischen den Hörnern vorragenden Banderillas zur Seite. Das mysteriöse Band zwischen Espada und Publikum war da. Jetzt kam der meisterhafte Stoß! Gallardo warf sich auf den Stier, während im selben Moment die ganze Plaza, von der nervenzerreißenden Spannung erlöst, hörbar aufatmete.

Immer das gleiche! Beim Zustoßen hatte Gallardo den Kopf abgewandt, und der nur einige Zentimeter eingedrungene Stahl flog nach ein paar heftigen Rucken des Toros in den Sand.

Gebrochen der Zauber zwischen Matador und Zuschauern. Das frühere Mißtrauen gewann die Oberhand und tat sich in harten Äußerungen kund.

Erbittert über diese intolerante Masse, stellte sich Gallardo, den aufgenommenen Degen in der Hand, von neuem dem Stier gegenüber auf.

«Ruhig Blut, Juan! Nichts überstürzen!» rief ihm Nacional zu.

«Hölle und Tod!» fluchte der Espada. Sollte das immer so bleiben? Konnte er wirklich nicht mehr den Degen bis zum Knauf versenken? Noch dazu bei einem feigen Stier, dem man Feuer setzen mußte?

Ohne Gebrauch von der Muleta zu machen, ging er, das scharlachrote Tuch zu Boden gesenkt, bis dicht vor den Stier – hob den Degen in Augenhöhe. Zwischen die Hörner mit dem Arm!...

Die Plaza stand auf. Sekundenlang bildeten Mensch und Tier eine einzige Masse und rückten so noch einige Meter weiter. Hände hoben sich, um Beifall zu klatschen: ein unübertrefflicher Stich!

Doch plötzlich sauste der Mensch wie eine Kugel aus den Hörnern heraus und rollte über den Sand. Den mächtigen Schädel gesenkt, spießte der Toro den regungslosen Körper auf, warf ihn fort und raste mit der bis zum Griff versenkten Klinge noch ein kurzes Stück weiter.

Schwerfällig erhob sich Gallardo, überschüttet von einem betäubenden Beifallssturm, mit dem die Plaza ihre Ungerechtigkeit wieder gutmachen wollte.

«Olé, der Knabe von Sevilla! Olé, die Männer mit Mut!»

Aber der Torero gab auf diese enthusiastischen Ausbrüche keine Antwort. Er hatte die Hände an den Leib gelegt und beugte, wie von Schmerzen gekrümmt, den Rücken. Mit gesenktem Kopf und schwankenden Beinen ging er zum Tor. Zweimal blickte er auf, um die Richtung innezuhalten, als fürchte er, bei dem trunkenen Zickzack seiner Schritte die Tür zu verfehlen. Und plötzlich fiel er, eine zusammengerollte Riesenraupe von Seide und Gold, zu Boden.

Vier Peones hoben ihn ungeschickt auf, während Nacional den gelblichen Kopf stützte, dessen Augen durch die halbgeschlossenen Lider so seltsam glasig schimmerten.

Im Publikum wurde es still. Fragend sah man sich an. Doch bald zirkulierten optimistische Nachrichten – diese anonymen Gerüchte, die jeder ohne Prüfung aufnimmt und die in gewissen Momenten die Masse entflammen oder lähmen.

Nichts von Bedeutung, ein Hornstoß gegen den Unterleib, aber kein Blut!

Gallardos Körper lag mit schwer herunterhängenden Armen auf einem Bett im Verbandszimmer, und zum erstenmal verlor Nacional, der den Matador so oft schon wundenbedeckt gesehen hatte, seine Kaltblütigkeit. Diese grünliche Blässe, diese Starre flößten ihm Angst ein.

«Bei der blauen Taube!» knirschte er. «Wo bleiben denn die Ärzte? Ist denn kein Mensch zur Stelle?»

Die Minuten wurden ihm zu Stunden, und in seiner Verzweiflung gab er Garabato und Potaje, die aufgeregt herbeistürzten, sinnlose Aufträge.

Die Ärzte traten ein, schlossen die Tür und befahlen, den Espada zu entkleiden.

Eilig, mit bebenden Händen, begann Garabato unter dem in der Decke eingelassenen Oberlicht das Kostüm des Toreros aufzuknöpfen und aufzutrennen, zu zerschneiden und zu zerreißen, gefolgt von den etwas ratlosen Blicken der Ärzte, die vergeblich nach Blut suchten.

Da stürmte Dr. Ruiz ins Zimmer. Willig machten ihm seine Kollegen Platz, und der alte Praktikus ging sofort daran, Garabato fluchend beim Aufschneiden der Unterwäsche zu helfen.

Gallardos Körper lag nackt vor seinen Augen. Eine Wunde – eine einzige – war zu sehen: ein bogenförmiger Schlitz im Bauch, durch den bläuliche Fleischfetzen zum Vorschein kamen.

Traurig schüttelte Dr. Ruiz den Kopf. Für diese grauenhafte Verwundung gab es keine Rettung.

«Doktor... Doktor!» schluchzte der Banderillero und sah ihn mit flehenden Augen an.

Ein langes Schweigen. Noch einmal schüttelte Ruiz den Kopf.

«Es ist aus, Sebastián! Du kannst dir einen anderen Matador suchen.»

Nacional blickte nach oben. So mußte dieser Mann enden! Ohne seinen Freunden die Hand drücken zu können, ohne ein Wort zu äußern – urplötzlich wie ein elendes Kaninchen, dem man einen Hieb ins Genick gibt!

Verstört ging der Banderillero hinaus und weinte herzzerbrechend wie ein Kind.

Im Hof mußte er beiseite treten, um die in die Arena trabenden Picadores vorbeizulassen.

Die Kunde von Gallardos Verscheiden sickerte durch zur Plaza. Einige zweifelten an der Tatsache, andere bestätigten sie, aber niemand rührte sich von seinem Sitz. Die Corrida war noch nicht zur Hälfte vorüber, erst zwei Stiere... Warum auf den Rest verzichten?

Durch das Tor zur Arena drang der Lärm der Menge, drang schmetternde Musik.

Und in der Seele Nacionals stieg ein wilder Haß auf gegen alles, was ihn umgab, ein Eckel vor seinem Beruf und dem Publikum, das ihn ernährte.

Er dachte an den Toro, der jetzt mit verkohltem Hals und starren Beinen, die gläsernen Augen in die blaue Leere gerichtet, aus der Arena geschleift wurde.

Er dachte an den jenseits der Backsteinmauer liegenden Freund mit dem aufgerissenen Bauch und dem geheimnisvollen Glanz zwischen den halbgeschlossenen Lidern.

Armer Toro! Armer Matador!

Und dann brauste plötzlich ein gewaltiger Ruf zum Himmel: die Plaza begrüßte die Fortsetzung der Corrida!